LA PROIE DE LA MAGIE

SCIENCE-FICTION

Collection dirigée par Jacques Goimard

MERCEDES LACKEY

LES HÉRAUTS DE VALDEMAR

LA PROIE DE LA MAGIE

POCKET

Titre original :
MAGIC'S PAWN

Traduit de l'américain par
Rosalie Guillaume

ISBN : 2-266-06592-0

Ce livre est dédicacé à :
Melanie Mar — qui comprendra
et à
Mark, Carl et Dominic,
pour leurs précieux commentaires.

CHAPITRE PREMIER

— Ton grand-père était cinglé, dit Radevel, le cousin de Vanyel.

Il n'a pas tort, pensa Vanyel, espérant qu'ils n'allaient pas plonger tête la première dans l'escalier.

La remarque de son parent avait sans doute rapport avec cet escalier, dont les marches étaient si étroites et si glissantes que même les serviteurs ne l'utilisaient pas.

Le manoir-forteresse du seigneur Withen de Forst Reach était une étrange bâtisse. Au temps de l'arrière-arrière-grand-père de Vanyel, c'était une citadelle traditionnelle. Quand son grand-père en était devenu le seigneur, la frontière avait été repoussée bien loin de Forst Reach ; le vieil original avait décidé, sur le tard, que son confort personnel prendrait le pas sur les qualités défensives du château.

Vanyel ne désapprouvait pas entièrement son aïeul. Certaines modifications qu'il avait apportées ne manquaient pas d'intérêt. Il y avait des fenêtres partout, fermées par des vitraux. Presque toutes les pièces comportaient une cheminée. Les escaliers et les salles du haut étaient éclairés par des lucarnes. Les bains étaient chauffés ; les murs intérieurs, couverts d'enduit, protégeaient du froid et de l'humidité. Les écuries, le chenil et la basse-cour se trouvaient désormais dans des bâtiments séparés.

D'autres aménagements étaient plus contestables. Si l'on ne connaissait pas très bien les lieux, il devenait aisé de se perdre et difficile de trouver certaines pièces, dont les plus importantes, par exemple les bains. Le vieux bouc n'avait pas beaucoup pensé aux générations futures : il avait transformé la nourricerie en chambres pour les serviteurs. Cela signifiait que les enfants du seigneur Withen habitaient à deux ou trois dans une série de minuscules pièces sous les combles, en attendant d'avoir l'âge de s'installer dans la salle des célibataires pour les garçons, et dans le boudoir pour les filles.

— C'était aussi *ton* grand-père, fit remarquer Vanyel.

Les cousins Ashkevron avaient tendance à se comporter comme s'il n'y avait aucun lien de parenté entre eux et le grand-père Joserlin.

— Ouais. Il était quand même cinglé.

Vanyel ne répondit pas et se hâta d'aller ouvrir la porte à son cousin. Celui-ci lui faisait une faveur ; pourtant Vanyel pensait qu'il avait une aussi mauvaise opinion de lui que tous les autres. Mais il n'avait pas pu résister à son jeune parent. Probablement à cause du gant de fauconnier neuf que Vanyel lui avait donné...

Dieux, pourvu que ça marche..., pensa Vanyel. *Me suis-je assez entraîné avec Lissa ? Aurai-je une chance contre une attaque normale ? Ou suis-je idiot d'essayer ?*

Radevel passa devant lui, sifflant un air qu'il massacrait joyeusement.

Dans trois jours, Lissa sera partie. Et si je ne parviens pas à la suivre, je serai tout seul...

Si je peux prouver que j'ai besoin du même entraînement qu'elle, peut-être me laissera-t-il l'accompagner...

Vanyel se demanda pourquoi il était le seul garçon à imaginer qu'il existait d'autres types de combat que celui enseigné par le maître d'armes Jervis. Sinon, pourquoi envoyer Lissa étudier avec Trevor Corey et ses sept apprenties escrimeuses ?

Vanyel savait qu'il n'avait aucune chance de réussir avec la technique élémentaire qu'employait Jervis. Il lui fallait *démontrer* à son père qu'un style différent était tout aussi efficace.

Quand Lissa serait partie à la Citadelle Brenden, il aurait perdu sa seule alliée dans la maison ; l'unique personne qui s'intéressât à lui.

C'était l'aboutissement du plan établi avec Lissa. Radevel essaierait de le vaincre en utilisant les techniques de Jervis ; Vanyel se défendrait, sans armure, protégé uniquement par un bouclier léger, se fiant à sa vitesse et à son agilité pour remporter le combat.

Radevel ouvrit d'un coup de pied la porte menant au terrain d'entraînement. Vanyel la referma promptement avant que quelqu'un se plaigne du courant d'air.

— Allons-y, petit coq ! s'écria Radevel avec bonne humeur. Prépare-toi. Nous allons voir si ce que tu as inventé marche vraiment.

Vanyel regarda son cousin endosser son armure de combat. Il avait l'impression que les fenêtres de la citadelle étaient des yeux qui l'observaient.

Comment se fait-il que père ne soit jamais content de moi ? Pourquoi tout ce que je fais est-il mal ? Qu'est-ce qui ne va pas ?

Il soupira. Plutôt que de tenter une expérience vouée à l'échec, il eût préféré se trouver à l'air libre, galopant sur son cheval. Il était le meilleur cavalier de Forst Reach ; Star et lui n'avaient pas leur égal à la course.

Et il pouvait, s'il le souhaitait, dompter n'importe lequel des chevaux du domaine.

Mais comme je ne m'intéresse pas aux brutes sans intelligence que père préfère monter, il ne reconnaît pas ma valeur dans ce domaine non plus.

— Réveille-toi, petit, grommela Radevel. Tu voulais essayer. Allons-y !

Vanyel mit son casque, la seule pièce d'armure qu'il allait porter.

Radevel frappa. Au lieu d'amortir le coup avec son

bouclier, comme Jervis l'aurait fait, Vanyel esquiva et se glissa à côté de Radevel. Il en profita pour porter un coup de la pointe. Jervis méprisait ce style d'attaque, mais Vanyel avait découvert que cela marchait parfaitement si le moment était bien choisi.

Radevel leva son bouclier un peu tard, laissant une ouverture pour une autre attaque.

Vanyel se sentit ragaillardi par sa réussite. Le coup toucha son adversaire, mais trop légèrement pour le désarmer.

— Tu as presque réussi, petit coq, s'exclama Radevel, de l'admiration dans la voix. Un autre coup comme celui-là, avec toute ta force derrière, et tu m'envoyais bouler. Essaie de parer *ça*...

Il chargea. Vanyel fit un pas de côté : Radevel trébucha et se retrouva à mi-chemin de la barrière.

Oui, ça marchait ! Radevel ne pouvait pas s'approcher de lui. Vanyel portait un coup dès qu'il en avait l'occasion. Il ne frappait pas assez fort, mais, avec de l'entraînement, cela viendrait...

— *Arrêtez-vous, par le diable !*

Le maître d'armes de Forst Reach entra à grands pas sur le terrain, ses yeux injectés de sang brûlant de colère.

Le mercenaire blond au visage ridé était furieux. Le plus souvent, Vanyel en supportait les conséquences.

— Je vois que vous apprenez une nouvelle discipline... Qui a eu cette brillante idée ?

— Moi, messire, murmura Vanyel.

— J'aurais dû me douter que l'esquive et la fuite seraient plus dans tes cordes qu'un combat loyal ! cria le maître d'armes. Et comment t'en es-tu sorti, mon jeune seigneur ?

— Il s'en est très bien tiré, Jervis, répondit Radevel, surprenant Vanyel. Je n'ai pas pu le toucher. S'il avait mis tout son poids dans ses coups, il m'aurait étendu pour le compte.

— Je vois que tu es un vrai héros, opposé à un

gamin, dit Jervis. Tu te prends pour un nouveau Veth Kethren, je parie ?

Vanyel compta jusqu'à dix et s'abstint de faire remarquer que Radevel pesait deux fois son poids à lui, ou presque.

— Parfait, *héros* ! cracha le maître d'armes. Voyons ce que tu vaux...

Il prit l'arme de Radevel, enfonça son casque sur sa tête et chargea sans prévenir.

Vanyel pivota pour éviter l'assaut. Il réalisa que Jervis l'attaquait comme s'il portait son armure.

Ce qui n'était pas le cas.

Il plongea, virevolta et vit une ouverture. Le désespoir lui donna la force qu'il n'avait pas utilisée contre Radevel. Il porta un coup au corps qui fit vaciller Jervis, puis doubla par une frappe du plat de la lame, à la tête de son adversaire.

Il y eut un moment de silence effrayant.

Jervis enleva son casque. Son visage était un masque de rage.

— Radevel, va chercher les autres élèves, dit-il d'une voix mortellement calme. Apporte-moi les armes et l'armure de notre jeune seigneur Vanyel.

« Ainsi, tu aimes frapper par-derrière ? Je crois que je ne t'ai pas enseigné correctement les règles de l'honneur. Nous allons remédier à cela rapidement !

Radevel revint, apportant ce que Jervis lui avait demandé.

— Equipe-toi, ordonna le maître d'armes.

Vanyel n'osa pas désobéir.

Le jeune garçon ne se souvint jamais précisément de ce que Jervis lui dit à ce moment. Il n'en retint que la haine et la colère qui se dégageaient des paroles du mercenaire.

Puis Jervis attaqua Vanyel. A sa façon.

Vanyel n'avait pas la moindre chance de vaincre. En quelques instants, il se retrouva à terre, les oreilles bourdonnantes après le coup à la tête qu'il n'avait même pas vu venir.

— Lève-toi, dit Jervis.

Vanyel essaya de se rendre. Jervis refusa, le forçant à se relever quatre fois de plus.

Radevel n'avait jamais vu Jervis dans une telle fureur. Dès le début, il eut une mauvaise impression de ce qui allait suivre. Vanyel ne faisait pas le poids contre Jervis ; le maître d'armes attaquait avec toute sa puissance, comme si le garçon avait été un combattant adulte et entraîné.

Jervis refusa cinq fois sa reddition. La sixième, Vanyel fut incapable de se remettre debout.

Jervis décocha un coup violent qui coupa en deux le bouclier de cuivre et de bois. Avec horreur, Radevel vit que l'avant-bras gauche de Vanyel était plié en un angle bizarre : cassé, de toute évidence.

Il ne restait qu'une possibilité : aller chercher Lissa. Elle était adulte, et la protectrice de Vanyel. Si le maître d'armes essayait de la toucher, il se ferait éjecter de la citadelle par Withen.

Radevel sortit discrètement du terrain d'entraînement et prit ses jambes à son cou dès qu'il fut hors de vue.

Quand Vanyel se réveilla, Lissa était penchée sur lui, son visage chevalin tordu d'inquiétude. Elle était pâle ; son nez proéminent d'Ashkevron frémissait comme celui d'une pouliche effrayée.

— Ne bouge pas, Van, tu as les deux os de l'avant-bras fracturés.

Elle maintenait le membre immobile avec un genou, pour l'empêcher de se faire plus mal.

— Ma dame, dit Jervis d'une voix dégoûtée, éloignez-vous. Ce n'est que son bras gauche ; nous allons l'attacher à une planche, mettre un peu d'onguent dessus et tout ira bien...

Elle se tourna vers lui d'un geste si vif que sa tresse balaya le visage de Vanyel.

— Vous en avez assez fait pour aujourd'hui, maître Jervis. Restez à votre place, ou je vous le ferai regretter !

Vanyel aurait aimé voir la tête de Jervis à ces mots. Mais son bras commençait à le faire souffrir et il oublia tout le reste.

Contrairement à l'habitude, il y avait un guérisseur à Forst Reach. La tante Serina y séjournait pendant sa grossesse. Ayant déjà fait trois fausses couches, elle ne prenait pas de risques, et se déplaçait avec son guérisseur personnel.

Ce fut lui qui soigna le bras de Vanyel.

— Oh, Van, demanda Lissa en s'asseyant au pied du lit de Vanyel, comment t'es-tu fourré dans ces ennuis ?

Son nez crochu et son menton volontaire lui donnaient l'air d'une jument têtue. Beaucoup de gens étaient rebutés par son apparence, mais Vanyel la connaissait bien. Il lisait de l'inquiétude sur son visage. Après tout, elle l'avait pratiquement élevé.

Vanyel tenta d'expliquer ce qui s'était passé. Quand il eut terminé, elle soupira bruyamment.

— Je crois que tu attires la malchance, c'est tout ce que je peux dire. Tu ne fais rien de mal, mais il t'arrive toujours des choses inouïes.

— Lissa... Jervis était vraiment furieux, cette fois. Il va aller trouver père...

— Et ce que j'ai dit n'a rien arrangé, je le sais. Je n'avais qu'une idée, l'éloigner de toi. Je vais tenter de voir père avant lui, mais je ne sais pas s'il m'écoutera... Après tout, je ne suis qu'une femme...

— Je comprends, dit Vanyel. Mais, je t'en prie, essaie...

— J'y vais. Il faut que tu dormes, comme le guérisseur te l'a recommandé.

Lissa ressemblait à sa grand-mère. Indépendante et volontaire, elle faisait l'étonnement des mâles de la citadelle, ainsi que des autres femmes, au caractère beaucoup moins affirmé. Dame Treesa, leur mère, était trop accaparée par ses grossesses et ses vapeurs pour se soucier de ses rejetons. Lissa avait été élevée par la grand-mère Ashkevron ; Vanyel avait été confié aux soins de Lissa.

Les deux enfants s'étaient tendrement aimés dès le moment où Lissa avait sorti Vanyel de la nourricerie. Elle aurait affronté un lion pour lui.

Malheureusement, elle ne trouva pas le seigneur Withen. Celui-ci arriva auprès de Vanyel alors que son fils était seul et vulnérable, à demi comateux à cause des potions que le guérisseur lui avait fait avaler.

— Que sont ces histoires ? On me dit que tu as triché ! Par tous les dieux, je devrais te casser l'autre bras !

— Je n'ai pas triché ! protesta Vanyel.

Il essaya de s'asseoir, mais la pièce tourna autour de lui. Il retomba sur ses oreillers.

— J'ai appliqué les tactiques prônées par Seldasen, lança-t-il à travers ses dents serrées.

— Et qui est ce Seldasen ? hurla Withen. Quel lâche peut conseiller de frapper un homme dans le dos ?

Vanyel se souvint, avec soulagement, que le livre figurait sur la liste officiellement approuvée.

— Il s'agit du Héraut Seldasen, père, dit Vanyel. Il a écrit : « Que chaque soldat lutte avec les atouts qu'il possède, et ne soit pas obligé de se plier à une méthode imposée. Qu'aucun homme ne soit appelé lâche s'il refuse un combat pour lequel il n'est pas fait. » Et si l'on vous a dit que j'ai frappé quelqu'un dans le dos, c'est faux. Je ne l'ai pas fait.

— Tu me répètes les mots d'un Héraut de basse extraction, comme un perroquet, rugit Withen. Ecoute-moi bien, mon garçon. Tu es mon fils aîné, mon héritier, et tu vas apprendre ce que Jervis t'enseigne, que tu le veuilles ou non, si tu veux prendre ma place. S'il dit que tu as triché, tu as triché !

— Je n'ai pas triché, et je ne veux pas de votre place ! s'écria Vanyel, toute retenue oubliée à cause des potions.

Son père s'arrêta net, comme si son fils était soudain devenu un monstre à deux têtes.

— Par tous les dieux, gamin, que veux-tu donc ?

— Je...

Vanyel s'interrompit. Il ne lui parut pas très politique de dire à son père qu'il avait pour ambition de devenir Barde.

— Je te le dis, tu feras comme je te l'ordonne ! gronda le seigneur Withen. Même si je dois te tuer à moitié pour te forcer à apprendre ce que tu dois savoir !

Il sortit en trombe de la pièce. Vanyel resta seul, fou de douleur et de colère.

Par tous les dieux, qu'attend-il de moi ? Que dois-je faire pour le convaincre que je ne peux pas être celui qu'il veut ?

Vanyel s'enfonça peu à peu dans un sommeil agité, hanté par des rêves qui lui laissèrent un goût amer dans la bouche.

Quand il s'éveilla, sa mère était occupée à superviser le déménagement des affaires de son jeune frère, Mekeal.

C'était une nouveauté. Dame Treesa ne s'occupait généralement pas de ses enfants, à moins d'avoir quelque chose à y gagner. Il est vrai que Vanyel faisait partie de sa petite cour depuis qu'il avait montré de réels talents de musicien, environ cinq ans plus tôt. Elle n'avait sans doute pas envie de perdre son ménestrel privé.

— Ainsi, tu ne seras pas dans ses jambes, à faire du bruit et à l'empêcher de prendre le repos que le guérisseur a ordonné, murmura-t-elle à Mekeal.

Le joli visage rond de Treesa ne dissimulait pas son mécontentement.

Mekeal, treize ans, une copie en miniature de son père, haussa les épaules.

— Il est temps que j'aille dans la salle des célibataires, de toute façon. Je ne peux pas dire que sa compagnie me manquera !

— Cela ne te ferait pourtant pas de mal d'acquérir

un peu du vernis de Vanyel, Mekeal, répondit dame Treesa.

— On ne fait pas de la soie avec de la laine, madame ma mère, répondit le gamin avant de quitter les lieux.

Ensuite, Vanyel dut affronter l'hystérie démonstrative de sa génitrice. Il était presque plus facile de se mesurer à Withen, pensa Vanyel quand il eut assuré pour la centième fois à Treesa que tout irait bien, alors qu'il n'en était pas sûr lui-même. Il fut soulagé quand le guérisseur revint et la chassa avec tact pour que le blessé puisse enfin se reposer.

Les semaines qui suivirent passèrent dans un brouillard provoqué par les potions. Sa mère lui envoya en permanence une de ses suivantes pour lui tenir compagnie, ce dont Vanyel se serait volontiers passé. La pire était la femme de chambre, Melenna, qui ne perdait pas une occasion de lui faire du charme.

— Voulez-vous que je vous apporte un oreiller ?

— Non.

— Quelque chose à boire, alors ?

— Non, répéta-t-il en fermant les yeux.

— Voulez-vous que...

— Non ! grogna-t-il, se demandant si le pire était son mal de tête ou la sollicitude agaçante de Melenna.

Elle soupira et renifla délicatement.

Il entrouvrit un œil. Elle pleurait avec grâce et délicatesse. C'était une jolie fille, que Mekeal et Radevel avaient essayé d'attirer dans leur lit. Mais elle avait jeté son dévolu sur lui, Vanyel le savait.

L'idée de coucher avec elle le laissait de marbre.

Il ignora les reniflements qui allaient en s'accentuant, espérant que les potions lui permettraient de s'assoupir. Après un moment, il plongea dans le sommeil. Au moins, il serait tranquille pour un temps.

— Van ?

La voix de Lissa l'éveilla d'un coup.

Elle était assise au bord de son lit, vêtue de cuir pour le voyage.

Il comprit immédiatement ce qui se passait.

— Ô dieux...

— Van... je suis désolée. Je suis obligée de partir. Père m'a dit que c'était maintenant ou jamais. J'ai presque dix-huit ans. Père sait que la Garde est la seule solution. Il n'a pas eu d'offre de mariage pour moi depuis deux ans. S'il m'empêche d'obtenir ce poste, il risque de m'avoir sur les bras jusqu'à la fin de sa vie. Mais j'essaierai de trouver un moyen de te faire venir avec moi. Je te le promets.

Elle avait l'air si pleine d'espoir que Vanyel n'eut pas le cœur de la contrarier.

— Oui, Lissa. Fais ce que tu dois faire. Ne t'inquiète pas pour moi, tout ira bien.

Elle le serra dans ses bras et l'embrassa. Puis elle partit.

Alors il se tourna vers le mur et pleura. Lissa avait été son seul soutien, la seule personne qui s'était souciée de lui. Elle partie, il ne lui restait plus rien.

Après cela, il ne feignit plus de s'intéresser aux autres. Personne ne faisant attention à lui, pourquoi se fatiguer à maintenir les apparences ?

« *L'armure n'est pas seulement une protection. Elle dissimule ; votre adversaire devient une énigme, un mystère.* »

Seldasen avait raison, pensa Vanyel, qui observait le combat depuis sa fenêtre.

Les deux adversaires se saluèrent. L'un d'eux était grand, dangereusement gracieux et de toute évidence musclé. L'autre avait une tête de moins ; son équipement était flambant neuf, bien entretenu. Mais ses mouvements semblaient maladroits, même s'il ne manquait pas de courage.

Il poussa un cri et attaqua. Son adversaire ne broncha pas. Il leva un bras et para le coup. Puis il ramena son bouclier en position et répondit à l'attaque par un coup puissant qui fit reculer son agresseur.

Le combattant le plus petit fut repoussé pas à pas. Il perdit pied et tomba à la renverse. Son épée, arrachée de sa main, s'envola derrière lui.

Il resta étendu un moment, sonné. Quand il tenta de se relever, la pointe de l'arme de son adversaire était sur sa gorge.

— Rends-toi, petit, dit une voix rude. Rends-toi, ou je te transperce.

Le combattant vaincu retira son casque. C'était Radevel, le cousin de Vanyel.

— Si vous me passez au fil de l'épée, Jervis, qui va astiquer votre cotte de mailles ?

La pointe de l'arme ne bougea pas.

— D'accord, dit le garçon. Je me rends.

Jervis tendit la main et aida son élève à se relever.

— La prochaine fois, rends-toi sans tergiverser. Ton adversaire peut prendre ta plaisanterie pour un refus, et te transformer en cadavre.

Jervis n'attendit pas la réponse. Il se tourna vers ses autres élèves.

— Toi, au bout. Mekeal. Mets ton casque.

Jervis n'a que faire d'élèves, pensa Vanyel. *Il veut des cibles vivantes. Il devient de pire en pire chaque jour...*

Vanyel se renfonça dans ses coussins et continua à faire des exercices avec sa main douloureuse. Elle avait perdu sa force et son habileté. Les cordes du luth ne résonnaient pas comme elles l'auraient dû : elles émettaient un son étouffé.

Je ne parviendrai jamais à rejouer correctement. Comment le pourrais-je, quand je ne sens pas ce que je fais ?

Il cligna des yeux et regarda de nouveau au-dehors.

Ce soir, ils seront tous en train de geindre et de passer du liniment sur leurs bleus. Pour ma part, j'en ai assez. J'aimerais atteindre mon seizième anniversaire avec les os intacts.

La petite pièce, en haut de la tour, où Vanyel se cachait pour échapper à l'entraînement, était aussi un souvenir des fantaisies du grand-père Joserlin. C'était l'arrière-salle de stockage de la bibliothèque. Le seul accès normal, une petite porte à mi-hauteur, se trouvait au fond de la bibliothèque. Vanyel passait par la fenêtre, après avoir longé le toit sur une courte distance, sa chambre se trouvant à proximité sur le même côté. La pièce était toujours confortablement chaude, car une cheminée traversait l'un des murs. Depuis que Vanyel s'y dissimulait, personne d'autre que lui n'était venu dans la pièce. Il y gardait ses instruments de musique, y compris ceux qu'il n'était pas censé posséder, sa harpe et son cistre, et il pouvait se glisser à tout moment dans la bibliothèque pour y emprunter un livre. Pour tout luxe, la pièce offrait un vieux fauteuil, une série de chandelles à demi brûlées et quelques coussins, près de la fenêtre, d'où il pouvait regarder ses frères et ses cousins se faire bousculer par Jervis. C'était une distraction comme une autre.

Depuis le départ de Lissa, il se sentait seul. Pendant qu'il guérissait, ses compagnons étaient tous partis habiter la salle des célibataires. Ses frères s'étaient plaints du bruit qu'il faisait en jouant du luth ; comme ses quartiers étaient proches de la salle des jeunes gens, Withen avait décidé qu'il valait mieux que Vanyel reste dans sa chambre des combles. Le jeune homme en était content : cela signifiait qu'il avait une pièce pour lui tout seul.

L'autre lieu où il avait l'habitude de se réfugier, le solarium de sa mère, ne lui semblait plus aussi accueillant. Récemment, encouragées par dame Treesa en personne, les suivantes avaient pris l'habitude de flirter avec lui. Vanyel ne se sentait pas du tout prêt à jouer à ces jeux-là.

Jervis força Mekeal à reculer.

Les imbéciles, pensa Vanyel, méprisant. *Ils sont fous d'autoriser ce vieil homme aigri à faire d'eux des abrutis, comme ils l'ont laissé me casser un bras.*

Vanyel était persuadé que son « accident » n'en avait pas été un.

Ce salaud l'a fait exprès, je le sais ! Il est capable de doser exactement la force de ses coups.

Les garçons qui s'entraînaient n'avaient pas l'air d'être parents. Les cousins Ashkevron, l'adolescence venue, s'étaient transformés en brutes, avec des os et des muscles de chevaux de trait.

... Dont ils ont aussi l'intelligence, pensa Vanyel.

Les fils de Withen promettaient d'avoir la grande taille de leur père et ses muscles puissants mais élégants.

Vanyel était le seul qui ressemblât à sa mère, ce que Withen lui reprochait.

Vanyel ricana quand Mekeal reçut sur son casque un coup qui l'envoya tituber en arrière.

Bien fait pour lui ! Ça lui apprendra à nous rompre les oreilles avec les exploits de guerrier qu'il entend réaliser ! Je parie que, si jamais il voit un champ de bataille, il mouillera ses pantalons.

Non que Vanyel en eût jamais vu un. Mais il avait une imagination plus vive que le reste des membres de sa famille et se représentait sans peine les dégâts que pouvaient faire les épées quand elles étaient réelles.

De plus, il doutait fort de faire partie des héros qui survivraient à la bataille. Il serait plutôt, quant à lui, dans les rangs de ceux qui mourraient pour leur pays...

Ce dont il n'avait nulle envie.

Par tous les dieux, pourquoi père ne cesse-t-il de me sermonner sur mon devoir envers le domaine ? Mekeal ferait un bien meilleur seigneur que moi, et il adorerait ça ! Pourquoi ne m'a-t-il pas laissé partir avec Lissa ?

Il soupira et posa son luth. Puis il sortit le parchemin que le page du seigneur Trevor Corey lui avait remis en cachette après avoir donné les lettres « officielles » de Lissa à dame Treesa. Il en brisa le sceau.

Cher Vanyel, lut-il. *Tu me manques terriblement. J'aimerais tant que tu sois avec moi ! J'espère que ton bras est guéri. Si seulement père n'était pas aussi obstiné ! Ce que j'apprends ici est exactement ce que nous avons étudié ensemble.*

Mais ne contrarie pas père : tu sais comment il est. Tiens bon, cela ne durera pas indéfiniment. Je ferai ce que je peux de mon côté. Le seigneur Corey est beaucoup plus raisonnable ; je pourrai peut-être le décider à demander que tu sois envoyé ici. Fais bien attention à toi. Je t'aime. Lissa.

Il replia la lettre et la rangea.

Aucune chance qu'il me laisse partir, après la façon dont je me suis dérobé à l'entraînement. De plus, je ne suis pas sûr de survivre à ma prochaine rencontre avec Jervis ! Par tous les dieux, pourquoi personne ne tient-il compte de ce que je souhaite ?

Il se détourna de la fenêtre et reposa le luth dans le support qu'il avait fabriqué, et qui contenait aussi ses deux autres instruments.

De tous côtés, qu'il s'agisse de Lissa ou de ma mère, on me donne le même conseil. Tiens-toi tranquille, fais ce que ton père demande. Quand j'ai essayé d'expliquer au père Leren qui est réellement Jervis...

Il frissonna. *Son sermon sur le devoir filial était assez écœurant, mais celui sur la « conduite convenable pour un homme » était encore pire. On eût dit qu'on m'avait surpris en train de forniquer avec des moutons ! Tout cela parce que je refuse qu'on me brise les os ! Non, je n'ai aucune aide à attendre de ce côté-là.*

Il se sentit soudain prisonnier. Il n'osait pas sortir, de peur d'être surpris et forcé d'endosser son armure. Et Jervis se réjouirait de lui faire payer tous les exercices qu'il avait évités. Vanyel regarda tristement au-delà du terrain d'entraînement, vers les prairies et les terres boisées qui s'étendaient au loin. C'était une journée magnifique. Il aurait aimé se promener ou chevaucher sous les arbres.

Demain, je serai obligé d'accompagner père. Pas moyen d'y échapper. Il me tombera dessus dès que je descendrai pour le petit déjeuner.

Même s'il aimait chevaucher, il détestait accompagner son père quand celui-ci faisait sa tournée. C'était presque aussi déplaisant que les combats avec Jervis. Toute la journée, il lui faudrait subir des sermons sur les devoirs du seigneur envers ses métayers et les paysans-fermiers qui avaient mis leurs terres sous sa protection.

Mais ce n'était pas le pire. Ce qu'il craignait par-dessus tout, c'était les gens ; la façon dont ils le dévisageaient, exigeant de lui des choses qu'il ne pouvait pas donner. Qu'il n'aurait pas *su* comment donner, même s'il l'avait voulu.

Je ne veux pas qu'ils me regardent ainsi ! Je ne veux pas être responsable de leurs vies ! Je ne saurais que faire en cas d'inondation ou d'invasion ; de plus cela m'est complètement égal !

Il s'agenouilla à côté de ses instruments, puis toucha le bois lisse, les cordes tendues.

Oh ! si seulement j'étais quelqu'un d'autre... Si j'avais la possibilité de devenir Barde...

Avant que son bras soit cassé, il s'était souvent bercé du rêve d'être Barde à la cour des Marches de Tourne-Faucon ou à celle de la citadelle de Southron ; ou même à la haute cour de Valdemar, à Haven. Il s'imaginait au centre d'un auditoire captivé, depuis la reine Elspeth jusqu'au plus insignifiant des courtisans. Il avait l'impression de voir et d'entendre son public, et l'image qu'il créait devenait plus réelle que l'endroit où il se trouvait.

Maintenant, cette satisfaction lui était refusée. Lissa n'était plus là pour l'écouter jouer et lui donner des conseils. Treesa mise à part, elle était la seule à penser qu'il n'y avait rien de honteux dans sa passion pour la musique. Il n'avait confié à personne d'autre son rêve de devenir Barde.

Il ne jouait plus pour les suivantes de sa mère, car il refusait de leur montrer qu'il avait perdu son habileté.

Tout cela à cause du tordu que son père avait jugé bon de nommer maître d'armes...

— Withen...

Il sursauta, surpris par le son de la voix de sa mère,

de l'autre côté de la petite porte de la bibliothèque. Il s'agenouilla sans bruit ; il n'avait pas la moindre envie qu'on découvre sa cachette !

— Withen, qu'as-tu à me dire que tu n'aurais pu m'annoncer dans mon solarium ? demanda-t-elle d'une voix exaspérée.

Vanyel retint sa respiration. Il entendit la porte de la bibliothèque se fermer, puis les pas lourds de son père.

— Je vais envoyer Vanyel ailleurs, dit soudain Withen.

— Comment ! cria Treesa. Tu... où ? Et pourquoi ?

Vanyel eut l'impression que son corps s'était changé en statue de pierre.

— Je ne peux rien faire de lui, Treesa, et Jervis non plus, grogna Withen. Je l'envoie auprès de quelqu'un qui pourra peut-être y parvenir.

— Vous n'arrivez à rien avec lui parce que vous voulez le forcer à être quelqu'un qu'il ne pourra jamais être ! s'écria Treesa d'une voix où perçait un soupçon d'hystérie. Tu l'obliges à affronter un homme qui fait deux fois sa taille et tu t'attends à ce qu'il...

— ... se conduise comme un homme ! C'est un pleutre et un paresseux, Treesa ! Il se soucie plus des dégâts qu'ont subis ses précieuses petites mains que de l'accroc fait à son honneur. Tu n'arranges rien en faisant de lui la mascotte du boudoir. Il se pavane auprès de vous, comme un coq dans sa basse-cour. Et le pire, c'est qu'il est couard !

— Couard ! Parce qu'il refuse que cette brute de maître d'armes l'assomme ou lui fracture un os tous les jours !

— A son âge, je m'étais déjà cassé tous les os au moins une fois !

— Dois-je prendre cela pour une vertu ? siffla-t-elle. Ou pour de la stupidité ?

Vanyel en resta bouche bée d'étonnement.

Par tous les dieux ! Elle prend ma défense... Je n'arrive pas à y croire.

— Cela signifie savoir accepter un peu de souffrance

pour apprendre, répliqua Withen. Grâce à toi et à tes suivantes, tout ce que Vanyel a appris, c'est à choisir une tunique assortie à ses yeux et à glapir des chansons d'amour. Il est trop *joli* pour son bien, Treesa, et tu l'as encouragé à rejeter ses obligations. Il n'a aucun sens de ses responsabilités.

— Tu préférerais qu'il soit comme Mekeal, je suppose, suspendu à tes lèvres, ne posant jamais une question, ne discutant jamais un ordre...

— Diantre oui ! gronda Withen. Ce garçon ne sait pas se tenir à sa place. A force de lui avoir bourré le crâne avec les bêtises qu'il y a dans les livres...

— Oh ? Il ne connaît pas sa place ? Parce qu'il sait penser par lui-même ? Qu'il peut lire et écrire mieux que certains adultes que je ne nommerai pas ? Ce maudit prêtre t'a bien fait la leçon, n'est-ce pas ? Tu envoies Van au loin parce qu'il ne correspond pas aux normes de conduite que Leren a décrétées ! (Sa voix se fit aiguë.) Ce *prêtre* t'a si bien entortillé que tu cesserais de respirer s'il décidait que ce n'est pas assez orthodoxe !

Ah, pensa Vanyel. Maintenant, la raison du soutien de Treesa était claire. Elle n'aimait pas le père Leren. Vanyel était un prétexte pour essayer de provoquer une rupture entre Withen et son directeur de conscience.

Il aurait pu lui dire que c'était la mauvaise façon de s'y prendre...

— Je m'attendais à quelque chose de ce genre, gronda Withen. Tu n'as pas le choix, Treesa, le garçon va partir, que tu le veuilles ou non. Je vais l'envoyer auprès de Savil, à la haute cour. Elle ne supportera pas ses âneries. Une fois dans un environnement où il ne sera pas le seul joli garçon, il apprendra peut-être autre chose qu'à susurrer des ballades et à s'admirer dans son miroir.

— Savil ? Cette vieille harpie ?

Vanyel eut envie de crier, lui aussi. Il se souvenait

trop bien de sa première et unique rencontre avec sa tante Savil.

Vanyel s'était incliné devant l'étrangère aux cheveux argentés, une femme vêtue du costume héraldique d'un blanc immaculé. Le Héraut Savil était l'idole de Lissa. A quatorze ans, elle avait fait ses bagages et était partie seule pour Haven, sans un mot à personne. Elle avait été Choisie par un Compagnon dès qu'elle avait passé les portes de la cité. Lissa avait demandé à la grand-mère Ashkevron de lui raconter toutes les histoires qu'elle connaissait sur Savil. Vanyel ne comprenait pas pourquoi, mais si Lissa l'admirait tant, il devait y avoir une raison.

Hélas, Lissa était en visite chez des cousins la semaine où son idole avait décidé de faire étape au domaine familial.

— Voilà donc Vanyel, avait dit sèchement la femme. C'est un joli garçon, Treesa. J'espère qu'il n'est pas seulement décoratif.

A ces mots, Vanyel s'était figé. Puis il avait levé les yeux sur elle et lui avait jeté un regard qu'il espérait réprobateur et froid.

— Inutile de me regarder ainsi, petit, avait dit la femme avec une pointe d'amusement. D'autres que toi ont essayé de me faire peur et n'y ont pas réussi.

Il avait rougi. Savil s'était détournée de lui, comme s'il n'avait aucun intérêt.

— Dites-moi, Treesa, ce garçon a-t-il montré des signes de Don ou de Talent ?

— Il chante à ravir, dit Treesa. Vraiment, il est aussi talentueux que tous les ménestrels qui sont passés ici.

La femme l'avait regardé comme s'il était transparent.

— Il a du potentiel, mais rien d'actif, avait-elle dit lentement. Dommage. J'espérais qu'un de vos enfants au moins partagerait mes Dons. Mais les filles n'ont pas de potentiel, et les quatre autres garçons sont encore pires ; celui-ci, malgré son potentiel, ne semble pas penser à autre chose qu'à ses toilettes.

« J'ai vu ce que j'étais venue voir, conclut-elle. Je n'abuserai pas plus longtemps de votre hospitalité. »

D'après ce que Vanyel avait entendu, Savil ressemblait beaucoup à son frère. Elle était dure, froide, préoccupée par ce qu'elle considérait comme son devoir. Jamais elle ne s'était mariée. Il était difficile d'imaginer que quelqu'un pût vouloir coucher avec elle. Vanyel se demandait pourquoi Lissa, si affectueuse et ouverte, voulait être comme elle.

Treesa pleurait. Son père ne faisait pas d'efforts pour la calmer. Si les larmes, le dernier recours de sa mère, échouaient, Vanyel savait qu'il n'y avait plus d'espoir.

— Cesse tes simagrées, Treesa, dit Withen d'une voix dure. Le garçon partira dès demain.

— Espèce de... monstre..., sanglota Treesa.

Vanyel entendit le bruit de sa course quand elle sortit de la bibliothèque, suivi du son plus lourd et lent des bottes de son père. Puis la porte se ferma.

Vanyel eut l'impression qu'on venait de laisser tomber sur lui le couvercle de son cercueil.

CHAPITRE II

Vanyel s'affala dans son vieux fauteuil.

Incapable de réfléchir, il regardait fixement le petit rectangle de ciel bleu qui se découpait dans la fenêtre. Il ne se rendit pas compte du temps qui passait, jusqu'à ce que le soleil couchant brille directement dans ses yeux.

Il se secoua. On n'allait pas tarder à l'appeler pour le repas du soir. Il valait mieux qu'il retourne dans sa chambre.

Il se pencha à la fenêtre et vérifia que personne ne le voyait. Puis il mesura la futilité de son geste, étant donné la conversation qu'il avait surprise.

Vanyel enjamba le rebord de la fenêtre et descendit sur la corniche qui longeait le toit. Puis il s'accroupit, assura sa prise sur les ardoises du toit et se dirigea en rampant vers la fenêtre de sa chambre.

A mi-chemin, il s'arrêta et regarda vers le bas.

Ça n'est pas si haut... Si je tombais comme il faut, je me casserais une jambe, au pire. Ainsi, ils ne pourraient pas me renvoyer. Oui, cela vaudrait peut-être le coup...

Puis il se rappela la douleur consécutive à son bras cassé.

Non, ce n'est pas une bonne idée. Avec ma chance, je risque de me briser de nouveau un bras, ou les deux. Cette fois, il n'y aura pas de guérisseur pour me soigner correctement...

Vanyel fit passer ses jambes par-dessus le rebord de la fenêtre et se laissa tomber sur son lit. Découragé, il tenta d'imaginer des solutions pour se tirer de ce mauvais pas, mais n'en trouva aucune.

Il était trop tard pour « réformer son attitude », même s'il l'avait voulu.

*Non. Je ne peux pas affronter de nouveau ce salaud de Jervis. Mais je ne sais pas ce qui sera le pire à long terme, ma tante, la demoiselle d'acier et de glace, ou Jervis. Je sais ce qu'il me ferait ; je n'ai pas la moindre idée de ce qu'*elle *peut inventer.*

Il se mordit les lèvres, essayant de penser logiquement, de ne pas s'affoler. Le pire était que Savil avait été prévenue contre lui. A Haven, il n'aurait aucun allié, aucun endroit où se cacher. Mais il n'y avait rien à faire. Vanyel savait qu'il ne pouvait pas compter sur Treesa pour l'aider réellement. Les efforts de sa mère tendaient surtout à se ménager une vie agréable et distrayante. Elle déplorerait le départ de Vanyel, son favori, mais ne le défendrait pas. Pas comme Lissa l'aurait fait, si elle avait été là.

Quand le page vint l'appeler pour le repas, il parvint à trouver l'énergie de descendre malgré son manque d'appétit.

Les nobles de Forst Reach mangeaient tard, après les domestiques, les hommes d'armes et les enfants, car la grande salle était trop exiguë pour contenir tout le monde à la fois. La chambre de Vanyel se trouvait dans l'aile des serviteurs ; il avait un long chemin à faire pour arriver dans la salle d'apparat.

Comme d'habitude, il était le dernier à table, ou presque. Il attendit un moment où Withen riait à une plaisanterie du père Leren, il en profita pour se glisser discrètement à sa place, à côté de Mekeal. Le prêtre, habituellement sinistre, était de bonne humeur ce soir. Cela ne présageait probablement rien de bon pour lui.

— Où étais-tu cet après-midi ? demanda Mekeal.

Vanyel haussa les épaules.

— Quelle importance ? Chacun sait ce que je pense de ces absurdités. Jervis ne fait pas mystère de son opinion sur moi... Peu importe où j'étais, non ?

— Sans doute, dit Mekeal en ricanant. Tu sais ce qui t'attend quand il remettra la main sur toi. Si c'est ce que tu veux, grand bien te fasse !

Ainsi, père n'a encore rien dit, pensa Vanyel, surpris. Il regarda au bout de la table. Dame Treesa était assise à sa place près de son époux. Elle n'avait pas l'air particulièrement perturbée.

Se pourrait-il qu'elle ait obtenu qu'il renonce à son projet ? Ô dieux, si seulement c'était vrai !

Vanyel n'en retrouva pas pour autant son appétit. La tension lui avait noué l'estomac ; la pièce lui paraissait trop chaude. Il défit les lacets de sa tunique. En vain. Après quelques cuillerées de la soupe épaisse et déjà froide qui croupissait dans son bol, il fit signe à un serviteur de l'emporter.

Il se tortilla sur le banc de bois, mal à l'aise. Le reste de son repas suivit le même chemin que la soupe. Il gardait toujours un œil sur la table des maîtres, qui surplombait le reste des convives depuis l'estrade où elle se trouvait.

Enfin, au moment du dessert, quand il pensait être sauvé, son père se leva.

Le seigneur Withen dominait la table de sa haute taille, comme il dominait tous les êtres et les objets qui appartenaient à Forst Reach. Il se targuait d'être un « homme simple », assez proche de ceux qu'il avait sous ses ordres pour qu'ils se sentent à l'aise avec lui. Sa tunique de cuir marron et sa chemise de lin se distinguaient à peine de celles de ses gens. Ses vêtements portaient des garnitures en argent poli au lieu de cuivre. C'était la seule marque de son rang. Ses cheveux bruns étaient retenus à la nuque par un anneau d'argent. Il portait une barbe courte.

L'apparence de Vanyel était l'une des raisons du mécontentement de Withen, surtout si on le comparait à Mekeal. Vanyel était mince et pas très grand ; Mekeal était fort et musclé ; malgré ses deux ans de moins, il avait déjà une tête de plus que son frère. Les cheveux de Vanyel étaient si noirs qu'ils avaient des reflets bleus ; ses yeux étaient du même gris argent que ceux de sa mère ; il n'avait pour ainsi dire pas de poils sur le visage. Les yeux de Mekeal étaient noisette, il se rasait déjà, et ses cheveux étaient de la même couleur que ceux de son père.

Mekeal se faisait des amis sans difficulté.

Vanyel, quant à lui, n'avait eu qu'une seule amie : Lissa.

Mekeal n'avait pas l'oreille musicale ; Vanyel vivait pour la musique. Mekeal ne comprenait rien aux leçons théoriques. Vanyel était si loin devant son frère qu'il n'y avait aucune discussion possible.

En bref, Mekeal était le portrait de son père ; Vanyel son parfait opposé.

Peut-être Withen y pensait-il en se levant. Il jeta un coup d'œil à ses deux fils, l'aîné et le deuxième, avant de détourner le regard.

— Après y avoir dûment réfléchi, annonça le maître du château, j'ai décidé qu'il était temps que Vanyel reçoive l'éducation que nous ne pouvons pas lui donner ici. Ce soir est le dernier qu'il passe avec nous. Demain, je l'enverrai auprès de ma sœur, le Héraut Mage Savil, qui deviendra sa tutrice jusqu'à ce qu'il soit majeur.

Treesa éclata en sanglots. Elle se leva, faisant tomber bruyamment sa chaise. Puis elle partit en courant, suivie par ses dames. Seule Melenna lança un regard énigmatique à Vanyel avant de rejoindre les autres.

Withen se rassit. Il prit une noix dans le bol qui se trouvait devant lui et la cassa entre ses doigts.

Au bruit, Vanyel sursauta. Il ne fut pas le seul.

— Les noix étaient très bonnes l'an dernier, qu'en dites-vous, père Leren ?

Ce fut le signal qui replongea la salle entière dans une frénésie de bavardage. A la droite de Vanyel, trois de ses cousins lancèrent bruyamment des paris sur la course qui opposerait Radevel et Kerle le lendemain. A sa gauche, Radevel murmurait quelque chose à Mekeal, tandis qu'en face de lui, le plus jeune frère Heforth échangeait des plaisanteries avec leur cousin Larence.

Chacun ignorait ostensiblement Vanyel. Il aurait aussi bien pu être invisible.

Quand le dessert fut terminé, les aînés se retirèrent pour vaquer à leurs affaires. Après le repas, la salle d'apparat appartenait aux jeunes. Quelques suivantes revinrent, signe que dame Treesa s'était retirée pour la nuit.

Des petits groupes se formèrent, tous rejetant Vanyel. Même les filles semblaient s'être jointes à la conspiration.

Vanyel fit semblant de ne pas remarquer les murmures et les regards jaloux. Il se leva de son banc, et mit un point d'honneur à aller contempler le feu qui crépitait dans la grande cheminée. Il sentit de l'hostilité dans son dos, mais ne se retourna pas. Il refusait de montrer la moindre émotion.

Quand il estima qu'il était resté assez longtemps, il s'étira, bâilla et se retourna. Il regarda l'assemblée un long moment, puis alla lentement vers la sortie, ne s'arrêtant que pour souhaiter bonne nuit au groupe le plus proche de la porte.

Puis il atteignit enfin le couloir.

— Par tous les dieux, on dirait qu'il se prend pour l'héritier du trône ! s'exclama Sandar en roulant des yeux. La reine Elspeth en personne ne ferait pas tant de manières !

Joserlin Corveau, dix-huit ans, regarda le garçon sortir. Il ne faisait pas partie de la famille, ayant été placé là par un cousin qui, sans enfants, l'avait choisi pour héritier. Le seigneur Withen devait lui apprendre la façon de gouverner un domaine.

Joserlin était grand et large. Même Jervis respectait la puissance de ses muscles. Après une seule séance, le maître d'armes avait déclaré que Jos était assez âgé pour s'entraîner avec les hommes d'armes de Withen. Ayant vu comment Jervis traitait les jeunes gens, Jos n'avait pas été mécontent de l'arrangement.

Son élocution lente et sa carrure avaient laissé croire à certains qu'il était un peu simple. Il les avait détrompés rapidement. Même s'il ne pensait pas vite, il examinait généralement tous les aspects d'une question. Et quelque chose le dérangeait dans la soirée qui venait de s'écouler.

— Vous devriez le voir dans le boudoir ! dit Jyllian, mimant quelqu'un qui joue du luth et regarde l'assistance de haut. Mais si l'on essaie d'obtenir de lui autre chose qu'une chanson, attention ! On dirait que nous sommes empoisonnées, à le voir ainsi reculer et devenir de marbre !

Mekeal ricana.

— Il pense sans doute qu'il est trop bien pour vous, je suppose !

— Ou que vous n'êtes pas assez belles ! ajouta Merthin. Il ne veut pas que ses dames soient moins jolies que lui, n'est-ce pas ?

— Ma foi, il s'apercevra qu'il n'est pas le seul beau garçon quand il arrivera à la haute cour. Croyez-moi, le réveil sera rude pour notre cher petit Vanyel !

— Par le diable, ce n'est pas juste ! grogna Mekeal. Je donnerais n'importe quoi pour aller à Haven ! Les meilleurs combattants du pays s'y trouvent. C'est le centre de tout. Comment vais-je gagner un poste d'officier si personne à la cour ne me voit jamais ? C'est pour ça que père a envoyé Lissa étudier près de Haven. Elle va devenir officier, c'est sûr, et le mieux que je peux espérer c'est un commandement de secteur, autant dire rien ! Je ne suis pas l'héritier ! C'est moi qui devrais aller à Haven, pas Vanyel !

— Tu as raison, renchérit Larence. Nous sommes tous des deuxièmes ou des troisièmes fils et nous avons besoin d'une occasion comme celle-là. Sinon, nous passerons notre vie coincés dans ce trou perdu !

— Et qu'a-t-il accompli pour mériter ça ? reprit Mekeal. Tout ce qu'il sait faire, c'est jouer du luth et nous mépriser. Sans compter qu'il esquive toutes les corvées quand il le peut. Alors, pourquoi est-ce lui qu'on envoie à Haven, quand nous mourons tous d'envie d'avoir une telle chance ?

Mekeal se tut ; chacun se tourna vers Joserlin quand celui-ci se racla la gorge. Ils savaient qu'il n'était pas un brillant intellectuel, comme Vanyel, mais qu'il avait un certain bon sens qui lui permettait de voir le fond des choses.

— Qu'est-ce qui vous fait penser que Vanyel voit l'affaire ainsi ? demanda-t-il tranquillement.

Les visages tournés vers lui exprimèrent l'étonnement. Puis il vit ses interlocuteurs hocher la tête et en venir lentement à la même conclusion que lui.

— Vous comprenez ? Pour lui, ce n'est pas une récompense. C'est un exil.

Vanyel n'eut pas besoin de réprimer ses tremblements en atteignant le couloir. Mais il n'osait pas rester là, de peur que quelqu'un ne décide de le suivre.

Aussi silencieusement que possible, il courut tout au long du chemin qui le ramenait à sa chambre. Il garda la tête baissée, de peur qu'on ne s'aperçût qu'il était au bord des larmes si on le croisait.

Mais il ne rencontra personne. Une fois dans l'aile des serviteurs, il grimpa à toute allure l'escalier de pierre qui menait à sa chambre. Quelqu'un avait éteint les torches, mais il connaissait les lieux par cœur. Ce n'était pas la première fois qu'il regagnait sa chambre à demi aveuglé par les larmes.

Il arriva au palier supérieur en courant comme un fou et gagna sa porte en un éclair. Il haletait, le souffle court, cherchant sa clé dans le noir. Il ouvrit la porte, ses larmes prêtes à couler.

Ce qu'elles firent dès qu'il eut refermé le verrou derrière lui. Il s'adossa à la porte, la tête renversée en arrière, et laissa le flot brûlant rouler le long de ses joues et imprégner le col de sa tunique. Par fierté, il réussit à maîtriser ses sanglots, car il ne voulait laisser personne se rendre compte de son désespoir, pas même un serviteur.

Ils me détestent tous. Je savais qu'ils ne m'aimaient pas beaucoup, mais je ne pensais pas qu'ils me haïssaient à ce point.

Jamais il ne s'était senti si seul et si vulnérable. A ce moment-là, s'il avait pu être sûr de se tuer, il se serait jeté par la fenêtre. Mais, comme il l'avait remarqué plus tôt, le sol n'était pas assez loin ; la douleur lui semblait pire que la solitude.

Il tituba jusqu'à son lit, enleva ses vêtements et se glissa en frissonnant sous ses couvertures.

Malgré ses efforts, il ne put s'empêcher de sangloter, étouffant le bruit dans son oreiller.

Ô Lissa, je ne sais plus quoi faire ! Personne ne m'aime, personne à part toi ne s'intéresse à moi et ils t'ont envoyée au loin. Père essaie de me briser, je le sais ! Oh, si je pouvais mourir ! Maintenant.

Il essaya de forcer son cœur à s'arrêter de battre, mais celui-ci refusa obstinément de répondre à son injonction.

Pourquoi ne peuvent-ils pas me laisser tranquille ? Pourquoi ?

Il resta ainsi, pelotonné sous ses couvertures, pendant une éternité. Mais le sommeil qu'il espérait ne vint pas. Il était trop tendu, sa tête lui faisait mal et ses yeux le brûlaient.

Il finit par renoncer. Quittant son lit, il s'enveloppa d'une robe de chambre, saisit la chandelle qui se trouvait sur sa table de chevet et sortit dans le couloir, prenant soin de marcher droit, le port arrogant. Si un serviteur l'apercevait, il ne voulait pas qu'on jase sur son compte. Ce que ces malotrus ne manqueraient pas de faire s'ils le voyaient en larmes.

Il alluma sa chandelle à la lanterne du couloir, et revint vers sa chambre du même pas tranquille. Dès qu'il eut fermé la porte, il trembla si fort que la flamme de la bougie dansa follement et que des gouttes de cire brûlantes tombèrent sur ses mains.

Il alluma les bougies fixées dans les supports muraux et posa celle qu'il tenait sur sa table de chevet.

Il s'assit sur les couvertures froissées et essaya de deviner ce que son père lui laisserait emporter.

Pas ses instruments de musique. Ils étaient plus en sécurité dans sa cachette ; il ne pourrait pas les dissimuler s'il tentait de les prendre avec lui.

Il se ferait une joie de les briser en mille morceaux, et se mettrait à rire en attendant de voir si j'oserais protester.

Il se leva et s'approcha de son coffre à vêtements. Il l'ouvrit et regarda son contenu un moment avant de le vider.

Il y avait des tuniques, des chemises, des hauts-de-chausses, des collants, la plupart dans les tons bleu saphir, aigue-marine et émeraude qui lui seyaient si bien, ou encore noir, argent ou gris fumée. Ses vêtements étaient une façon de défier son père, lui qui portait des frusques identiques tout au long de l'année, et ne se souciait jamais de son apparence. Il détestait que Vanyel s'en préoccupât.

Il n'osera pas m'interdire d'emporter mes vêtements. Il faut que je sois présentable à la cour, sinon je lui ferai honte.

Il plia les habits et les rangea dans les sacs de voyage qui se trouvaient au fond de son coffre. Il cacha quelques parchemins de musique — ses morceaux favoris — parmi les livres qu'il emportait.

Il y a beaucoup de Bardes à la cour. Je pourrai

peut-être échanger une broche en argent ou une autre babiole contre un vieux cistre. Cela ne vaudra certes pas ma délicieuse Alouette, mais ce sera mieux que rien. En supposant que Tante Dragon ne me le prenne pas...

Quand il en eut terminé avec ces préparatifs, il jeta un coup d'œil circulaire dans sa chambre. Il ne laissait rien derrière lui qu'il voulût emporter, à part ce qu'il n'osait pas prendre.

Presque trop fatigué pour pouvoir dormir, il souffla toutes les chandelles, sauf celle posée à côté de son lit, enleva sa robe de chambre, la mit dans le dernier sac et se renfonça dans sa couche.

Il ne parvint pas à se décider à éteindre la dernière chandelle. Tant qu'il y avait de la lumière, il pouvait contenir ses larmes. L'obscurité les libérerait de nouveau.

Il resta étendu, raide, regardant silencieusement la flamme vaciller sur le plafond mansardé, jusqu'à ce que ses yeux brûlent.

Il y avait si peu de chambres que les frères et les cousins habitaient à plusieurs par pièce. Mekeal avait partagé la sienne avec Vanyel jusqu'à l'accident du bras cassé. Puis il avait été seul dans sa chambre pendant quelque temps, ce qui, au début, ne lui déplaisait pas.

Mais il s'aperçut vite qu'il aimait la compagnie. Cela tombait bien, puisque, depuis le printemps dernier, Joserlin était venu s'installer avec lui. De plus, il était presque adulte, et traitait Mekeal en égal. Il ne parlait pas souvent, mais quand il le faisait, cela valait la peine d'écouter.

Aussitôt qu'ils eurent soufflé les chandelles, la voix grave de Jos rompit le silence.

— Mekeal, pourquoi toi et les autres gosses êtes-vous si durs avec votre frère ?

Durs ? pensa Mekeal. *Comment peut-on être dur avec quelqu'un qui ne pense qu'à lui-même* ?

— Parce que... parce que c'est une *limace* ! s'écria Mekeal, indigné. Il se comporte comme un bébé. C'est un lâche, et il ne se soucie que de lui-même. Mère en a fait son chouchou, il ne pense qu'à fuir ses responsabilités...

— Qu'est-ce qui te rend si sûr de ça ? demanda Joserlin.

— Père le dit, et Jervis...

— Parce qu'il ne laisse pas ce chien le battre comme plâtre ! Je ne l'en blâme pas. Si j'étais bâti comme lui, et que Jervis en ait après moi, je me trouverais aussi une cachette. Je ne le laisserais pas me remettre la main dessus !

— Mais..., balbutia Mekeal, sidéré. Mais... Jervis est le *maître d'armes* !

— C'est un abruti à la main bien trop lourde. N'oublie pas que j'ai été élevé au château du seigneur Kendrik. J'ai appris avec un *vrai* maître d'armes, le noble Orser. Crois-moi, il est compétent, lui. Jervis ne serait rien de plus qu'un soldat ordinaire s'il n'était pas un vieil ami de ton père. Il ne mérite pas ce poste, Meke ! Il vous traite comme si vous aviez le même poids et le même âge que lui. Il ne vous montre pas comment parer les coups, et vous laisse vous débrouiller seuls. Et il ne connaît qu'un seul style de combat, dont il a fait sa Sainte Ecriture !

— Mais...

— Mais rien du tout ! J'ai entendu parler de ce qui s'est passé ce printemps, quand il a cassé le bras de Vanyel.

— Vanyel trichait ! protesta Mekeal.

— C'est faux ; Radevel m'a expliqué ce qui s'est passé. Il m'a dit comment cet imbécile vous a fait croire à tous que vous n'aviez pas vu Vanyel le battre ! Si mon maître d'armes avait traité ainsi l'un de ses élèves, le seigneur Kendrik l'aurait jeté à bas de la plus haute tour !

— Mais, protesta de nouveau Mekeal, père...

— Ton père est un fichu imbécile, répondit sèchement Joserlin. D'abord de garder Jervis comme maître d'armes, et ensuite de traiter ainsi le jeune Vanyel. Si celui-ci agit ainsi, c'est en grande partie à cause de son père, pour le défier. J'ai déjà vu ça. Dame Cedrys, du domaine Briary, poussait son aîné à étudier. Mais Liaven était comme toi, il ne pensait qu'à la Garde. Elle l'a si bien poussé qu'un jour il s'est enfui et a signé un engagement avec la première compagnie de mercenaires venue. Elle ne l'a jamais revu.

— Pourtant, tu l'as vu se comporter avec nous, comme s'il était roi ou je ne sais quoi.

— Oui, dit Joserlin dans l'obscurité. Parce qu'il est gâté par dame Treesa, je ne le nie pas. Il est arrogant, et sait qu'il est le plus joli garçon du domaine. Il s'assure que personne ne l'ignore. Mais je me demande s'il n'est pas si hautain avec vous parce que vous essayez sans cesse de le rabaisser. Qu'en dis-tu ?

Mekeal ne trouva rien à répondre.

Je pourrais m'enfuir, pensa Vanyel, sa tête tombant de fatigue, mais toujours incapable de dormir.

Si je m'enfuis, que ferai-je ? Demander l'asile à un couvent ? Non, je ne suis pas destiné à la prêtrise ! Je n'écris pas assez bien pour être scribe. Et puis, qui m'emploierait quand on découvrirait qui je suis ? Oh, si j'étais un Barde !

Une idée lui vint. Oui, essayer de devenir ménestrel. Pourquoi pas ? Il lui suffisait de prendre ses instruments et de s'enfuir avant l'aube. Il serait loin avant qu'on s'aperçoive qu'il était parti.

Non, c'est impossible. Ma main... Elle n'est pas suffisament rétablie pour que je trouve une place dans un château. Je ne veux pas aller jouer pour des paysans dans des tavernes ou des foires. Je ne peux pas vivre comme ça. Après tout, Savil est un Héraut. Elle ne m'assassinera pas, même pour faire plaisir à son frère. Il soupira et éteignit la chandelle.

Non, il n'y a aucun moyen d'y échapper.

L'obscurité se referma autour de lui comme un poing. Il lutta contre les larmes avec une telle détermination qu'il n'eut pas conscience du moment où il passa de son état de transe à un sommeil hanté de rêves.

Il était seul. Pour une fois dans sa vie, personne ne le bousculait, ni ne se moquait de lui. Au-dessus de sa tête, il y avait un ciel uniformément gris ; autour de lui s'étendait une plaine glacée.

Partout où son regard portait, il n'y avait que le blanc, le silence et le froid. Un froid si intense qu'il en était engourdi.

Engourdi, pas malheureux. Pas prêt à fondre en larmes au moindre mot. Seulement... froid.

Il n'y avait pas de douleur. Seulement le vide. Il resta debout un long moment, savourant la sensation de ne rien sentir, l'absence de chagrin.

Il était en sûreté ici. Personne ne pouvait l'atteindre. S'il restait dans cette solitude, personne ne le toucherait.

Dans son rêve, il ouvrit les yeux et dit les mots à haute voix.

— Si personne ne peut me toucher, personne ne peut me blesser. La seule chose que je dois faire est de ne pas m'intéresser à ces monstres...

Ce fut comme une révélation, un cadeau des dieux, qui ne s'étaient pas beaucoup intéressés à lui jusqu'à présent. S'il pouvait garder cet endroit en lui, cette immensité glacée, s'il s'enveloppait d'indifférence, personne ne lui ferait jamais plus de mal.

Jamais plus.

CHAPITRE III

Au matin, il lui suffit de penser à son rêve pour sentir le froid envahir l'endroit, à l'intérieur de lui, où s'étaient nichés le chagrin et la solitude. Il pouvait, à volonté, devenir aussi distant et isolé qu'un ermite en haut d'une montagne.

C'était comme s'il avait trouvé un médicament contre la douleur. Un antidote à la solitude.

Il se demanda si son armure d'indifférence pouvait servir aussi à attaquer. Cela valait la peine d'essayer.

De toute façon, il n'avait rien à perdre ; le pire était déjà arrivé.

Il se vêtit rapidement d'un costume de voyage en cuir, originellement marron, mais qu'il avait fait teindre en noir à l'insu de son père. Il en était content. Le noir lui donnait l'air plus grand, plus âgé, et un rien sinistre. C'était un bon choix pour une confrontation.

Il pensa à ses instruments. Le luth lui avait été autorisé. Il ne l'emporterait pas, mais il fallait qu'il soit dans sa chambre, sinon le seigneur Withen se demanderait où il se trouvait.

De plus, s'il affrontait Withen le luth à la main, puis l'emballait sous ses yeux... il pouvait y gagner quelque chose.

Il alla rapidement à sa cachette et en rapporta l'instrument avant le lever du soleil. Quand Withen vint frapper à sa porte, il était installé sous la fenêtre, jouant une mélodie complexe. Sa main droite accomplissait la plus grande partie du travail.

Le seigneur Withen avait pensé trouver son fils aîné encore endormi. Il avait sans doute cru que le garçon serait aussi vulnérable que la veille.

Cela vous aurait fait plaisir, n'est-ce pas, père ? Vous auriez ainsi eu la preuve que je ne valais rien.

Mais quand il ouvrit la porte à la volée après avoir frappé une seule fois, il trouva Vanyel habillé pour le voyage, le luth à la main.

Vanyel le regarda avec ce qu'il espérait être une arrogance calme et distante.

La surprise et le malaise qu'il lut dans le regard de son père donnèrent au jeune homme les premières joies qu'il ait eues depuis longtemps.

— Comme vous le voyez, père, dit-il en montrant de la tête ses quatre sacs, je suis prêt.

Le seigneur Withen eut l'air encore plus surpris. Il toussota. Vanyel réalisa avec un plaisir sauvage qu'il avait, pour une fois, l'avantage dans un affrontement.

Puis il se pencha sur son luth, desserra les cordes d'une main sûre et le rangea dans son étui.

Il ne dit rien. Se redressant de toute sa hauteur, il regarda Withen.

Son regard disait : *Vas-y, pousse-moi à bout. Tu verras ce qui va se passer. Je n'ai rien à perdre et je me moque de ce qui peut m'arriver.*

Withen recula d'un pas.

— Tu peux emporter ton jouet, mais ne crois pas que tu passeras ton temps à paresser en compagnie de ces Bardes, cracha Withen, essayant de regagner un peu du terrain perdu. Je t'envoie chez Savil pour que tu apprennes autre chose que...

— Je n'en ai pas douté un instant, père, dit Vanyel d'un ton poliment venimeux. Je suis sûr que vous avez donné à ma tante des directives très précises.

Withen rougit. Vanyel ressentit une satisfaction mauvaise à cette vision. *Vous aimeriez que je fasse semblant en public, n'est-ce pas ? Mais je n'en ai pas l'intention. J'ai la haute main sur vous. Je n'ai plus rien à faire de rien, ce qui me donne une arme que vous n'avez pas.*

Withen fit un geste. Deux serviteurs entrèrent et prirent chacun deux sacs. Vanyel passa la bandoulière de l'étui de son luth par-dessus sa tête et arrangea l'instrument sur son dos.

— Inutile de m'accompagner, père, dit-il quand il vit que Withen ne faisait pas mine de suivre les serviteurs. Je suis sûr que vous avez des choses plus importantes à faire.

Withen frémit. Vanyel alla à la porte et se tourna pour lancer une dernière pique, calculée pour blesser comme seule peut le faire une vérité qui n'aurait pas dû être révélée.

— Après tout, père, cela n'a aucune importance. Il vous reste quatre héritiers potentiels, tous plus valables que moi. Je suis désolé que vous n'ayez pas cru bon d'informer ma mère de l'heure de mon départ. J'aurais aimé dire adieu à quelqu'un à qui je manquerai.

Withen sursauta. Vanyel leva un sourcil.

— Ne me souhaitez pas bon voyage. Je sais que le père Leren vous prêche l'importance de la vérité, et je ne voudrais pas que vous vous parjuriez.

L'air choqué de Withen attisa la satisfaction de Vanyel. Il se détourna et partit à grands pas, rattrapant les domestiques dans le couloir.

Il les dépassa, et leur fit signe de le suivre. Sans nul doute, Withen avait prévu que son fils marcherait derrière les serviteurs. Le soudain retournement des rôles, en le laissant abasourdi, avait aussi laissé les serviteurs sans instructions précises.

Pour une fois que Vanyel avait l'avantage, il n'avait pas l'intention d'y renoncer.

Ils descendirent l'escalier mal éclairé. Vanyel décida de continuer à démontrer à son père qu'il savait ce qu'il pensait de lui. Il sortit par la porte de service pour se rendre aux écuries.

Les deux valets, chargés de ses bagages, avaient du mal à le suivre. Il les entendait haleter loin derrière lui.

Le soleil était à peine levé. La brume montait des pâturages où l'on amenait les chevaux dans la journée. Celle-ci serait chaude, pensa Vanyel, un des premiers jours d'été. En arrivant devant la porte de l'écurie, il vit que plusieurs personnes s'y trouvaient déjà.

Vous étiez pressé de vous débarrasser de moi, père ? Vous ne pouviez pas attendre plus longtemps ? Sur ce point, je vais vous donner satisfaction.

Maintenant qu'il avait ses « barrières » pour le protéger, il était capable de penser clairement et calmement, pour la première fois depuis un an. C'était si simple ! Il suffisait de ne pas se soucier de ce que les autres pouvaient faire, et ils n'avaient aucun pouvoir sur vous.

Si j'étais resté, je n'aurais jamais osé lui dire ce que j'ai dit. Mais je m'en vais, et, le temps qu'il trouve une réponse adéquate, je serai loin. Même s'il rapporte tout cela à Tante Dragon, il aura l'air complètement idiot.

Il s'arrêta, les pieds légèrement écartés, les mains sur les hanches. Après un instant, les palefreniers s'aperçurent de sa présence et les conversations cessèrent.

— Pourquoi ma jument n'est-elle pas sellée ? demanda-t-il froidement.

Il y avait seulement trois animaux prêts à sortir. Les deux chevaux appartenaient aux hommes d'armes qui étaient en train d'examiner les sangles. La troisième bête était un vieux poney, qui servait de monture aux plus âgées des suivantes de Treesa.

— J'vous d'mande pardon, mon seigneur Vanyel, mais vot' père...

— Je me moque pas mal de ce que mon père a ordonné, coupa Vanyel. Je ne partirai pas sur cette haridelle. Je refuse d'entrer dans la capitale avec un animal qui me fera ressembler à un bouffon. De plus, Star m'appartient. C'est un cadeau de dame Treesa.

J'ai l'intention de l'emmener avec moi. Sellez-la immédiatement.

Le palefrenier continua à hésiter.

— Si vous ne le faites pas, je le ferai. De toute façon, vous aurez des ennuis. Si je suis forcé de la préparer moi-même et que ma mère l'apprenne, vous aurez des problèmes avec elle en plus de mon père.

Charmant. Il voulait faire croire que je suis trop lâche pour maîtriser un véritable cheval. Et il m'aurait en plus privé d'un être à qui je tiens. Eh bien, pas cette fois, père !

Quand le seigneur Withen arriva aux écuries, Vanyel était monté sur Star. Les palefreniers achevaient de fixer les sacs sur le dos de trois mules. Les hommes d'armes attendaient dans la cour, en selle eux aussi.

Vanyel caressa l'encolure de Star, un palefroi noir aux os fins avec sur le front une étoile blanche dont l'une des pointes descendait sur son nez. Il ignora son père un long moment, lui laissant le temps de le contempler, fièrement monté sur sa splendide jument de race au lieu du vieux poney. Puis il fit avancer Star vers l'endroit où le seigneur Withen se tenait. Elle marchait délicatement, faisant très peu de bruit. Vanyel avait fait teindre la sellerie en noir, comme ses vêtements de cuir ; il avait parfaitement conscience qu'ils produisaient, à eux deux, un spectacle saisissant.

L'expression du seigneur Withen changea quand son fils s'approcha de lui. D'abord déconfit, il eut vite l'air résigné.

Je ne vous rendrai pas les choses plus faciles, père, pensa Vanyel. *Pas après ce que vous avez essayé de me faire... Je suivrai votre exemple. Je serai aussi déplaisant que vous, mais avec plus de classe.*

Le silence se prolongea, jusqu'à ce que le jeune homme décide que les choses avaient assez duré. Il adressa un petit signe de tête à son père, puis, sans un mot, il fit pivoter Star et la lança, dans un trot rapide, en direction du village. Les hommes d'armes qui devaient l'escorter partirent à ses trousses.

Vanyel ralentit dès qu'il fut en vue du village de Forst Reach, car il ne voulait pas que les soldats se sentent autorisés à le prendre au milieu d'eux. Déjà qu'ils le regardaient d'un air soupçonneux...

Ils entrèrent bientôt dans la forêt sauvage qui s'étendait entre Forst Reach et Prytheree Ford, le domaine suivant.

Père a sans doute demandé à mon escorte de m'empêcher de fuir, pensa Vanyel. *Ma foi, ces hommes ne risquent rien. Je ne saurais pas plus comment survivre dans la nature que je ne parviendrais à me faire pousser des ailes pour voler !*

Le chemin n'était guère qu'une piste de terre battue serpentant sous un entrelacs de branches si épaisses qu'ils chevauchaient dans une pénombre verdâtre. Alors qu'à l'extérieur de la forêt le brouillard matinal s'était dissipé depuis longtemps, des filaments de brume montaient encore entre les arbres et sur la route.

De plus, Vanyel avait d'autres raisons pour ne pas tenter de fuir. Il avait l'impression que quelque chose les suivait, dissimulé dans le sous-bois.

Oui, des ombres silencieuses accompagnaient leur progression. Vanyel n'aimait pas du tout la façon dont elles bougeaient, presque à la limite de sa vision. Lorsqu'il se retournait, elles n'étaient plus là. Les histoires qu'on racontait sur la Frontière et ses étranges créatures lui revinrent malgré lui à l'esprit. Et la Frontière n'était pas si loin que ça...

La forêt était trop silencieuse. Vanyel entendait très rarement le chant d'un oiseau ; il ne voyait pas d'écureuil jouant dans les branches. Il était possible, bien sûr, que le seul bruit de leur passage suffît à effrayer les animaux. Mais l'imagination hyper-active du jeune homme lui inspirait une image sinistre de ce qui risquait de rôder sous les arbres...

Quand ils s'arrêtèrent pour la pause de midi, il ne fut pas tranquille jusqu'à ce qu'ils fussent remontés en selle. Pour ne pas perdre son sang-froid, le jeune homme se concentra sur la façon dont il avait traité le seigneur Withen. L'expression stupéfaite de son père lui valait une satisfaction sans mélange. Withen avait vu un homme devant lui, pas un gamin. Et il n'avait pas apprécié du tout !

Vanyel fut soulagé quand la forêt s'éclaircit, puis céda la place à une grande clairière où se dressait une auberge. Le jour commençait à tomber. Le jeune homme comprit que ses deux gardiens avaient décidé de passer la nuit là.

Arrivés dans la cour de l'établissement, Vanyel descendit de sa monture, plus raide et endolori qu'il ne l'aurait cru possible. Il tendit les rênes de Star à un garçon d'écurie, puis fit les cent pas afin de se dégourdir les jambes.

Il regarda l'un des hommes d'armes retirer les paquets du dos des mules, tandis que l'autre disparaissait dans le bâtiment.

Il réalisa soudain qu'il ne connaissait même pas le nom des deux hommes. Cela le dérangea, car il allait passer pas mal de temps en leur compagnie. Pourtant...

Moins je ressentirai de choses et mieux ce sera.

Il ferma les yeux et imagina l'immensité glacée de son rêve. Il pouvait presque sentir le froid l'engourdir.

Il rouvrit les yeux et regarda l'auberge. Elle était immense, au moins cinq fois plus grande que celle du petit village de Forst Reach. Les murs du rez-de-chaussée étaient de pierre ; ceux de l'étage, de bois. Le toit de chaume épais abritait toutes sortes d'oiseaux, qui pépiaient et chantaient en s'installant pour la nuit. Les écuries attenantes étaient fort imposantes, égalant celles du seigneur Withen, un fameux éleveur de chevaux.

Des ombres rampaient depuis la forêt jusque dans la cour des écuries ; pourtant le ciel commençait à peine à s'assombrir. L'air devenait de plus en plus froid, ce qui surprit Vanyel, étant donné la chaleur de la journée. Le garçon fut content de voir revenir le second homme d'armes, suivi par deux serviteurs de l'auberge.

Il fit semblant d'examiner le ciel, tendant l'oreille pour entendre ce que les soldats disaient.

— Des problèmes, Garth ? fit l'homme qui était resté avec Vanyel.

— Aucun. A cette saison, ils sont contents de recevoir des voyageurs aux bourses bien remplies. Comme le seigneur Withen l'a demandé, j'ai pris des chambres communicantes au premier étage, Sa Grandeur ici présente est dans la pièce intérieure. Pas moyen qu'elle s'enfuie sans que nous le remarquions. Si besoin est, nous mettrons notre lit en travers de la porte, et le tour sera joué.

Vanyel se raidit.

Voilà pourquoi ils gardent leurs distances. J'aurais dû m'en douter...

Il se tourna vers ses gardiens.

— Je suppose que tout est en ordre ? demanda-t-il froidement. Bien. Allons-y.

Il n'attendit pas la réponse, mais se dirigea vers l'auberge, les deux hommes sur les talons.

Vanyel contemplait la chandelle qui se consumait sur sa table de chevet. Il n'y avait pas grand-chose d'autre à voir dans sa chambre : un lit, une chaise, une petite table. Et pas de fenêtre, ni de cheminée ; ce n'était pas grave, car le bâtiment était bien assez chaud.

Le jeune homme avait demandé à se laver. Plutôt que de le laisser descendre aux bains, au rez-de-chaussée, les hommes lui avaient apporté une baignoire trop petite et de l'eau tiède. Vanyel n'avait fait aucune remarque, heureux que ses geôliers n'eussent pas insisté pour rester dans la pièce pendant qu'il se baignait.

Pourtant, ultime humiliation, un des hommes d'armes l'avait même accompagné aux toilettes !

Son dîner lui avait été apporté sur un plateau pendant ses ablutions, sans qu'on lui ait demandé son avis. Il n'y toucha presque pas, mangeant seulement le pain beurré et le fromage. Le reste, rapidement froid, était peu ragoûtant. Il prit le plateau, et alla le poser sur une table de la pièce extérieure.

Les deux hommes levèrent les yeux en le voyant entrer, l'air surpris.

Vanyel se redressa et regarda fixement un point situé entre les gardes, au-dessus de leurs têtes.

— Tous les couloirs de ce bâtiment mènent à la salle commune ; je ne risque pas de m'échapper par là, dit-il d'un ton aussi désabusé que possible. Ma monture est sous bonne garde dans les écuries ; je n'ai pas l'intention de sortir par la fenêtre et de m'enfuir à pied. Vous feriez aussi bien d'aller prendre un peu de bon temps. Même si vous êtes mes geôliers, il n'y a aucune raison de souffrir en ma compagnie.

Il retourna aussitôt dans sa chambre et ferma la porte derrière lui.

Il retint sa respiration et tendit l'oreille pour mieux entendre ce que les deux hommes disaient dans la pièce à côté.

— Que penses-tu de ça ? demanda Garth, après un instant de silence.

— Qu'il n'est pas aussi tête-en-l'air que le croit notre seigneur Withen. Il a bien compris ce qui se passe. Il est arrogant, mais pas idiot !

— Je n'ai jamais vu notre bon seigneur aussi sidéré que ce matin, acquiesça Garth. Et je n'avais jamais vu ce gamin faire pareille chose. Il est devenu bien hardi, tout d'un coup ! *Trop* hardi ?

— Non, je ne crois pas... Dans sa situation, il a raison...

Il y eut un moment de silence, puis des rires.

— Tu sais, je suppose que Sa Majesté a mieux à faire que de nous écouter bavarder. Je règlerais bien leur compte à une bière ou deux ! Et toi ?

— Ma foi, si tu m'invites, Erek...

Le son de leur voix s'évanouit quand la porte se referma derrière eux.

Vanyel soupira et se laissa tomber sur la chaise de bois, à côté de la table.

Dieux, je suis si fatigué. Cette comédie m'épuise plus que je ne l'aurais cru.

Ses yeux passèrent de la flamme de la bougie à la cruche de céramique brune où elle se reflétait.

C'est du vin médiocre, mais c'est du vin. Pourquoi ne pas m'enivrer ? Je n'ai rien de mieux à faire. « Sa Majesté... » Ils me prennent vraiment pour un imbécile !

Il soupira.

Que m'importe leur opinion, après tout ? Ce ne sont que de vulgaires soldats !

Il ferma les yeux et imagina de nouveau son paysage glaciaire. Cela l'aida un peu.

Au bout d'un moment, il essaya de penser à autre chose. Pourquoi ne pas écrire les paroles d'une nouvelle ballade ? Mais les bruits de la salle commune firent irruption dans son univers ; les rires étouffés, les hommes trinquant...

Par le diable, je vaux mieux qu'eux tous ! Je n'ai pas besoin *de leur approbation !*

Il se servit un gobelet de vin. Puis il alla chercher son luth et entreprit de l'accorder avant que l'alcool brouille ses esprits.

Oui, il lui restait la musique ; la seule chose qu'ils n'avaient pas réussi à lui prendre.

Il retourna au lit, où il s'installa confortablement, la cruche et le gobelet à portée de main, le luth sur le couvre-lit. Puis il fit les exercices destinés à assouplir ses doigts.

C'était peut-être l'effet du vin, mais il lui sembla que sa main lui faisait moins mal que d'habitude.

Sa tête bourdonnait un peu quand un coup, à sa porte, lui fit lever les yeux.

Il se leva en secouant la tête pour s'éclaircir les idées. Il entrouvrit l'huis, s'attendant à voir l'un des soldats.

C'était une toute jeune fille portant la livrée des servantes de l'auberge. La pièce extérieure était sombre et vide.

— Oui ? dit-il en clignant des yeux.

Quand il s'était levé, le vin lui était monté à la tête d'un coup. Il n'y voyait pas très clair.

— Euh, je...

Pas si jeune que ça, pensa Vanyel, mais jolie, avec ses yeux de biche et sa chevelure brune bouclée.

— Vous n'êtes pas descendu avec les autres, mon seigneur, continua la servante, et... je me demandais si vous aviez besoin de quelque chose...

— Non, je vous remercie, dit-il, légèrement méfiant.

Avait-elle été envoyée par un des hommes d'armes ? Pour vérifier qu'il était toujours là ?

— Vous êtes sûr, mon seigneur ? insista la jeune femme, s'approchant et lui lançant une œillade suggestive.

Sa robe glissa sur ses épaules, dénudant la naissance d'un sein rond.

Grands dieux, elle tente de me séduire ! réalisa Vanyel, avec un sursaut.

Son expression se fit glaciale.

— J'en suis sûr, demoiselle.

Soit elle était stupide et ne savait pas reconnaître un refus, soit l'attrait d'une bourse bien remplie la rendait hardie.

— Je peux vous préparer votre lit, mon seigneur, insista-t-elle.

Allant vers le fond de la pièce, elle en profita pour lui passer une main sur la fesse.

La caresse le fit sursauter.

— Je vous en prie ! cria-t-il d'une voix haut perchée.

Il poussa la donzelle vers la porte et la lui claqua au nez.

Il l'entendit marmonner quelque chose de peu flatteur de l'autre côté du battant de bois. Il y eut ensuite le bruit de ses pas quittant la pièce ; la porte extérieure, enfin, se referma sur le silence.

Il s'assit lourdement sur le lit, sonné. Puis il reprit son luth, détendit les cordes et le rangea dans son étui de voyage.

Ensuite, il termina le vin.

Dieux ! Juste au moment où j'ai l'impression de maîtriser quelque chose dans ma vie, je me conduis comme un imbécile ! Comme un gosse qui n'a jamais vu une prostituée.

Il n'osait penser à ce que les gardes diraient, si la fille leur racontait comment il s'était comporté. La seule idée lui en était insupportable.

J'aurais dû la laisser faire... Après tout, cela n'aurait pas été la première fois que je couchais avec quelqu'un qui ne m'intéressait pas... A ma place, Mekeal l'aurait culbutée en moins de deux ! Pourquoi suis-je ainsi ? Pourquoi suis-je si différent des autres ?

Il se retourna. Sa tête lui sembla continuer à bouger alors que son corps était au repos.

Je vais avoir une fichue gueule de bois demain, pensa-t-il avant de s'affaler sur le lit, ivre mort.

Au réveil, il avait la tête lourde et l'estomac embarrassé, mais rien de trop terrible. Bizarrement, il se sentait plus indifférent encore que d'habitude, comme si son ivrognerie de la veille l'avait purgé de ses démons.

Il s'habilla et fit sa toilette de son mieux. Puis il traversa la salle où dormaient encore ses gardiens, hier alertes et vaillants, et devenus aujourd'hui deux loques pitoyables.

De toute évidence, les hommes avaient fait une fête à tout casser. L'état du lit et l'odeur qui régnait dans la chambre ne laissaient aucun doute sur la *nature* de leurs ébats nocturnes. Sans doute la petite femme de chambre avait-elle trouvé son bonheur auprès d'eux, après avoir été refusée par Vanyel...

Il se demanda si la fille leur avait décrit sa réaction de panique. Mais les hommes, une fois réveillés, ne semblaient pas le regarder de l'air narquois qu'ils auraient arboré si la servante avait parlé...

Un peu d'infusion d'écorce de saule lui remit l'estomac d'aplomb. Il se fourra la tête sous l'eau glacée de la pompe des écuries jusqu'à ce que ses tempes cessent de battre. Il fut bientôt prêt à se mettre en route. Ses gardes n'avaient pas l'air aussi chanceux. Peut-être parce que leur remède contre la gueule de bois consistait à avaler des œufs crus et plusieurs pintes de bière...

Ils ne partirent pas avant le milieu de la matinée. Les deux hommes n'étaient pas très loquaces, ce qui ne dérangeait nullement Vanyel.

Cela lui permettrait de réfléchir en paix.

De ce côté, la forêt n'avait pas l'air aussi inhospitalière. Le sous-bois était moins touffu.

Il faisait plus chaud que la veille. Vanyel finit par enlever sa tunique de cuir et la rouler derrière sa selle.

Les ombres menaçantes semblaient avoir disparu. Cela laissa plus de temps au jeune homme pour penser à ce qui l'attendait auprès de sa tante.

Je me doute de ce que père a dit à la vieille chouette. Il lui a ordonné de me faire suivre un entraînement au combat, c'est sûr. Mais il l'a laissée juge de la manière... De toute façon, je ne peux pas tomber plus mal qu'avec Jervis !

Un oiseau chanta, lui rappelant qu'il y avait aussi la musique.

Il lui a sûrement demandé de me tenir à l'écart des Bardes... Si Savil est comme mon père, elle n'a aucune sensibilité musicale. Enfin, cela ne sera pas pire que chez moi, où j'ai vu un vrai Barde une seule fois dans ma vie... Au moins, il y en aura aux alentours... Et si je retrouve mon doigté et que je joue quelque part où l'un d'eux est susceptible de m'entendre...

Il étouffa cet espoir dans l'œuf. Il ne pouvait pas se permettre d'y penser.

Star était nerveuse. Elle aurait aimé faire son galop matinal. Il la calma et reprit le cours de ses pensées.

Père aura certainement dit à Savil toutes sortes de mauvaises choses sur moi. Elle me fera peut-être surveiller par ses amis et ses protégés. Ce sera infernal... Je n'aurai aucun endroit où me réfugier, et pas de Lissa pour me défendre...

Il caressa l'encolure de Star.

Tout le monde va me détester, mais toi tu m'aimeras toujours. Au diable les autres ! Je n'ai pas besoin d'eux.

Mais quelque chose le tracassait, une question à laquelle il n'avait pas encore réussi à trouver de réponse.

Je me demande comment il compte que Savil m'apprendra à gouverner un domaine...

Puis il sentit un frisson glacé lui parcourir l'échine.

A moins que mon retour ne soit pas prévu dans ses plans... Il a peut-être manigancé de m'envoyer dans un temple. Oui, avec l'aide du père Leren, il pourrait le faire ! A eux deux, ils trouveraient un couvent qui accepterait un novice non consentant ; surtout s'il s'agit d'un ordre cloîtré. Et, le jour dit, il ordonnera à Savil de me renvoyer chez moi, me fera enfermer au passage et annoncera à tous que j'ai eu soudain la vocation. Et je passerai le reste de ma vie dans une petite cellule de pierre perdue au bout de l'univers...

Il essaya de se persuader que c'était là des fantaisies, mais plus il y pensait, plus il trouvait que c'était une solution logique du point de vue du seigneur Withen.

Il essaya de chasser la peur, puis de se dire qu'il ne servait à rien de s'inquiéter à l'avance. Mais l'angoisse ne le quitta pas. Elle persista, jour après jour, nuit après nuit. Même les rêves où il revoyait son sanctuaire de glace ne purent vaincre son obsession.

CHAPITRE IV

— Pas mal, Tylendel, mais c'était un peu raide.

Le Héraut Mage Savil lissa sa tunique blanche d'un air pensif.

— Souviens-toi, reprit-elle, le pouvoir est supposé *couler* de toi au bouclier, et inversement. Il ne doit pas être *irrégulier*. Dis-moi pourquoi.

Tylendel fronça les sourcils. C'était un apprenti Héraut de seize ans à la chevelure blond foncé, grand et très bien fait de sa personne. Se servant de ses pouvoirs, Savil observait la barrière d'énergie qu'il avait érigée autour de lui. Elle *vit* l'hémisphère mauve pâle vaciller quand le garçon se concentra sur sa question. S'il continuait ainsi, le bouclier ne tarderait pas à s'effondrer.

— Tylendel, attention !

Il ne répondit pas, mais ses actes parlèrent pour lui. L'énergie qui l'entourait cessa de fluctuer et sa couleur devint plus foncée.

— As-tu une réponse à ce que je t'ai demandé ?

— Je le crois. Si l'énergie ne coule pas régulièrement, elle faiblit, et ce que je suis en train de faire avec elle risquera d'être interrompu.

— C'est juste, dit Savil. Mais « interrompu » n'est pas le mot. « Attaqué » convient mieux. Comme cela, par exemple.

Elle lança un éclair d'énergie contre son bouclier. A

sa grande satisfaction, elle *vit* que la défense du garçon détournait le coup pour l'envoyer se dissiper dans les écrans qui entouraient la salle d'exercice.

— Très bien, mon garçon ! Donc...

Quelqu'un frappa à la porte. Savil s'interrompit.

— Quoi encore ? grogna-t-elle, contournant la barrière magique de Tylendel pour aller ouvrir la porte.

La salle d'exercice était une pièce circulaire, protégée en permanence par un bouclier spécial très ancien et très puissant. Les Hérauts Mages l'utilisaient pour habituer leurs protégés aux aspects magiques de leurs Dons.

Un des devoirs des Hérauts Mages du Cercle Héraldique était d'améliorer ce bouclier chaque fois qu'ils en avaient le temps et l'énergie. Il fallait que l'écran soit robuste, afin de contenir les « accidents » qui survenaient de temps en temps lors de l'entraînement. Ces accidents expliquaient pourquoi on évitait autant que possible de déranger les Hérauts et leurs élèves pendant les séances.

Savil ouvrit la porte et foudroya du regard le garde du palais en uniforme bleu qui se tenait devant la porte, raide et sérieux.

— Eh bien ? demanda-t-elle d'un ton glacial.

— Je vous prie de m'excuser, Héraut Mage, mais vous avez donné l'ordre d'être avertie dès que votre neveu serait arrivé. Son escorte vous fait parvenir cela.

Elle empocha la lettre sans l'ouvrir.

— Par le diable, c'est vrai ! marmonna-t-elle. (Elle soupira, puis devint un brin plus polie.) Merci, garde. Envoyez-les à mes quartiers, lui et sa fichue escorte. Je les y rejoindrai dès que je le pourrai.

Savil claqua pratiquement la porte au nez du malheureux ; puis elle se tourna vers son élève.

— Bon, où en étions-nous ?

— Au point où mon estomac commence à gronder. Je suis désolé, Savil, mais je meurs de faim. Je crois que c'est la cause de mon manque de concentration.

— Oui ? Et que feras-tu si tu as faim au beau milieu d'un combat ?

— Je mangerai, dit-il avec un sourire espiègle.

Elle leva les mains au ciel.

— Oh, d'accord, vas-y ! fit-elle en souriant. Attention ! Relâche ton bouclier *correctement.*

Elle le regarda disperser la barrière magique, en prenant soin de renvoyer l'énergie dans la direction où il l'avait puisée. Puis il alla vers elle et pencha la tête pour qu'elle dissipe le bouclier mental qu'elle avait placé autour de lui.

— Tu t'améliores de jour en jour, Tylendel, dit-elle en posant un index au milieu de son front. Plus vite que je ne le pensais. Dans un an, ou moins encore, tu seras prêt à faire ta probation avec moi, à la Frontière. Et, crois-moi, tu recevras très vite ton uniforme blanc !

— Tout le mérite en revient à mon professeur, répondit-il en lui prenant la main et en la baisant. Comment ne pas réussir quand je bénéficie de votre séduisante présence ?

En riant, elle lui flanqua une tape sur l'oreille.

— Flatteur ! Même si je n'avais pas l'âge d'être ta grand-mère, nous savons tous deux que je ne suis pas du sexe qu'il faut pour que tu me trouves attirante !

— Mais, Savil, ne connaissez-vous pas la vérité ? J'ai donné mon cœur à mon professeur ! Comme je sais que c'est sans espoir, je me suis refusé à accepter l'amour d'une femme moins...

— Allez, dehors ! fit-elle en riant si fort qu'elle faillit s'en étrangler.

Le petit monstre ! Charmeur comme pas deux ! Ce garçon est un vrai trésor. Il me reste à le convaincre de ne pas se mêler à la stupide querelle où sa famille est impliquée, et je crois qu'il deviendra un bon Héraut Mage.

Elle prit une profonde inspiration pour se calmer.

Maintenant, il faut que je m'occupe de ce garnement gâté qu'est mon neveu. Et je n'ai pas la moindre idée de ce que je pourrai faire de lui ! A part l'étrangler... Non, ce n'est pas une bonne solution. Ça ferait trop plaisir à Withen ! Dieux, comme mon frère a changé ! Et pas en mieux. La lettre ridicule que j'ai reçue il y a une semaine aurait pu avoir été écrite par notre père.

Elle remit un peu d'ordre dans sa chevelure, s'assura que la porte de la salle était fermée et protégée par un « verrou magique », puis se dirigea vers ses quartiers.

Si Treesa n'avait pas tant dorloté ce garçon, il y aurait peut-être quelque chose à en tirer... Et je n'ai pas le temps de vérifier par moi-même. Mais si je le laisse entre les mains des autres aspirants et qu'il ne se tourne pas vers le jeu, la chasse et les divertissements de la cour, cela m'apprendra quelque chose sur lui... Oui... C'est une possibilité.

Elle ouvrit la porte qui menait aux nouveaux quartiers des Hérauts. Sa suite se trouvait à gauche au bout du couloir.

Ah, les changements ! Il y a cinq ans, nous étions entassés à quatre ou cinq dans des chambres minuscules, et maintenant j'ai ma suite... Je me demande si nous aurons jamais assez de gens pour remplir toutes ces pièces !

La porte était entrouverte. Elle la poussa et entra. Les bras croisés, elle étudia le trio qui l'attendait. Vanyel était assis sur le canapé, raide et l'air morose. A côté de lui, deux hommes d'armes de Withen se tenaient debout, jouant ostensiblement le rôle de gardiens.

Depuis sa dernière rencontre avec Vanyel, il était devenu encore plus beau. Ce n'était pas forcément un bien, pensa Savil. Avec son visage aux pommettes hautes, son épaisse chevelure aile-de-corbeau et ses incroyables yeux gris, il avait dû briser plus d'un cœur. Il n'était pas très grand, mais il possédait le corps gracieux et musclé d'un acrobate.

Et son regard était à la fois maussade et arrogant.

Je me demande si une bonne partie des problèmes de

ce garçon ne vient pas du fait que Withen a essayé de le modeler à son image...

Elle se tourna vers les hommes d'armes.

— Merci, mes braves, dit-elle. Vous avez parfaitement accompli votre devoir. Vous pouvez vous retirer.

Le plus grand des deux soldats s'éclaircit la gorge.

— La jument du garçon...

— ... Reste ici, bien entendu, coupa-t-elle.

Elle avait surpris le regard blessé de Vanyel avant qu'il ait le temps de cacher sa réaction. Elle n'avait pas besoin d'y réfléchir à deux fois pour répondre.

— Mais, Héraut, c'est un animal de valeur ! Le seigneur Withen... Vous avez sans doute assez de chevaux ici...

— Vous vous croyez où, dans un élevage ? Nous n'avons pas de chevaux de reste. Le garçon ne peut pas suivre ses cours d'équitation à pied !

— Pourtant..., objecta le soldat, décidé à ne pas enfreindre les ordres qu'il avait reçus de Withen, sûrement les Compagnons...

— Ils se laissent monter par leur Elu, et personne d'autre. (Elle tenta de maîtriser la colère que l'obstination de l'homme faisait naître en elle.) Vous pouvez partir, je vous l'ai déjà dit.

— J'ai des ordres... des choses à vous communiquer...

— Je les annule. Dites à mon frère Withen que s'il tient à me confier mon jeune neveu, il devra s'en référer à mon jugement pour décider ce qu'il convient de faire de lui. Au revoir, messieurs. A moins que je ne doive appeler un garde pour vous pousser dehors ?

Si cette petite scène symbolisait ce que Vanyel avait supporté au cours des ans, il n'était peut-être pas entièrement à blâmer pour son comportement actuel, pensa Savil.

Dès que les hommes furent partis, elle tira la lettre de sa poche et la montra à Vanyel pour qu'il voie qu'elle n'avait pas été ouverte. Puis elle la déchira en quatre morceaux qu'elle laissa tomber sur le sol.

Margret va me tuer ! Combien de fois m'a-t-elle demandé de ne pas jeter les choses par terre ?

— Je ne sais pas ce que Withen avait à me dire, mais je m'en fiche. Jeune homme, je peux t'affirmer une chose : je te jugerai à tes actions. Je suis très en colère à cause de Withen. J'ai trois protégés à former, et pas le temps de m'occuper d'un rêveur. *(Inutile de lui mentir. Il s'en apercevrait tôt ou tard de toute façon.*) Je n'ai pas l'intention d'essayer de faire de toi quelqu'un que tu ne peux pas devenir. Mais je n'ai pas non plus envie que tu me tournes en ridicule, ou que tu me causes des ennuis.

Il y eut un murmure à la porte.

Sans se retourner, Savil reconnut les pensées qui effleurèrent la sienne. Tylendel et ses deux autres protégés, Mardic et Donni, étaient derrière elle. Ils ne s'attendaient pas à trouver leur mentor en train de tancer un garçon inconnu, et leur embarras était tangible.

Mais il eût été encore plus gênant pour eux de rebrousser chemin en tentant de prétendre n'avoir rien entendu.

Savil fit signe à ses trois « enfants » de venir la rejoindre.

— Tu suivras des cours avec certains des aspirants et des jeunes courtisans, dès que j'aurai eu le temps de mettre ça au point, continua Savil. Vanyel, voilà Donni, Mardic et Tylendel. En tant qu'élèves Hérauts, ils ont un rang supérieur au tien. Que cela soit clair.

— Oui, ma tante, dit Vanyel sans que son expression changeât.

— Cela ne signifie d'ailleurs pas grand-chose, sinon que j'espère que tu te conduiras poliment avec eux.

— Oui, ma tante.

— Ma servante, Margret, s'occupe de nous. Le petit déjeuner et le déjeuner sont froids ; ils se passent autour de la table que tu vois là-bas. Tu dîneras à la cour dès que je t'aurai présenté. Si tu rates le coche, tu peux venir tenter ta chance avec nous. Donni, je veux que tu le prennes avec toi demain matin et que tu l'amènes à Kayla. Withen a insisté pour qu'il reçoive un entraînement au combat. Pour une fois je suis d'accord avec lui.

— Oui, Savil, répondit l'élève Héraut.

Petite, ébouriffée, la jeune fille était une présence apaisante. Savil était contente qu'elle soit unie pour la vie à Mardic. Rien ne pouvait défaire un tel lien, à part la mort d'un des partenaires. Ainsi, le joli minois de Vanyel ne risquait pas de lui faire tourner la tête.

Mais Savil redoutait l'effet de ce visage sur les jeunes de la cour...

— Mardic, tu l'amèneras au Collégium des Bardes demain après-midi, et tu leur demanderas de l'inscrire aux cours d'histoire, de littérature et...

Elle fronça les sourcils.

— Pourquoi pas les religions ? suggéra Tylendel.

Il leva un sourcil blond foncé et parla par l'esprit à son professeur.

Il est adorable, Savil. D'après ce que je sens, soit il est un bon à rien arrogant, soit il a été blessé dans son cœur. Je n'arrive pas à déterminer quelle explication est la bonne. Va-t-il nous causer autant de problèmes que je le suppose ?

Je n'en sais rien, mon garçon, répondit Savil. *Mais ne te laisse pas entortiller par lui avant que nous soyons sûrs de ce qu'il est. Je n'ai aucune idée de ses préférences, mais Withen ne m'a pas laissé entendre qu'il puisse être* shay'a'chern. *Je n'ai pas envie d'être obligée de recoller une fois de plus les morceaux de ton cœur brisé !*

Ne vous inquiétez pas, professeur ! j'ai appris ma leçon, dit Tylendel avec un sourire mental.

— Parfait, reprit Savil à voix haute. L'histoire, la littérature et les religions. Puis l'entraînement au combat le matin avec Kayla. C'est le maître d'armes des jeunes de la noblesse. Elle est très compétente. Si j'apprends que tu as manqué ses cours, tu seras fouetté.

Vanyel s'empourpra, mais ne dit rien.

— Donni, Mardic, Tylendel, aidez-le à transporter ses affaires dans la chambre du jardin. Je l'ai fait préparer pour lui ce matin par Margret.

Pendant que les jeunes gens prenaient chacun un paquet, Savil s'adressa une dernière fois à son neveu.

— Vanyel, ce que tu fais de ton temps libre est ton affaire, dit-elle un peu plus rudement qu'elle n'en avait eu l'intention. Mais si tu t'attires des ennuis, ne compte pas sur moi pour t'en sortir. Je ne peux pas, et je ne veux pas. Tu m'as été imposé, ne l'oublie pas. Fais en sorte de ne pas trop me le rappeler.

Vanyel remercia les étudiants de leur aide. Sa propre voix lui sembla morne et fatiguée.

Le blond hésita un instant avant de quitter la pièce, juste le temps de lui lancer un sourire qui avait l'air sincère. Puis il sortit avec les autres.

Malgré ce sourire, Vanyel était plus que soulagé qu'ils ne se soient pas attardés. Il ferma la porte et s'y adossa, les yeux fermés, épuisé. La journée lui avait semblé être une course d'obstacles émotionnelle. Il était content d'y avoir survécu, mais il ne lui restait pas beaucoup d'énergie.

Les mots de Savil l'avaient blessé ; il se força à ne pas les laisser l'atteindre.

Il rouvrit les yeux, regarda autour de lui et cligna des yeux de surprise.

La pièce était fantastique. Bien chauffée, accueillante, avec ses meubles en chêne et ses lambris, elle était aussi luxueuse que les quartiers privés de sa mère. Bref, elle ne ressemblait en rien à son ancienne chambre de Forst Reach.

La pièce était meublée d'un lit immense, assez grand pour trois, couvert d'un épais édredon rouge. Il y avait une armoire à vêtements, et non un simple coffre. Dans un autre coin se trouvaient un bureau et une chaise rembourrée ; près de la fenêtre, il y avait un fauteuil, rembourré lui aussi. Les deux sièges étaient tapissés d'un tissu rouge assorti à l'édredon. Sur le mur était accroché un râtelier d'armes et, incroyable mais vrai, un râtelier à instruments de musique ! Une cheminée et une petite bibliothèque complétaient le décor. Mais ce n'était pas là le plus extraordinaire.

Sa chambre avait une entrée privée, une porte-fenêtre vitrée qui ouvrait sur un jardin. Il essaya la poignée ; elle n'était pas verrouillée. La porte s'ouvrit quand il l'effleura.

Je n'arrive pas à y croire. Je m'attendais à une prison, et voilà qu'on me donne... quelque chose qui ressemble à la liberté !

Ses genoux se dérobèrent. Il s'assit lourdement sur le lit. La brise venue du jardin agita doucement les rideaux.

Je ne comprends pas. Elle a sauvé Star... mais elle m'a humilié devant ses élèves. Elle me donne cette chambre, puis elle me dit que je ne vaux rien et menace de me battre. Que dois-je penser ?

Il entendit des murmures derrière l'autre porte, celle que le garçon blond avait refermée derrière lui. *Ils ont l'air de si bien s'entendre, d'être si à l'aise !* pensa-t-il tristement. Les trois élèves ne se ressemblaient pas beaucoup. La jeune fille, Donni, était petite, et avait la peau brune et les cheveux frisés. Mardic ressemblait à l'un des fermiers de Withen : terre à terre, carré, brun. Mais le troisième...

Vanyel éprouvait un sentiment étrange en pensant au grand garçon blond et gracieux nommé Tylendel. Il ne comprenait pas pourquoi.

Même le ménestrel Shanse ne l'avait pas troublé à ce point...

Il y eut des éclats de rire derrière la porte.

Ils ont l'air si heureux...

Puis ses pensées changèrent de cours.

Ils rient sans doute de moi. Par le diable, je m'en fiche. Je n'ai pas besoin de leur approbation.

Il s'enferma plus étroitement dans son refuge mental, se répétant que rien n'avait d'importance, car rien ne pouvait le toucher.

Il se mit en devoir d'installer ses affaires dans sa nouvelle chambre.

Il essayait de ne pas se sentir exclu, mais la tâche était difficile.

Donni regarda de travers les pièces d'armure que Vanyel avait sélectionnées.

— Tu vas vraiment emmener tout ça ? demanda-t-elle, ses yeux noisette écarquillés de surprise.

Il fit un signe de tête.

— Je ne comprends pas pourquoi tu veux tout ce fourbi, mais comme c'est toi qui le porteras ! Allons-y.

Il n'y avait personne dans la suite quand Vanyel s'était réveillé, mais quelqu'un avait posé du cidre, du pain, du beurre et du fromage, ainsi qu'une corbeille de fruits, sur une étagère de la pièce centrale. Il avait supposé que c'était le déjeuner, car la nourriture était largement entamée. Il s'était servi, puis avait trouvé un domestique pour lui montrer le chemin des toilettes et de la salle de bains.

Après s'être lavé, il avait endossé ses vêtements les plus vieux et les plus usés, s'attendant à les salir pendant l'entraînement. Il était revenu dans sa chambre et mettait de nouveaux lacets de cuir à son armure d'entraînement quand Donni le dénicha.

Il ramassa ses affaires et la suivit, passant la porte du jardin. Ils traversèrent l'étendue baignée de soleil. Vanyel essaya de ne pas laisser l'appréhension s'infiltrer en lui et briser sa coquille de calme. Donni l'emmena par une voie détournée allant de la porte du jardin à un sentier couvert de graviers qui longeait la rivière.

Ils dépassèrent des écuries qui, curieusement, n'avaient pas de portes. Le chemin tourna abruptement et se termina devant une haute palissade, où s'ouvrait un portail. Vanyel commençait à fatiguer ; il espérait que le trajet ne serait plus trop long, mais ce ne fut pas le cas. Donni poussa le portail et lui montra un bâtiment flambant neuf de l'autre côté d'une pelouse soigneusement entretenue, qui semblait aussi grande que la moitié du domaine de son père.

— Voilà la salle d'entraînement, dit-elle. Elle a été bâtie l'an dernier, pour que nous puissions nous exercer toute l'année, quel que soit le temps. (Elle gloussa.) Je crois qu'ils en avaient assez de voir les élèves s'exercer dans les couloirs chaque fois qu'il neigeait ou pleuvait !

Vanyel hocha la tête, décidé à ne pas laisser voir sa fatigue. Il eut du mal à la suivre tant elle partit d'un pas vif. Quand ils arrivèrent au bâtiment, il se retenait à grand-peine de haleter ; il avait un point de côté, qui lui faisait un mal de chien.

Une fois entré, il vit que la structure se composait d'une unique salle, dotée d'un grand miroir sur l'un des murs et d'un plancher de bois poli. Plusieurs jeunes gens étaient déjà en train de s'entraîner. Leurs âges allaient de onze ou douze ans à une vingtaine d'années.

Vanyel était trop épuisé pour faire attention à ce qui se passait autour de lui. Il s'aperçut néanmoins que la paire de combattants la plus proche utilisait la même technique que Jervis, ce qui ne fut pas pour le rassurer.

— C'est lui ? demanda une voix de femme.

— Oui, ma dame, répondit Donni. Vanyel, voilà le maître d'armes Kayla. Kayla, tout ce fourbi lui appartient, il a dû l'apporter de chez lui. Il faut que j'y aille, ou je raterai ma leçon dans la salle d'exercice.

— Que le ciel nous en préserve, dit Kayla. Savil aura ma peau si tu es en retard. N'oublie pas que tu as ton entraînement à la dague cet après-midi, petite.

Donni s'éclipsa et laissa Vanyel face au redoutable maître d'armes.

De la tête aux pieds, Kayla n'était que muscles. Ses épaules étaient bien plus larges que celles de Vanyel ; ses poignets semblaient aussi épais que les chevilles du jeune homme. Il ne se sentait aucune envie de la défier : il ne doutait pas qu'elle aurait pu affronter Jervis et en faire de la pâtée pour chiens...

Vanyel resta impassible. Mais il frémit intérieurement quand elle se tourna vers lui.

— Bien, jeune homme, tu peux déposer tout ça dans le coin, dit-elle en montrant l'autre extrémité de la salle, où se trouvaient déjà des pièces d'équipement. Je verrai ce que nous pouvons récupérer. Quant à toi, tu n'en auras pas besoin !

— Pourquoi ? demanda Vanyel.

Quelque chose avait dû lui échapper...

— Par tous les dieux, petit, un tel équipement te convient à peu près aussi bien qu'une paire de bottes à un chat ! Tu vois Redel et Oden, là-bas ?

Elle lui montra deux combattants à l'allure androgyne qui exécutaient une danse complexe, en croisant deux épées légères et fines.

— Le duc Oden sera ton instructeur. Il sera content d'avoir un autre élève, en plus du jeune seigneur Redel. C'est le genre de combat qui te convient, et c'est ce que tu apprendras, Vanyel.

Le jeune homme eut du mal à cacher son soulagement.

— Je te préviens : Oden n'est pas un instructeur très tendre. Tu travailleras aussi dur et tu recevras autant de coups que les autres. Mieux vaut t'y préparer !

Pour la première fois de sa vie, Vanyel fut complimenté pour son habileté au combat. Il se rengorgea ; hélas, le reste de la journée ne se passa pas aussi bien.

Il revint chez lui avec son nouvel équipement, qui pesait environ le tiers de son ancienne armure. Il le rangea avec soin sur son râtelier, puis entra dans la salle commune.

Tylendel était affalé sur le canapé, un pâté à la viande dans une main et un livre dans l'autre. Il ne leva pas les yeux quand Vanyel entra.

Une fois de plus, le jeune homme éprouva un sentiment étrange, un mélange de peur et d'attirance. Il s'éclaircit la gorge ; Tylendel sursauta et laissa tomber son livre. Il leva les yeux, ses cheveux blonds lui tombant sur le front.

— Par le ciel, Vanyel, fais un peu de bruit, la prochaine fois ! Je ne m'étais pas aperçu qu'il y avait quelqu'un d'autre dans la pièce. Tiens, voilà le déjeuner, dit-il en montrant la table. Savil veut que tu ailles te laver et te changer. Elle te présentera à la cour pendant le repos de midi. Ainsi, tu pourras y prendre ton dîner ce soir. Dépêche-toi, Savil reviendra dans quelques minutes. (Il inclina la tête.) Si tu as besoin d'aide...

Vanyel se raidit. L'offre avait l'air sincère, mais n'était-ce pas un moyen de garder l'œil sur lui ? Savil ne lui avait peut-être pas dit toute la vérité...

— Non, fit-il sèchement. Je peux me débrouiller tout seul.

Sa tante revint si vite que Vanyel n'eut pas le temps de réfléchir avant d'être conduit à la Salle du Trône.

Sombre et bondée, celle-ci était plus petite qu'il ne s'y était attendu. Au fond se dressait le trône, sous une immense tapisserie représentant un cheval ailé rampant, des chaînes brisées à son cou et à ses pattes. Vanyel ne voyait rien d'autre que la tapisserie, car tout le monde semblait mesurer une tête ou deux de plus que lui. La présentation fut une grande déception. Vanyel attendit aux côtés de sa tante pendant presque une heure. Puis on appela Savil. Tous deux se dirigèrent vers le trône, annoncés par un Héraut portant l'uniforme blanc de parade. Vanyel fut escorté au pied du trône. La reine Elspeth, une femme menue aux cheveux noirs qui avait l'air très fatiguée et préoccupée, lui adressa un signe de tête amical et lui souffla quelques mots de bienvenue. Il s'inclina. Alors le Héraut le ramena près de Savil.

Celle-ci le raccompagna à ses quartiers afin qu'il se change de nouveau et passe des vêtements ordinaires pour ses cours de l'après-midi. A travers un long couloir sombre partant des quartiers de Savil, Mardic le conduisit dans une partie plus ancienne du palais. Puis ils sortirent par une porte latérale, traversèrent d'autres jardins et arrivèrent devant un bâtiment carré en pierre. Quand Vanyel demanda ce que c'était, Mardic répondit brièvement :

— Le Collégium des Bardes.

Il ouvrit la porte pour laisser passer Vanyel et s'éclipsa.

Vanyel avait du mal à croire que Savil ignorait les ordres de son père au point de lui faire suivre des cours avec les Bardes. Pourtant, il était là, assis avec trois autres jeunes gens, dans une petite salle ensoleillée du rez-de-chaussée.

Plus encore, leur professeur était un vrai Barde vêtu de la tenue écarlate idoine.

Chez lui, Vanyel avait largement devancé ses frères et ses cousins en ce qui concernait les études. Il commença donc le cours avec le sentiment qu'il allait éblouir ses camarades de classe, car l'histoire n'avait pas de secrets pour lui — du moins le pensait-il.

Les trois garçons lui avaient jeté un regard curieux quand il était entré, mais ils n'avaient rien dit. Ils portaient des vêtements presque identiques à ceux de Vanyel : chemise et tunique blanches en toile et hauts-de-chausses marron ou gris.

La pièce était à peine plus grande que sa chambre. Contrairement aux quartiers des Hérauts, ce bâtiment se révélait ancien et quelque peu délabré. Vanyel fut déçu à la vue de la porte écaillée, des meubles poussiéreux et de la peinture passée.

Quand le Barde commença le cours d'histoire, il fut surpris, et pas agréablement !

Le Barde Chadran se lança dans un exposé sur les négociations Arvale-Zalmon au temps du roi Tavist.

Cela avait l'air très intéressant.

Vanyel avait juste un petit problème.

Il n'avait jamais entendu parler des négociations et ne connaissait rien du roi Tavist sinon sa place dans l'arbre généalogique. Quand le Barde leur demanda leurs commentaires, il resta assis comme une souche en essayant de prendre un air intelligent, mais cela ne lui parut pas très convaincant. Il quitta la classe avec l'impression qu'il venait d'échapper à une horde de démons.

Le cours suivant fut à peine moins déconcertant. Il avait cru qu'il s'agissait de *la* religion, au singulier. Mais c'était bien des religions, au pluriel, qu'il était question. La population de Valdemar avait été formée d'une douzaine de peuples différents qui s'y étaient réfugiés à une époque ou à une autre. Ces gens avaient chacun leur religion. La loi de Valdemar énonçait qu'il n'y avait pas une seule vérité, mais plusieurs. Le cours traitait aujourd'hui du « peuple de l'Unique », qui s'était installé autour du Lac Croissant.

Ce fut un choc pour Vanyel d'entendre présenter comme un autre aspect de la vérité ce que le père Leren aurait qualifié d'hérésie absolue. Le jeune homme eut du mal à cacher sa surprise.

Mais ce qui se passa juste avant le cours de littérature acheva de le démoraliser.

Il était assis sur la chaise la plus proche de la porte, attendant l'arrivée du professeur, quand il entendit au-dehors la voix du Barde Chadran, en grande conversation avec le professeur de littérature.

— ... et Savil veut que nous le prenions avec nous s'il correspond aux critères, dit-il.

Une voix féminine et sensuelle répondit :

— Est-ce le cas ?

— Shanse l'a entendu chanter. Il dit qu'il a une belle voix, et un doigté suffisant, fit Chadran avec hésitation.

— Mais il n'a pas le Don ?

— Je n'en ai pas vu de signe pendant mon cours. Et il est évident qu'il ne compose pas : Shanse l'aurait indiqué.

— Il lui faut au moins deux des trois éléments, le Don, le Talent et la Créativité, tu le sais, Chadran. Shanse a-t-il détecté un Don en lui ?

— Non. Dans son rapport, il a mentionné le garçon de manière flatteuse, disant qu'il aurait été possible d'en faire un Barde, si...

— Si ?

— S'il n'était pas le successeur désigné de son père. Shanse a dit que le garçon avait de l'oreille et du Talent. Mais il n'a détecté en lui ni Créativité ni Don. Ce n'est pas suffisant pour faire de l'héritier d'un domaine un simple ménestrel. Pourtant, Breda, je voudrais que tu vérifies s'il a le Don. Nous devons tous une faveur ou deux à Savil, et j'aimerais lui faire plaisir sur ce point.

— Je vais le tester, dit la femme, mais n'y crois pas trop. Même si Shanse n'a pas le Don, il sait le reconnaître quand il le rencontre.

Vanyel n'eut guère le temps de se demander ce qu'ils voulaient dire par « Don ». La femme entra dans la pièce. Elle était grande, maigre et ordinaire d'aspect. Pourtant, elle avait une *présence* qui força Vanyel à prêter attention à ses moindres paroles et à ses moindres gestes.

— Aujourd'hui, nous allons étudier le cycle des Danseurs du Vent, dit-elle, prenant le cistre suspendu à son épaule. Nous commencerons par la première ballade. Je vous la présenterai comme il convient. Chantée, pas lue. Vous verrez que ses quelques défauts disparaissent quand on l'entend au lieu de la lire.

Elle accorda son instrument, puis se lança dans *Les danseurs du vent libérés*.

Vanyel cessa de se demander ce qu'était le Don.

Elle ne se contentait pas de chanter, comme il aurait pu le faire. Elle faisait ressentir à son auditoire chaque émotion ; elle évoquait les événements contés par la ballade de façon si réaliste que Vanyel sut, quand elle eut terminé, qu'il se souviendrait toujours des paroles.

Il comprit en même temps qu'il ne serait jamais capable de faire ce qu'elle venait d'accomplir.

Pourtant, quand elle lui demanda de chanter la ballade suivante du cycle, il fit de son mieux. A la fin, elle le regarda et secoua la tête. Elle savait qu'il avait entendu la conversation dans le couloir. Par ce petit geste, elle lui faisait comprendre que son rêve ne se réaliserait jamais.

La pitié qu'il lut dans son regard lui fit plus mal qu'un coup de dague. Tout ce travail, tous ces efforts pour retrouver la mobilité de sa main... En vain. Il n'avait jamais eu la moindre chance de réussir.

Vanyel se jeta sur son lit, le cœur serré, les tempes battantes.

Je pensais que rien ne pouvait être pire qu'à la maison, mais je me trompais. Au moins, j'avais mes rêves. Maintenant, il ne me reste rien du tout.

Le bouquet final de cette misérable journée avait été ce que sa tante lui avait dit juste après le repas.

— J'ai demandé aux Bardes s'ils pouvaient te prendre avec eux, avait-elle dit. Je suis désolée, Vanyel. Ils m'ont confirmé que tu es un musicien de talent, mais que tu ne seras jamais autre chose. Ce n'est pas suffisant pour te faire entrer au Collégium des Bardes alors que tu es l'héritier d'un domaine.

— Mais..., avait-il commencé.

— Je sais ce que tu ressens, Vanyel, cependant ton devoir d'héritier de Withen doit passer avant toute autre chose. Tu ferais mieux de te résigner à la situation. Sais-tu que j'ai été dans un cas comparable ? Je voulais le domaine, mais je n'étais pas le fils aîné. Finalement, je suis heureuse que les choses aient tourné ainsi. Si tu acceptes la situation, tu comprendras un jour que tu n'aurais pas eu une meilleure vie si tu l'avais choisie toi-même.

Comment peut-elle le savoir ? Par le ciel, je la déteste ! Tout ce qu'elle fait ou dit est si parfait ! Encore un mot pour me convaincre d'apprécier le piège qui s'est refermé sur moi et je vais devenir fou !

Il se retourna sur son lit. Le soleil n'était même pas encore couché. Il était seul dans sa chambre, le luth pendu au mur lui rappelant douloureusement ses rêves brisés.

Et rien pour le distraire. A moins que...

Le repas du soir était terminé, mais tout au long de la soirée, il y aurait des gens dans la salle d'apparat. Des jeunes gens ordinaires, qui n'étaient ni apprentis Hérauts ni élèves Bardes.

Oui, il avait bien besoin d'un peu d'admiration, celle que sa beauté et son esprit lui attiraient immanquablement lors des rares fêtes qui avaient réuni les enfants de plusieurs domaines, quand il vivait encore au château familial.

Décidé, il alla choisir dans sa penderie un costume adapté à l'occasion. Il jeta son dévolu sur un ensemble de velours gris foncé qui convenait à son humeur et qui le mettait particulièrement en valeur.

Il planifia soigneusement son entrée, attendant un moment où le bourdonnement des conversations s'était tu. Puis il entra d'un pas gracieux dans la salle d'apparat, comme si le silence s'était fait pour accueillir son arrivée.

Cela marcha à merveille. En quelques instants, il fut entouré d'un petit cercle de courtisans, avides d'impressionner le nouveau venu et de le séduire avec leurs démonstrations d'amitié. Il but leurs attentions comme du petit-lait pendant une bonne heure avant de commencer à s'ennuyer.

Un jeune courtisan dégingandé nommé Liers chantait les louanges de son frère qui avait affronté une troupe de brigands. Vanyel étouffa un bâillement. Cela ressemblait tant à ses soirées à Forst Reach !

— ... Il a donc foncé sur eux...

— C'est vraiment une idiotie, si tu veux mon avis, dit Vanyel en fronçant les sourcils. Il aurait dû tourner les talons et s'enfuir. S'il s'y était bien pris, il aurait conduit les brigands vers ses troupes. Il aurait pu se faire tuer en chargeant seul comme ça !

— Mais..., protesta le jeune courtisan. C'était la chose la plus *courageuse* à faire !

Vanyel abandonna. Il ne pouvait pas s'aliéner la bonne volonté de ces jeunes gens, car ils étaient tout ce qu'il lui restait.

— Oui, fit-il du bout des lèvres. C'était courageux, Liers, tu as raison...

L'autre eut un sourire ravi et reprit son récit. Vanyel attendit un peu puis se retira du petit groupe. Il partit à la recherche de quelque chose de plus intéressant.

Dès qu'il eut abandonné le groupe de garçons, les jeunes filles tombèrent sur lui comme une volée de moineaux. Elles papillonnèrent autour de lui, riant, flirtant, chacune faisant de son mieux pour attirer son attention. Vanyel se serait cru revenu dans le boudoir de sa mère.

Il s'ennuyait à périr. Mais c'était tout de même mieux que de ruminer le fait qu'il ne deviendrait jamais Barde.

— ... Tylendel, fit une jolie brunette à sa gauche, avec un soupir déçu.

— Qu'y a-t-il au sujet de Tylendel ? demanda Vanyel, son intérêt éveillé.

— Tashi est amoureuse de lui, dit une autre fille, une grande rousse à la peau laiteuse.

— Inutile de te faire des illusions, Tashi, dit Reva. Tu n'as pas la moindre chance. Tylendel est... comment Savil appelle-t-elle ça, déjà ?

— *Shay'a'chern,* dit Cress.

— Ce qui signifie ? demanda Vanyel.

Reva gloussa.

— Qu'il n'aime pas les filles, mais les garçons. Ils en ont, de la chance !

— Oh, quel dommage ! dit Tashi avec un soupir. Tu es sûre ?

— Certaine, assura Reva. L'an dernier, il a eu le cœur brisé par ce salaud de Nevis.

Vanyel parvint à cacher sa stupeur. Il savait que les jeunes courtisans employaient le terme « aimer » comme un synonyme de « coucher avec ». Mais... avec des garçons ?

Etait-ce pour ça que Withen...

— Nevis ? C'est bien celui qui n'arrivait pas à choisir entre les deux et prétendait avoir été forcé chaque fois qu'il couchait avec quelqu'un ?

— Oui, dit Reva. Il n'est pas dommage que ses parents l'aient rappelé chez eux.

Elle se lancèrent dans une discussion sur le perfide Nevis. Vanyel s'en désintéressa. Il se promena dans la salle d'apparat et but un peu plus de vin qu'il n'en avait l'intention, mais cela ne suffit pas à rendre la soirée passionnante. Il abandonna bientôt et alla se coucher.

Il resta longtemps éveillé, ses pensées tournant autour de ce qu'il avait appris.

Il savait trop bien ce que dirait son père s'il savait qu'il partageait les mêmes quartiers que Tylendel !

C'est donc pour ça qu'il me réprimandait quand j'étais petit, chaque fois que j'embrassais Meke. C'est ce que voulait dire le père Leren quand il m'a parlé de la « conduite convenable pour un homme »... Et la colère que mon père a piquée quand Lissa m'a habillé d'une de ses vieilles robes, comme si j'étais une sorte de poupée... Par le ciel !

Soudain, les raisons de nombre d'actes inexplicables de Withen lui apparurent clairement.

Voilà pourquoi il n'arrêtait pas de me fourrer des filles entre les bras, pourquoi il critiquait ma façon de m'habiller... Pourquoi il m'a payé cette... professionnelle... Pourquoi les hommes d'armes me regardaient parfois bizarrement... Père ne voulait pas que cela vienne à mes oreilles...

Il se sentit étrangement vide, désemparé.

Même si je pouvais faire confiance à Tylendel, je n'oserais pas prendre le risque... Pas même celui d'être son ami. En supposant qu'il ne se retourne pas contre moi...

Il ne lui restait rien que son paysage glaciaire. Le seul rêve qui ne risquait pas de le faire souffrir.

La fissure n'était pas très large, mais profonde. Vanyel savait qu'au fond se cachait quelque chose d'effrayant. Derrière lui se trouvait la plaine battue par les vents et glacée ; de l'autre côté, c'était le printemps. Il aurait aimé traverser, se réchauffer aux rayons du soleil sous les arbres où chantaient des foules d'oiseaux. Mais il avait peur de sauter. La fissure sembla s'agrandir tandis qu'il la regardait.

— Vanyel ?

Il leva les yeux, surpris.

Tylendel était debout de l'autre côté. Le vent agitant sa chevelure, il avait un large sourire sur les lèvres.

— Veux-tu me rejoindre ? demanda-t-il doucement. (Il tendit la main.) J'aimerais être ton ami. (Sa voix devint un murmure.) J'aimerais être plus que ton ami...

— Non ! cria Vanyel en se détournant.

Il se lança dans une course folle à travers l'étendue immaculée.

Quand il s'arrêta enfin, il était seul sur la plaine déserte. Il avait mal partout, mais après un moment le froid l'envahit jusqu'à la moelle des os, et il ne sentit plus rien. Il ne restait plus trace de la crevasse, ni de Tylendel. Un bref instant, la solitude se rappela à lui, telle une douleur dans la poitrine. Puis le froid engourdit l'endroit où elle avait pesé.

Il marcha au hasard. Le champ n'était pas aussi régulier qu'il l'avait cru. Des stalagmites perçaient la neige, l'empêchant d'avancer. Les lames de glace étaient coupantes comme des rasoirs. Il s'entama la peau et regarda avec surprise le sang qui coulait sur la neige.

Mais cela ne lui faisait pas mal. Le froid l'avait engourdi de la tête aux pieds.

CHAPITRE V

Tylendel était étendu de tout son long dans le jardin, un livre à la main. Vanyel le regarda de derrière les rideaux de sa fenêtre, presque malade d'angoisse face aux émotions conflictuelles qui l'envahissaient.

Il frissonna et ferma les yeux.

Par tous les dieux, pourquoi cela m'arrive-t-il, à moi ? Pourquoi maintenant ? Et pourquoi lui ? *L'élève favori de Savil...*

Il rouvrit les yeux. Tylendel avait changé de position. Son menton reposait sur sa main. Vanyel frissonna et se mordit la lèvre. Son cœur battait à tout rompre. Aucune fille ne lui avait jamais fait cet effet...

Il rougit à cette pensée et son estomac se noua.

Par le ciel, je suis vraiment comme lui ! Père me tuera quand il l'apprendra ! Il m'enfermera, il dira à tout le monde que je suis devenu fou ! Peut-être est-ce le cas...

Tylendel sourit à quelque chose dans son livre. Le cœur de Vanyel fit un bond dans sa poitrine.

Oh, si seulement il me souriait ainsi... Mais non, je n'oserai jamais... Il se retournerait contre moi, comme tous les autres.

Il se détourna de la fenêtre, le cœur lourd.

Si j'osais... Si j'osais.

Savil ferma la porte de la petite pièce carrée qui était

sa salle d'exercice personnelle et se tourna vers son protégé favori, Tylendel. Comme la salle publique, ses murs étaient de pierre, et elle était protégée par un écran d'énergie mentale tissé par Savil au fil du temps. Si quelque chose allait de travers, elle serait davantage en sécurité ici que n'importe où ailleurs.

Par le ciel, cela ne va pas être facile.

Elle avait l'intention de pousser Tylendel dans ses retranchements.

— Vous ne m'avez pas fait venir ici pour un entraînement, n'est-ce pas ? demanda-t-il au bout d'un instant.

— Non, tu as raison. Je désirais te parler. De deux choses, en fait ; je ne voulais pas que quelqu'un risque de nous entendre.

— Quel est le premier sujet de discussion ? Oh, je crois que je le connais : encore ma famille, n'est-ce pas ?

— Oui, encore ta famille. Tylendel, tu es presque un Héraut. Les Hérauts ne peuvent pas se permettre de s'impliquer dans des querelles personnelles, même quand leur lignée se trouve concernée. Je sais que ta famille essaie de te persuader de prendre parti ; je sais aussi que, pour l'instant, tu n'en as rien fait. Mais avoue que tu y songes !

Le jeune homme détourna le regard.

— Ainsi, Evan Leshara peut dire n'importe quelles horreurs sur Staven et je n'ai pas le droit de le traiter de menteur ? N'oubliez pas qu'il s'agit de mon frère jumeau, Savil ! Même s'il est très jeune, il est désormais le seigneur du domaine. Le reste de la famille doit soutenir ses décisions. Et il a *raison*, par le ciel ! Nous avons une dette de sang à payer.

— Ton frère n'est qu'une tête brûlée ! Tu ne ramèneras pas les morts à la vie en versant encore plus de sang ! C'est ce genre de raisonnement idiot qui a provoqué tous les problèmes !

Elle se figea quand le jeune homme serra les poings et avança d'un pas.

Il vit sa réaction et s'arrêta aussitôt.

Elle continua, se fiant aux conseils qu'elle avait reçus. *Je t'en prie, Jaysen, aie raison encore cette fois !*

— Cette querelle est de la folie, dit-elle. Elle doit finir. Le cas échéant, les Hérauts devront s'occuper de la faire cesser. Tu ne *peux pas* prendre parti !

Jusque-là, elle n'avait rien dit de bien nouveau. Elle se demanda si ce qu'elle avait l'intention de mentionner ensuite n'était pas trop, même pour Tylendel.

— 'Lendel, je sais que tu n'as jamais compris pourquoi ton frère Staven n'a pas été Choisi lui aussi par un Compagnon. Eh bien, la raison, c'est cette querelle aberrante. Toi, tu es capable de voir la futilité de tout ça, mais lui, non ! Il est trop têtu et prétentieux pour avoir autre chose en tête que de se battre contre les Leshara. Ton jumeau est un *imbécile*, Tylendel ! Tu as mieux à faire de ta vie que la gaspiller à défendre un idiot.

Tylendel serra de nouveau les poings. Il était fou de colère, le visage livide. Un instant, Savil se demanda s'il allait l'agresser.

Je ne l'ai jamais poussé à bout comme ça. Pourvu qu'il garde le contrôle de lui-même ! S'il m'attaque avec sa magie, je ne réponds pas de ce que mes protections risquent de lui faire.

La tension était si forte que les murs chargés d'énergie la répercutèrent vers Savil. Elle tint bon, affichant un calme qu'elle était loin de ressentir.

Puis il se détourna et marcha vers un des coins de la salle. Il appuya son front contre la pierre et frappa plusieurs fois le mur du poing, en marmonnant des jurons.

Savil ne bougea pas, ne dit pas un mot.

Puis, respirant aussi fort que s'il venait de courir plusieurs kilomètres, Tylendel se tourna vers son mentor.

— Vous ne pourrez jamais me forcer à cesser de

soutenir Staven, déclara-t-il d'une voix parfaitement contrôlée. Je ne me mêlerai pas de la querelle, je ne dirai pas qu'Evan Leshara est un menteur, mais je défendrai Staven, même auprès de vous. C'est mon frère !

— Je sais, dit Savil. Je ne te demande pas de cesser de l'aimer. Je veux simplement que tu réfléchisses au problème. Nous savons que vos deux familles essaient de trouver le soutien d'un Mage. Si cela se passait, les Hérauts seraient *forcés* d'intervenir, car c'est toute la région qui serait en danger, pas seulement deux clans ennemis. Tu es un Héraut, ou presque. Tu dois rester impartial, quoi qu'il arrive. Quel qu'en soit le coût, pour toi ou pour tes proches.

— D'accord, répondit-il d'une voix sans timbre. Je me tiendrai à l'écart de la querelle. Et quel était le second sujet dont vous vouliez m'entretenir ?

— Vanyel, dit Savil en se détendant. Il est là depuis plus d'un mois. J'aurais voulu ton avis sur lui.

— Ô dieux ! fit le jeune homme avec un demi-sourire. J'aurais dû m'attendre à ce que vous parliez de lui...

Savil le regarda de plus près, intriguée.

— Ne me dis pas que tu es tombé amoureux !

Il ricana.

— Non. Mais ce garçon met mes nerfs à rude épreuve. La moitié du temps j'ai envie de l'assommer, et l'autre moitié de le prendre dans mes bras pour le consoler. Je ne sais pas ce qui est pire !

— J'en déduis que tu as gardé un œil sur lui, dit Savil d'une voix amusée. Dis-moi ce que tu en penses.

— Quand il se pavane, entouré par sa petite cour d'admirateurs béats, je trouve qu'il mériterait d'être noyé ! Mais je crois qu'en réalité il est malheureux, et que ses allures hautaines ne sont qu'une façade. Sa cour est destinée à le convaincre qu'il vaut quelque chose. J'ai essayé de lui montrer que je voulais devenir son ami, mais il reste de glace. Il ne m'agresse pas, il se fait seulement... inaccessible.

« De plus, je viens de penser à autre chose. Vous m'avez dit que son père était fou de rage à l'idée qu'il s'intéresse à la musique ?

— Oui. Il m'avait même demandé expressément de le tenir à l'écart des Bardes.

— Et vous m'avez confié que Breda lui a dit, aussi gentiment que possible, qu'il n'avait pas les capacités pour devenir Barde. *Combien de fois l'avez-vous vu jouer de la musique depuis ce jour ?*

Savil lui jeta un regard significatif.

— Pas une seule fois, dit-elle. Margret m'a dit que la poussière s'accumule sur son luth...

— Par le ciel, s'écria Tylendel, c'est à ce point ! Je ne m'en doutais pas. Je croyais qu'il jouait au moins pour ses admirateurs...

— Non, affirma Savil. Crois-tu que ce soit si grave ?

— Pour un garçon dont les ambitions tournaient exclusivement autour de la musique ? Quelqu'un qui joue assez bien pour récolter l'admiration de tous ces flagorneurs ? Oui, c'est grave ! Nous avons un problème, Savil. Ce garçon saigne intérieurement. Si nous n'intervenons pas, il risque de saigner à mort.

— Comment faire pour l'atteindre ? demanda Savil.

Sa faiblesse, qui faisait d'elle un mauvais Héraut sur le terrain, était de ne pas très bien comprendre les motivations des gens, et ne pas savoir les traiter dans les situations de crise. Comme l'affaire avec Tylendel et son jumeau. Sans les conseils de Jaysen, elle n'aurait pas su comment s'y prendre. Jamais elle n'aurait pensé seule à la solution qu'elle avait fini par trouver.

Tylendel réfléchit un long moment à sa question.

— Je ne sais pas, Savil, dit-il enfin. Il nous faudra du temps, je suppose. Et quelque chose qui mette à bas ses barrières, même temporairement. Sinon, il restera un salaud arrogant — jusqu'à ce qu'il s'effondre.

— Tu crois qu'il est suicidaire ?

Tylendel secoua la tête.

— Je ne pense pas. Ce n'est pas son style. C'est une

idée qui ne lui viendrait jamais. Moi, par contre... Peu importe. Non, mais il peut perdre le contrôle de lui-même ; basculer dans une dépression, ou se laisser abrutir par sa cour d'incompétents et devenir l'équivalent mental d'un légume...

— Merveilleux, dit Savil. Juste les problèmes dont j'avais besoin !

Tylendel haussa les épaules.

— Vous m'avez demandé mon avis.

— C'est vrai, dit Savil, presque à regret.

— Si cela peut vous réconforter, je ne pense pas que cela se produise demain.

— Il vaudrait mieux pas ! J'ai une séance extraordinaire du Conseil, ce soir. Je serai sans doute debout la moitié de la nuit. Ne m'attends pas pour aller te coucher.

— Cela signifie-t-il que l'entretien est terminé ? demanda Tylendel.

— Oui. Tu auras la suite pour toi tout seul, ce soir. Les amoureux sont partis sur le terrain avec Shallan pour une quinzaine de jours.

— Grands dieux, seul avec le beau Vanyel ! Vous voulez me mettre à l'épreuve, n'est-ce pas ? fit-il en riant. (Puis il redevint sérieux.) D'un autre côté, cela me donnera peut-être l'occasion dont je parlais. Si je parvenais à le faire se détendre...

— Tu t'y prends bien mieux que moi avec les gens, Tylendel. C'est pour cela que je t'ai demandé ton avis. Si tu vois une possibilité, saisis-la. Pour le moment, je dois aller consulter le Héraut de la Reine.

— Et de là, vous allez directement au Conseil ?

Elle fit signe que oui.

— N'oubliez pas de manger, professeur, murmura-t-il en l'attirant dans ses bras. Veillez à ne pas attraper une autre pneumonie et à ne pas vous tuer à la tâche. Je voudrais bien vous garder encore un peu ! Même quand je vous déteste, je vous aime, vous le savez !

Les yeux brûlants de larmes retenues, elle lui rendit

son accolade, se raccrochant à lui comme à un point stable dans un univers trop souvent chaotique.

— Je sais, mon petit. Et n'oublie jamais que c'est réciproque !

Dans la suite, la sensation de *vide* oppressa presque Tylendel. Le silence se referma sur lui comme un suaire, jusqu'à ce qu'il entendre battre son propre cœur. Le temps était lourd, chaud et humide. Il n'y avait pas un rayon de lune dehors, seulement une obscurité épaisse. L'orage qui menaçait jouait aussi son rôle dans le malaise de Tylendel. Il *sentait* les nuages se former à l'ouest, alors qu'il ne pouvait pas les voir depuis le canapé où il était étendu. C'était ce qui faisait de lui un apprenti Héraut Mage et pas simplement un apprenti Héraut : la capacité de capter et de manipuler les champs d'énergie, naturels ou surnaturels. Ses Dons étaient apparus très tôt, bien avant qu'il soit Choisi ; ils lui avaient posé des problèmes pendant près de la moitié de sa courte vie. Seul le soutien de son frère jumeau lui avait permis de rester sain d'esprit jusqu'à l'apparition de son Compagnon, Gala.

Es-tu bien à l'abri, ma chérie ? demanda-t-il par l'esprit à son Compagnon. *Quand cet orage éclatera, ce sera quelque chose !*

Il reçut une réponse affirmative, dite d'une voix mentale à demi endormie. La chaleur avait cet effet sur elle.

Quant à lui, elle le rendait surtout irritable. Il avait ouvert toutes les fenêtres, mais pas un souffle d'air n'allégeait l'atmosphère pesante. Il secoua sa chevelure humide de sueur, se frotta les yeux et essaya de se concentrer sur son livre. Mais une partie de son esprit ne pouvait s'empêcher d'attendre les premiers éclairs et la pluie, cependant que l'autre partie lui susurrait qu'il lui suffisait de donner un petit *coup de pouce* à l'énergie qu'il sentait s'accumuler... Il envoya balader cette pensée subversive et attendit avec impatience que la pluie se mette à tomber d'elle-même.

Rien ne se passa. Il sentit sa tension monter.

Abandonnant son livre, il alla chercher un verre de vin dans le placard. Il ne restait que du blanc sec, qu'il n'aimait pas trop, mais cela ferait l'affaire. L'alcool lui permettrait de se calmer, d'être un peu moins sensible aux énergies naturelles.

Puis il reprit sa lecture.

Il s'y était plongé à un tel point que le premier coup de tonnerre accompagné d'une bourrasque le prit par surprise. Il entendit les volets claquer dans la chambre de Mardic et Donni et se leva avec l'intention d'aller les fermer.

A ce moment, Vanyel entra en titubant dans la pièce commune. L'estomac de Tylendel se serra ; le jeune homme faisait une tête d'enterrement.

Il avait naturellement le teint clair ; ses vêtements noirs accentuaient sa pâleur. Mais, à ce moment précis, il était blanc comme un linge ; ses yeux semblaient profondément enfoncés dans ses orbites. Il arborait une expression des plus sombres.

— Vanyel..., murmura Tylendel. Je ne pensais pas que tu reviendrais... euh... si tôt. Quelque chose ne va pas ?

Un instant, Tylendel crut que le moment était venu. L'expression de Vanyel était si hantée, si pitoyable, que le calme du jeune homme faillit l'abandonner. Il fit un pas vers lui...

C'était une erreur, il le comprit aussitôt. Le visage de Vanyel se ferma et il arbora son expression coutumière d'assurance blasée.

— Tout va à merveille ! affirma-t-il. Mais quelques Bardes sont venus de leur Collégium et ils ont organisé un concours impromptu. Il faisait si chaud, avec tout ce monde entassé dans la salle d'apparat, que j'ai abandonné...

A ce moment, les volets claquèrent si fort dans la

chambre de Savil et celle de Mardic et Donni que ce fut un miracle si les vitres n'explosèrent pas.

Vanyel se rua dans une des chambres, Tylendel dans l'autre.

Quand Tylendel eut fini de fermer les volets, il revint dans la salle commune ; Vanyel s'était retiré dans sa pièce, fermant la porte derrière lui.

— Vanyel, chuchota l'élève Héraut, le regard débordant de compassion, quelque chose ne va pas ?

— Oui, dit Vanyel en fermant les yeux. La... la musique... Je...

Soudain Tylendel fut auprès de lui, le prenant dans ses bras, calmant ses tremblements.

— Chut, murmura-t-il à l'oreille de Vanyel. Tout va bien, je comprends...

— Tu... comprends ?

— Oui. Je sais ce que c'est de vouloir quelque chose et de ne pouvoir l'obtenir.

Ses doigts tracèrent une ligne sensuelle le long de l'épine dorsale de Vanyel. Celui-ci commença à se détendre dans les bras de Tylendel. Mais ses yeux s'ouvrirent soudain tout grands quand ses mains effleurèrent la poitrine nue du jeune homme.

— Mais peut-être, dit-il en regardant Vanyel au fond des yeux, vais-je finalement l'avoir...

Vanyel poussa un cri étranglé et s'arracha à l'étreinte.

Il s'enfuit dans l'obscurité et le froid de son rêve glaciaire.

La plaine se transforma peu à peu, les pics gelés apparaissant çà et là, sortant du sol, rendant sa progression de plus en plus difficile. Il s'aperçut que les lames de glace l'entouraient de toutes parts, qu'il était prisonnier d'un mur blanc et lisse comme du verre, plus froid que l'hiver le plus redoutable. Et seul, si seul...

Son rêve glaciaire tournait au cauchemar. Il sentit

un froid mortel l'envahir. Il devait sortir, échapper à l'enfer gelé de ses rêves...

Il essaya de sauter par-dessus l'une des barrières de glace, mais une douleur violente l'assaillit. Il retira ses mains et les regarda sans comprendre. Elles étaient entamées jusqu'à l'os. Le sang coulait lentement sur la neige, un sang rouge qui, sous ses yeux, devint bleu à mesure qu'il touchait le sol.

Ses mains brûlaient. Il aurait donné n'importe quoi pour calmer la douleur.

Soudain, elle cessa. Ses mains s'engourdirent. Il les regarda de nouveau et vit, à sa grande horreur, que les entailles avaient gelé et que ses doigts se transformaient en glaçons. Il les vit devenir bleus et brillants ; il vit le gel ramper le long de ses poignets, de ses bras...

Il hurla.

Tout à coup, il fut ailleurs. *Il faisait sombre, mais il parvenait à voir, grâce aux éclairs et à une aura bleue qui brillait autour de lui.*

Les éclairs semblaient obéir à son commandement. Il était debout au milieu d'une vallée enneigée. De part et d'autre se dressaient des murs de glace qui semblaient monter jusqu'aux étoiles. Derrière lui, il n'y avait rien. Il le savait. Devant...

— Vanyel !

Devant, il attendait une armée de monstres sans âme. Des créatures dont le seul but était de traverser la vallée qu'il défendait. Il était déjà blessé. En lançant vers eux un éclair qui fit tomber plusieurs monstres, il sentit une vive douleur au côté droit. Le sang coulait le long de son flanc, de sa jambe, dans sa botte... Il haleta et pleura. Il était en train de mourir, il le savait. De mourir seul, si seul...

— Vanyel !

Il émergea à grand-peine du canyon de glace et du sommeil. Des mains brûlantes posées sur ses épaules le tirèrent du cauchemar.

Il cligna des yeux. Il avait pleuré ; ses yeux le piquaient, et son oreiller était humide de larmes. Il avait si froid... Voilà pourquoi les mains de Tylendel lui semblaient si chaudes.

— Vanyel...

Les yeux de Tylendel étaient sombres à la lumière de la petite chandelle. Mais Vanyel y lut l'inquiétude et la compassion.

— Par le ciel, Vanyel, tu es gelé !

Vanyel essaya de s'asseoir. Dès qu'il bougea, il se mit à trembler convulsivement.

Tylendel saisit sa robe de chambre, au pied du lit, et la lui posa sur les épaules. Cela ne servit à rien. Vanyel était secoué de frissons incoercibles.

Tylendel enveloppa Vanyel dans ses bras et le serra contre lui.

Le jeune homme essaya de résister, de se dégager. Il ferma les yeux.

La plaine glacée s'étendait autour de lui. Froide, solitaire... Mais elle était incapable de le blesser...

— Va-t'en ! cria-t-il en rouvrant les yeux.

Il attendit que l'autre se moque de lui.

— Pourquoi ? demanda doucement Tylendel. Je veux t'aider.

Il allait se pétrifier, se transformer en glace. Bientôt, il ne sentirait plus rien, il serait prisonnier à jamais...

Tylendel profita de l'air absent de Vanyel pour le serrer encore plus fort dans ses bras.

— Van, je ne te ferai jamais de mal... J'en serais bien incapable...

Vanyel ferma les yeux ; son souffle se précipita.

Grands dieux ! J'en ai envie... J'ai envie de ça...

— J'essaie simplement de te réchauffer, Vanyel, ajouta Tylendel avec un rien d'impatience. Détends-toi, veux-tu ?

Il se détendit. Au point que, à sa grande honte, ses larmes se remirent à couler. Il fut incapable de les arrêter, ou de stopper les frissons qui le parcouraient.

Mais Tylendel ne semblait pas s'en formaliser.

— Allons, Vanyel, fit-il doucement en l'attirant dans une position plus confortable contre son épaule. Tout va bien. Je t'ai dit que je ne te ferais jamais de mal. Pleure tout ton soûl, je n'en parlerai à personne. Je t'en donne ma parole d'honneur.

De toute façon, il était déjà trop tard pour penser à sauver sa fierté...

Vanyel se laissa aller à son chagrin. Il s'abandonna contre la poitrine de Tylendel, enfouit son visage dans le tissu doux de la vieille robe de chambre et laissa couler toutes les larmes qu'il avait accumulées derrière sa façade d'indifférence et d'arrogance. Bientôt, il sanglotait si fort qu'il lui devint impossible de penser, ou de comprendre les mots de réconfort que murmurait le jeune homme. Mais le ton de sa voix, rassurant, réconfortant, l'atteignit tout de même.

Il pleura jusqu'à épuisement, tremblant du froid terrible qui s'était glissé jusque dans la moelle de ses os.

Finalement, ses yeux n'eurent plus de larmes à verser, et il cessa de frissonner. Il avait chaud. Il se sentait à l'abri, protégé... et complètement épuisé. Tylendel le tenait dans ses bras comme s'il était fait de verre et risquait de se briser à tout moment.

C'était plus que Vanyel n'avait jamais eu dans sa vie. Il aurait voulu que cela durât éternellement.

Que les dieux aient pitié de moi... Voilà ce que j'ai toujours désiré...

— Tu as fini ? demanda doucement Tylendel, bien après que les sanglots et les spasmes eurent pris fin.

Il fit oui de la tête, et sentit les bras qui l'entouraient se détendre. Il s'assit. Tylendel lui prit le visage entre les paumes et le tourna vers la lumière. Il essaya de se détourner, sachant à quoi il devait ressembler. L'autre garçon eut un petit rire, mais pas moqueur.

— Tu es dans un drôle d'état, petit coq, fit-il en faisant une plaisanterie sans méchanceté.

Vanyel eut un sourire timide. Tylendel lui essuya les yeux avec un coin du drap.

— As-tu un mouchoir quelque part ? demanda-t-il d'un ton détaché.

Vanyel acquiesça de la tête et fouilla maladroitement dans le tiroir de sa table de nuit. Tylendel finit par écarter sa main et lui tendre le carré de tissu.

— Tiens. Je n'arrivais pas à dormir, alors je me suis levé pour prendre un verre de vin et je t'ai entendu. Ça t'arrive souvent ?

— Assez, confessa Vanyel après s'être mouché.

— C'est un cauchemar ?

Il hocha la tête de nouveau.

— Tu sais pourquoi ?

— Non, murmura-t-il.

Mais c'était un mensonge. C'était à cause des Bardes, de ce qu'il ne pourrait jamais avoir... Puis, rencontrer Tylendel, et savoir que...

Ô dieux !

— Tu as envie de m'en parler ?

— Tu vas rire de moi, se défendit Vanyel, incapable de savoir si le garçon était sincère ou pas.

— Non. Sur mon honneur, Vanyel. Je ne mens pas. Je ne rirai pas de toi, et rien de ce que tu me diras ne quittera cette pièce sans ton accord.

— C'est... la glace, commença-t-il en reniflant un peu, les yeux fixés sur le mouchoir froissé qu'il tenait à la main.

« Elle m'entoure. Je suis prisonnier, et j'ai froid, si froid... Puis, certaines nuits, comme celle-ci, je me retrouve ailleurs, en train de combattre ces... choses. Et je sais que je vais mourir. Le pire n'est pas la douleur, ni la mort. C'est... que je suis seul... si terriblement seul...

Raconté ainsi, cela avait l'air si trivial, si bête. D'autant qu'il ne pouvait pas parler à Tylendel de la partie qui le concernait.

— Vanyel, je crois que je comprends ce que tu

ressens. A certains moments, la solitude semble pire que la mort.

Vanyel cligna des yeux, à court de mots.

— Parfois, il vaut mieux avoir eu quelqu'un et l'avoir perdu que ne jamais avoir eu personne...

Les yeux de Tylendel rencontrèrent un instant ceux de Vanyel, et le cœur du jeune homme bondit dans sa poitrine. Il avait vu un éclair d'émotion, un désir auquel il ne s'était pas attendu.

Dieux ! je n'aurais pas cru que... C'est impossible ! Non, c'est vrai. Il est... Père va...

Peu m'importe !

— Vanyel, commença le blond.

— 'Lendel, interrompit Vanyel, osant utiliser le surnom qu'il avait entendu dans la bouche de sa tante. Reste avec moi. Je t'en prie, reste avec moi. (Il saisit le poignet de son compagnon.) La glace est toujours là. Elle est en moi, attendant de me transformer en statue. Elle est en train de tuer tout sentiment dans mon cœur. Je... crois qu'elle va me tuer. Je t'en prie, ne me laisse pas seul avec cette... chose.

— Tu ne sais pas ce que tu me demandes, dit Tylendel d'une voix presque rageuse, en retirant sa main. Tu ne peux pas le savoir. Tu ignores ce que je suis.

— Mais je le sais, protesta désespérément Vanyel. Je le sais. Les filles m'ont dit que tu es... *shay'a'chern.* Que tu ne couches pas avec elles. Que tu...

La voix lui manqua ; il se sentit rougir.

— Dans ce cas, Vanyel, crois-tu que je sois de bois ? cria Tylendel d'une voix rauque, le visage crispé, une intense douleur dans le regard. Tu es beau, tu es brillant, tu représentes tout ce que j'ai toujours espéré ! Crois-tu que je peux rester là et ne pas te désirer ? Par tous les dieux, je ne veux pas abuser d'un innocent, mais ce que tu me demandes mettrait un saint à l'épreuve !

— Tu ne comprends pas. Je *sais* ce que je te demande, répondit Vanyel en lui prenant de nouveau la main. Je le *sais*.

Tylendel détourna le regard.

— 'Lendel, regarde-moi, supplia Vanyel. Ecoute-moi, je n'aime pas les filles non plus. Je ne suis pas un innocent, je sais ce que je veux. J'ai couché avec assez de femmes pour être sûr qu'elles ne me font aucun effet. C'est... un acte mécanique, comme manger ou danser. Elles ne signifient rien pour moi.

Tylendel cessa d'essayer de retirer sa main et regarda Vanyel d'un air si étonné que le jeune homme eut du mal à ne pas éclater d'un rire hystérique.

— Et moi, je signifie quelque chose pour toi ? (Puis son visage se durcit.) Ne te moque pas de moi, Vanyel. Ne joue pas avec moi. Cela m'est déjà arrivé une fois. Je ne veux pas que tu ailles te plaindre d'avoir été séduit, le matin venu.

Vanyel se mordit la lèvre et regarda Tylendel droit dans les yeux.

— Je ne suis pas comme ça, 'Lendel. Je t'en prie. (Il sentit deux larmes couler le long de ses joues.) J'y... pense depuis longtemps. Depuis que les filles m'ont dit, pour toi. Et tu ne t'es jamais moqué de moi. Tu as toujours été gentil, même quand j'étais impoli. Cela a beaucoup compté. J'ai commencé à... ressentir des choses, en ta présence. J'avais peur. Je ne voulais pas reconnaître ce que c'était. Je n'osais pas admettre ce que je voulais. Maintenant, je l'accepte.

— Et c'est ?

— Je veux être avec toi, 'Lendel. Et si tu refuses, il ne me restera rien que la glace...

Tylendel lui prit le visage entre les paumes et le regarda si longtemps dans les yeux que Vanyel pensa qu'il devait lire jusque dans son âme.

Tylendel sembla être arrivé à une décision. Il fit un petit signe de tête.

Puis il tendit la main, éteignit la chandelle d'un geste décidé et reprit Vanyel dans ses bras.

Il faisait très sombre. Au bout d'un moment, Tylendel gloussa de surprise et dit doucement à l'oreille de Vanyel :

— Je commence à me demander qui de nous deux est vraiment innocent !

Un peu plus tard, il y eut un autre rire étouffé.

— Allez, fais-moi un peu de place, petit coq ! Je suis en train de me geler.

Puis on n'entendit plus un mot.

Mais, dans ces circonstances, qui a besoin de mots ?

Les couloirs étaient déserts, glacés et sombres, car les lampes s'éteignaient, ayant épuisé leur réserve d'huile de la nuit. Les pas lents et lourds de Savil résonnaient dans le silence. Elle était si fatiguée qu'elle crut à un moment qu'elle n'arriverait pas à sa chambre.

Je me fais trop vieille pour ce genre de choses, se dit-elle. *Je ne prendrai plus de protégés après ceux-là. J'ai du mal à supporter les aléas de leur formation. Sans parler des séances du Conseil qui durent toute la nuit, en compagnie d'un tas de vieux croûtons têtus.*

Elle eut un sourire ironique.

Vieux croûtons dont je suis l'un des plus têtus. Mais, dieux, des heures pareilles sont faites pour les jeunes. Je crois que je vais décommander la leçon de maîtrise du climat de 'Lendel. Sinon, mes os me feront encore un mal de chien... Ah, dieux merci, ma porte, enfin !

L'unique chandelle allumée dans la salle commune était en train de s'éteindre aussi. Peu importait, car une aube grise pointait par la fenêtre de sa chambre et de celle de Tylendel.

Elle se figea. Tylendel n'était pas dans son lit. Elle le voyait par la porte, et il était vide. Il n'avait même pas été défait.

Pas de panique, se dit-elle. *Il te suffit de rechercher sa trace mentale, et tu verras bien où elle mène.*

Elle isola la ligne d'énergie qui correspondait à son élève et la suivit. Il n'était pas loin. Il se trouvait dans la chambre de Vanyel.

Dans la chambre de *Vanyel* ?

Elle gloussa. Elle n'avait pas besoin d'un dessin pour savoir ce qui se passait dans cette pièce. Les couleurs de l'aura de son élève ne laissaient planer aucun doute.

Mais... *Vanyel* ? Il n'avait pas donné de signes qu'il était *shay'a'chern*.

Etant donné les préjugés de Withen, s'il avait craint que le garçon ne soit attiré dans cette direction, il aurait fait...

... Exactement ce qu'il avait fait. Tenter de le couler dans un moule qui n'était pas fait pour lui. Le garder dans l'ignorance du fait que des unions homosexuelles étaient possibles. Le garçon avait donc ignoré ce qu'il était, jusqu'à ce qu'il apprenne la vérité sur Tylendel.

Cela expliquait pas mal de choses, se dit Savil. Maintenant, la question était de savoir ce que cela impliquait pour l'avenir.

Elle inspira profondément et retourna dans sa chambre. Etendue dans son lit, elle serait plus à l'aise pour poser ses questions.

Elle se dévêtit, promit à ses os endolori un bain, plus tard, puis enfila une chemise de nuit et rampa sous ses draps. Les couvertures étaient chaudes. Elle remercia Tylendel d'avoir utilisé l'enchantement de réchauffement.

Elle s'allongea confortablement et envoya un filament de *parole par l'esprit*, en mode privé. Si le gamin était éveillé...

C'était le cas.

Savil ? fit la voix mentale, reflétant un sentiment de satisfaction ensommeillée. *Il m'avait semblé vous entendre arriver. Vous m'avez trouvé, n'est-ce pas ?*

Oui. Et j'ai quantité de questions à te poser. La plus importante est celle-ci : comment as-tu fait pour le convaincre ?

Je n'ai rien fait. C'était entièrement l'idée de Van...

De surprise, elle en perdit presque le fil mental qui la liait à Tylendel. *On dirait que j'ai vraiment raté quelque chose ! Que diable s'est-il passé ici la nuit dernière* ?

Beaucoup trop de choses pour que nous en parlions maintenant. La voix mentale était un peu lasse... *Mais tout ira bien, Savil. Nous avons partagé plus que... le côté physique. Nous avons parlé pendant des heures, avant et après. Il m'a donné la clé de son esprit. Il voulait vraiment que je l'aie.*

Elle leva mentalement un sourcil sardonique.

'Lendel... Je ne veux pas doucher ton enthousiasme, mais puis-je te rappeler ce qui est arrivé la dernière fois que tu as dormi dans un lit qui n'était pas le tien ?

Tout va bien, Savil, je vous le jure. Vous me taquinez toujours quand je tombe amoureux, mais... Je ne sais pas, cela est différent...

Savil ricana.

Oui. Chaque fois, cela semble différent. Non, ne te laisse pas troubler par les radotages d'une vieille cynique.

Professeur, je ne crois pas qu'il s'agira d'une aventure sans lendemain. Il a besoin de moi.

Par les cieux, d'accord ! Si tu penses que ça va suivre ce chemin... Fais-moi savoir demain matin si tu as l'intention d'emménager avec lui. Ou lui avec toi, mais sa pièce est la plus belle des deux. Nous pourrions utiliser l'autre comme chambre d'amis...

Un rire mental jaillit.

Vous voulez seulement récupérer ma chambre...

Si tu ne t'en sers pas... Sérieusement, 'Lendel, c'est important. Je veux lui parler quand il se réveillera ; en ta présence, bien sûr. Il doit savoir ce qui l'attend en tant que shay'a'chern. *Je pense qu'il ne faut pas que cela s'ébruite. Au fait, annulons tes cours de ce matin. Je suis trop fatiguée, et je crois que vous ne vous êtes pas endormis très tôt...*

Sur un dernier rire mental, le lien s'estompa.

Au moment de s'endormir, Savil eut une dernière pensée.

Par le ciel, que vais-je dire à Withen ?

Tylendel se redressa sur un coude et regarda le garçon encore endormi à côté de lui, l'air innocent comme un enfant.

Pourtant, il savait désormais que ce n'était qu'une apparence. Excepté, peut-être, en ce qui concernait sa vulnérabilité.

— Van ? Réveille-toi, murmura-t-il en lui touchant l'épaule.

Vanyel ouvrit les yeux à demi. Quand il vit qui était auprès de lui, il eut un sourire éblouissant.

— Bonjour..., fit-il en clignant des yeux.

Tylendel se sentit rassuré. Les choses ne se passeraient pas comme avec Nevis...

— Tu veux un camarade de chambre ?

— Tu... Pourquoi ?

— Savil veut récupérer la mienne, pour les invités dit-elle. Et puis, j'apprécie ta compagnie.

Vanyel ne répondit pas avec des mots, mais il aurait été impossible de ne pas comprendre qu'il acceptait.

— Nous avons plusieurs problèmes, dit Savil.

La vieille dame avait tenu une conférence mentale avec Tylendel avant de rencontrer les deux garçons. Elle avait décidé de les rejoindre dans la chambre de Vanyel, où il se sentirait sans doute moins menacé.

Tylendel était assis au bord du lit ; Vanyel s'installa aux pieds de son amant.

J'aimerais avoir encore la capacité de m'asseoir ainsi, se dit Savil. Elle avait annexé la chaise la plus confortable.

La position de Vanyel lui sembla intéressante. Apparemment, il avait abandonné son affectation d'arrogance. C'était très positif.

Je me demande si, en ayant une relation stable, 'Lendel oubliera un peu son jumeau et cette querelle de famille. Mais ce petit a tellement manqué d'affection que cela risque d'entraîner d'autres problèmes.

— Le premier problème, celui qui est à l'origine de

tous les autres, Vanyel, est ton père. S'il apprend ce qui s'est passé entre toi et 'Lendel, il réagira mal, tu le sais !

Vanyel toussota.

— « Mal » est un euphémisme, ma tante, dit Vanyel. Il sera fou de rage, c'est certain.

— Il te rappellera chez toi, Van, dit Tylendel. Il en a la possibilité. Tu es mineur, tu n'as pas été Choisi et tu n'es pas au Collégium des Bardes.

— Et je n'ai pas les moyens de te protéger, continua Savil. Je pourrai peut-être le retarder un peu, mais c'est tout. A mon avis, il t'expédiera dans un couvent quelconque, après avoir trouvé un prêtre accommodant. Certaines sectes, je suis désolée de le dire, considèrent les *shay'a'chern* comme impurs. Encouragés par l'or de Withen, je ne doute pas que ces fanatiques mettent beaucoup de zèle à vouloir te « purifier ». Et il n'y a rien que nous pourrions faire, suivant les lois de ce royaume.

Vanyel sursauta, puis hocha la tête. Savil comprit qu'il avait déjà pensé à cette possibilité.

— N'y a-t-il donc rien que *je* puisse faire ? demanda-t-il.

— Si. Autrement, je ne serais pas en train de te parler. La solution est simple, mais tu ne vas pas l'apprécier. En dehors de cette pièce, *rien ne doit changer.*

— Savil a raison, Van, dit tristement Tylendel.

— Mais..., protesta Vanyel, en lançant un regard suppliant à son amant, puis à sa tante.

— Mardic et Donni sont discrets, et je réponds de Margret. Elle n'ouvrira pas la bouche. Si tu veux rester ici, Vanyel, tu ne dois rien dire ou faire qui révèle ta relation avec 'Lendel. Que les gens se mettent à jaser, et cela viendra un jour ou l'autre aux oreilles de ton père.

— Et si tu changes, ils jaseront. Tu as remarqué comment les filles gloussent et ricanent quand elles parlent de moi et de mes préférences. Deux raisons expliquent que je n'aie pas eu plus d'ennuis : la première, c'est que je suis un élève Héraut, et qu'on accorde généralement aux Hérauts une plus grande liberté dans ce domaine qu'au commun des mortels. De plus, je suis le protégé de Savil, qui a le rang le plus élevé après le Héraut de la Reine.

— Et l'autre raison ? demanda Vanyel d'une petite voix.

— J'ai cogné sur ceux qui disaient le plus de mal de moi jusqu'à ce qu'ils renoncent ! Van, je *sais* que tu aimerais que chacun sache, à notre sujet. Mais il est plus important que tu puisses rester ici, avec moi.

— Pour cela, jeune Vanyel, interrompit Savil, il faudra que tu joues la comédie comme un acteur consommé. 'Lendel et moi, nous avons parlé de toi, cet après-midi. Nous avons tous deux le don de *parler par l'esprit*, et c'est rudement pratique dans des cas comme celui-ci. Il m'a confié certaines choses, et mon opinion sur toi en a été un peu modifiée. Mais je ne te mentirai pas. Je vais t'aider parce qu'il le désire, parce qu'il veut que tu restes avec lui. Je t'ordonne donc de ne pas changer extérieurement, d'être le même petit salaud arrogant qui est arrivé ici. Si tu peux être un peu impoli avec 'Lendel, tant mieux ! En échange, cette suite sera votre sanctuaire. C'est d'accord ?

Vanyel, qui avait pâli, avala sa salive et acquiesça.

— Bien, conclut Savil avec un léger sourire. Si tu es comme 'Lendel le dit, je suis sûre que je vais t'apprécier beaucoup. Je suis désolée de la façon dont ton père t'a traité. Crois-moi, il a beaucoup changé depuis que j'ai été Choisie. Il est devenu rigide, têtu et complètement borné. Peut-être est-ce l'âge... Nombre de ses amis ont pris la Longue Route ; il voit peut-être la Mort s'approcher de lui. A moins qu'il ne faille imputer cela au prêtre avec qui il s'est lié... Peu importe. Ce qui compte, c'est que tu devras faire attention jusqu'à tes dix-huit ans. Ensuite, tu prendras tes propres décisions. Et je vais m'assurer que 'Lendel ait quelques problèmes avec ses leçons de magie. (Elle fit un clin d'œil ; Tylendel eut un petit rire.) Je pense que nous pourrons retarder jusqu'à ta majorité le moment où 'Lendel recevra son uniforme blanc de Héraut. Ensuite, cela dépend de toi et de lui. Cela te semble correct ?

— Plus que correct, tante Savil.

Vanyel ne ressemblait pas du tout au garçon arrogant et distant qu'elle avait rencontré un mois plus tôt. Elle ne parvenait pas à définir de quelle façon.

'Lendel, qu'est-ce qui est différent ?

Il ne porte plus de masque, répondit aussitôt le jeune homme. *C'est le vrai Vanyel, celui que personne à part moi, et peut-être sa sœur, n'avait encore vu. Comprenez-vous pourquoi je l'aime ?*

Es-tu si sûr de toi, ke'chara ?

Oui.

Et de lui ?

Il était prêt à défier son père pour moi. Je crois que cela signifie beaucoup.

Dans ce cas, que les dieux vous protègent.

Elle regarda Vanyel, dont le regard était rivé sur Tylendel. Il y avait de l'amour dans ses yeux, mêlé à de l'appréhension et à une grande vulnérabilité.

— Je ferai tout mon possible pour t'aider, petit, dit-elle doucement. Oui, tout mon possible.

CHAPITRE VI

— Ne pars pas encore, dit soudain Tylendel.

Vanyel le regarda, incertain. Il n'avait pas encore l'habitude d'être « ouvert ». Il craignait toujours d'être blessé.

Tylendel le comprenait.

— Il n'y a pas de problème, Van. J'ai une bonne raison.

— J'ai un cours, protesta Vanyel. Un cours d'histoire, où je suis encore loin derrière les trois autres.

Tylendel fit une petite grimace.

— Tu n'es pas supposé t'en soucier, rappelle-toi. Tu as déjà raté les cours de ce matin ; dis-leur que l'orage de cette nuit t'a donné la migraine.

— Mais...

— C'est important. Et puis, si tu es en retard en histoire, je te donnerai des cours de rattrapage.

Comme Vanyel avait, de toute façon, envie de rester, il ne fut pas trop difficile à convaincre.

Vanyel ferma la porte de sa chambre et se tourna vers son amant, une main toujours sur le verrou.

Tylendel s'étira, puis se leva. Il posa un bras sur l'épaule de Vanyel et le poussa vers la porte qui donnait sur le jardin.

— Il y a quelqu'un là-dehors que j'aimerais te présenter, dit-il.

— Mais, dit Vanyel, je croyais...

Il se demanda pourquoi Tylendel voulait lui présenter quelqu'un, après la conversation qu'ils venaient juste d'avoir avec Savil au sujet du secret à garder.

— Tu vois ce pont ? (Tylendel lui montra la première des deux passerelles qui traversaient la rivière Terilee.) Et le bosquet de pins, sur l'autre rive ? Bien. Compte jusqu'à cinquante quand j'y serai entré, puis suis-moi. Si tu rencontres quelqu'un, n'oublie pas de jouer les garnements arrogants.

Vanyel hocha la tête, n'y comprenant rien, mais prêt à faire ce que Tylendel lui demandait.

Cela ne va pas être facile, pensa-t-il. *Avant, je n'avais rien à perdre. Maintenant, si je commets une seule erreur, je perds* tout.

Il jeta un coup d'œil vers la rivière. Tylendel venait d'atteindre le bosquet de pins. Vanyel fit semblant d'admirer un parterre de lys ; puis il accorda son attention à un rosier, tout en comptant jusqu'à cinquante. Il venait juste de finir quand une horde gloussante de ses admiratrices se montra au détour d'une haie, l'aperçut et changea de direction pour le rejoindre.

Oh, non ! pensa-t-il, horrifié. Il chercha des yeux autour de lui, mais ne vit pas d'échappatoire possible. Résigné, il les attendit.

— Vanyel, que fais-tu ici ? s'écria la jeune Jillian en battant des cils. Tu n'es pas censé avoir un cours ?

Il fallait que je tombe sur Jillian. Aucun bon sens, et la rigueur morale d'une chienne en chaleur. Et elle me court après comme un faucon ayant repéré un pigeon...

Il lui sourit en faisant une légère grimace.

— J'ai un fichu mal de tête, dit-il. A cause de l'orage. Je n'arrive pas à m'en débarrasser. Ma tante a suggéré que je fasse une promenade...

— A coups de bâton, je parie ! gloussa Kertire méchamment. Eh bien, nous allons marcher avec toi pour que tu ne t'ennuies pas.

Vanyel se mordit la lèvre.

— Elle m'a aussi *suggéré* le chemin à suivre, dit-il

avec une nouvelle grimace. Je dois faire l'aller-retour jusqu'au bout du Champ des Compagnons. Et je ne doute pas qu'elle me surveille de sa fenêtre. J'aurais adoré votre compagnie, mes jolies, mais je ne crois pas que vos chaussures délicates survivraient à une balade à travers un champ plein de... euh...

— De crottin de cheval, dit Jesalis, en regardant ses pantoufles en satin. Je viens de finir de les broder ; je n'ai pas envie de les abîmer. Mais je ne sais pas si nous te pardonnerons de nous fausser compagnie, Vanyel !

— Oh, ce n'est pas gentil ! s'exclama-t-il. Me tenir rigueur des ordres de ma vieille taupe de tante !

Il roula des yeux d'un air désolé. Jesalis gloussa.

— Nous te pardonnerons, si tu promets de te racheter ce soir, après le dîner.

— Ce soir ? dit-il, peu désireux de sacrifier la soirée qu'il avait prévu de passer en compagnie de Tylendel. Je doute que je me sente mieux après avoir peiné dans ce champ !

— Dans ce cas...

— Je vous propose un marché : vous me pardonnez, et je viendrai demain matin jouer pour vous quand vous serez occupées à vos travaux d'aiguille.

— Vraiment ! couina Wendi, dont la sœur aînée faisait partie des suivantes de la mère de Vanyel. Ratha m'a dit que tu joues aussi bien qu'un Barde.

Il haussa les épaules.

— Je me débrouille au luth. Et je connais une ballade ou deux...

— C'est d'accord, dit Jesalis.

— Je vous remercie, répondit Vanyel, soulagé. Je ne pourrais pas vivre sans votre indulgence. Maintenant, si vous voulez bien m'excuser, je voudrais en terminer au plus vite avec cette corvée pour pouvoir retourner dans mon lit.

Dès qu'elles eurent disparu de sa vue, il se dirigea, avec un manque d'enthousiasme ostentatoire, dans la direction du pont, puis du bosquet de pins.

Il le dépassa, marchant dans des herbes qui, par endroit, atteignaient le haut de ses genoux, alors qu'ailleurs elles se réduisaient à une simple pelouse. Malgré ce qu'il avait dit aux filles, il n'y avait aucune mauvaise surprise sur le sol. Cela l'étonna.

Que font donc les Compagnons ? Ils les déposent toutes dans un seul endroit ? Les histoires disent qu'ils sont aussi intelligents que les humains. Je suppose que c'est possible. Ils mangent de l'herbe, comme les chevaux. Qui a envie de dîner dans les latrines ?

Quand Vanyel se fut assuré que personne ne risquait de le voir, il retourna au bosquet de pins et écarta les buissons. Les branches se refermèrent sur lui, oblitérant la lumière du soleil. Il marcha bientôt dans un tunnel sombre qui sentait le pin. Les aiguilles crissaient un peu sous ses pieds, exhalant davantage leur odeur caractéristique. Quelque part, il entendait des oiseaux chanter. L'endroit semblait immense maintenant qu'il était à l'intérieur. Il avait l'impression de se trouver dans un lieu magique, presque mystique, très éloigné du Champ vert et or qui ne se trouvait qu'à quelques pieds de là.

Il ne s'agissait pas du *Bosquet* ; celui-là était plus éloigné dans le Champ des Compagnons. Mais il lui procurait tout de même un sentiment plaisant : il se sentait plus vivant, plus conscient des choses autour de lui.

— 'Lendel ? appela-t-il doucement, sa voix étant étouffée par les rangées de troncs droits couleur ébène qui l'entouraient de toutes parts.

— Par ici, répondit une voix derrière lui.

Une forme blanche apparut à sa droite, et se transforma en...

Un Compagnon. Le premier que Vanyel ait jamais vu de si près. Tylendel était debout près de lui, une main sur son cou blanc.

— Voilà la personne que je voulais te faire rencontrer. Van, c'est Gala. Elle est au courant, pour toi. En fait, elle sait depuis la nuit dernière. Nous sommes mentalement liés. Je lui ai tout dit, et elle a voulu te rencontrer aussitôt.

Vanyel se sentit embarrassé. Les yeux saphir brillaient d'intelligence, mais la forme générale était celle d'un cheval. Comment se présentait-on à un équidé ?

Le silence dura. Il regarda Gala dans les yeux.

— Hello, dit-il enfin, en essayant de parler à l'intelligence qu'il savait présente. Je... j'espère que cela ne vous dérange pas...

Gala renâcla ; Tylendel rit.

— Elle dit qu'elle espérait depuis longtemps me voir trouver un bon ami, histoire de la laisser un peu en paix. Elle juge plutôt déconcertant, lorsqu'elle est en train de se frotter à un bel étalon, de me sentir dans sa tête, lui demandant des berceuses pour m'endormir !

Il ne s'était pas attendu à cela.

— 'Lendel, tu n'as pas osé faire ça !

Il hocha la tête.

— Je l'ai fait, mais une seule fois. C'était après Nevis, et je me sentais... (sa voix faiblit et il regarda de côté)... très seul.

Vanyel frôla la main qui reposait sur l'épaule de Gala.

— Ce n'est plus le cas, j'espère.

Tylendel sourit.

— Non, dit-il doucement.

Le calme qui régnait dans le bosquet abrité était tel que les deux garçons ne mesurèrent pas le temps qui passait.

Jusqu'à ce que Vanyel trébuche vers l'avant, poussé, sans aucun doute, par le nez de Gala. Tylendel le rattrapa pour lui éviter une chute.

Gala recula de quelques pas, émettant des sons qui ressemblaient fort à des éclats de rire.

Tylendel se tint le ventre d'hilarité. Gala renâcla et il se remit à hurler de rire.

Ils sont en train de parler, comprit Vanyel. *Je*

suppose qu'elle le taquine. Par tous les dieux, les histoires qu'on raconte sont vraies ! J'aimerais pouvoir les entendre...

Il sentit la morsure de la jalousie. Tylendel et Gala partageaient quelque chose qu'il ne connaîtrait jamais. Il était, et serait toujours, étranger à leur rapport. Il frissonna, soudain envahi par le doute.

Pourquoi m'a-t-il choisi, moi *? Comment puis-je savoir s'il dit la vérité ?*

Avant que Vanyel ait eu le temps d'approfondir sa réflexion, la voix de Tylendel retentit, faussement menaçante.

— Gala ! Tu n'oserais pas ! Je ne ferai certainement rien de tel ! Oh, tu es *vulgaire...* !

C'était encore pire. Vanyel se sentit totalement mis à l'écart.

Tylendel ne se rendit pas compte de la détresse de son amant. Il reprit cependant le contrôle de lui-même.

— A nous deux, ma jeune dame, dit-il d'un ton sévère.

Gala hennit et lui caressa la joue de son museau.

— D'accord, je te pardonne ! soupira Tylendel en lui passant les bras autour du cou. Mais tu ferais mieux de ne pas...

Gala se dégagea et poussa doucement son Elu vers Vanyel. Comme pour s'excuser auprès de celui-ci, elle lui fit une brève caresse du bout du museau, avant de disparaître dans le bosquet.

— Voilà, conclut Tylendel. C'est Gala.

— Tu l'aimes vraiment, n'est-ce pas ? demanda Vanyel.

— Plus que tout, à part toi et Staven, répondit Tylendel d'une voix penaude, comme s'il venait de mesurer l'effet que la rencontre avait produit chez Vanyel.

« Van, reprit-il, je ne t'ai pas amené ici pour te rendre malheureux.

Sa détresse contraignit Vanyel à analyser ses sentiments au lieu de continuer à s'apitoyer sur lui-même.

— Je crois que je suis jaloux, dit-il après un silence inconfortable. Je sais que c'est idiot, parce qu'elle ne sera jamais pour toi ce que je suis... (Il rougit.) Mais il m'est impossible de partager tes pensées...

— Van, rétorqua Tylendel en lui posant une main sur l'épaule, cela t'aiderait si je te racontais comment c'est, pour elle et moi ? Comment tout a commencé ?

Vanyel fit signe que oui.

— Cela risque d'être un peu long. Tu ferais mieux de t'asseoir confortablement. A moins que tu ne veuilles rentrer dans notre chambre ?

— Ici, ce sera parfait.

Vanyel choisit de s'asseoir au pied d'un arbre immense, entre deux racines aussi épaisses que ses cuisses.

Tylendel le regarda un instant.

— Bon, si je veux te parler sans avoir à hurler, je ne vois qu'un moyen...

Il s'allongea sur le sol et posa la tête dans le giron de Vanyel.

— Ah, c'est beaucoup mieux ! soupira-t-il.

Vanyel se figea.

— Van, dit doucement Tylendel en fermant les yeux, je ne te ferai pas de mal. Jamais. J'aime être auprès de toi ; j'ai besoin de *toucher* les gens. J'adore ce bosquet. C'est curieux, les autres ne l'apprécient pas. J'ai l'impression que le temps est suspendu...

Tylendel fit une petite grimace, comme s'il avait mal.

Vanyel vit le sillon creusé sur son front par la douleur.

C'est vrai, il m'en a parlé la nuit dernière... Il est sujet à ces maux de tête... Je me demande si ça l'aiderait...

Il hésita un instant, puis massa délicatement les tempes de Tylendel.

Le jeune homme rit doucement. Vanyel sentit ses épaules se détendre.

— Tu peux t'arrêter... dans une centaine d'année ! dit-il. Je crois que j'ai hérité de la migraine que tu as prétendu avoir.

— Tu voulais me parler de toi et de Gala et du fait d'avoir été Choisi, lui rappela Vanyel. Depuis la nuit derrière, tu sais tout de moi, et je n'ai pas appris grand-chose sur toi.

— Pour commencer par le commencement, j'ai un jumeau, Staven. Nous ne nous ressemblons pas, d'ailleurs. Il est plus grand que moi, plus mince, et bien plus beau. Nous avons une sorte de lien mental primaire depuis notre naissance. Chacun de nous deux savait toujours ce que l'autre faisait. Par exemple, quand il est tombé dans le puits, je me suis évanoui. Les gens le savaient. Mais je disposais d'autres Dons. Depuis mes neuf ans, j'ai eu la possibilité de capter les pensées des autres et la capacité d'infliger des accidents aux gens que je n'aimais pas.

— Cela ne t'a jamais posé de problèmes ? Je ne pense pas que les autres apprécient beaucoup ce genre de choses.

— Ça ne se passait pas assez souvent pour qu'on le remarque, heureusement ! De plus, je n'aimais pas utiliser ce Don, car ça me rendait malade, après. Staven essayait parfois de me pousser à y recourir, mais je ne lui cédais pas. Pourtant, une fois que nous avons compris comment utiliser notre lien mental...

— Vous êtes devenus de vraies terreurs, je suppose ! termina Vanyel.

Tylendel gloussa.

— Tu sais, ça ne me gênerait pas d'avoir un tel lien avec toi !

— Moi non plus, dit Vanyel en rougissant.

Tylendel reprit son sérieux.

— Ensuite, les choses sont devenues un peu bizarres. Staven a mûri très vite ; à douze ans, il était aussi grand que les garçons de quinze ans, et aussi *développé*. Les filles ont commencé à flirter avec lui. Et pas seulement les filles, d'ailleurs ; des femmes adultes, aussi. Je crois qu'il a eu sa part *plus* la mienne, si tu vois ce que je veux dire... Jusqu'au jour où une des dames qui étaient venues en visite lui passa un mot, lui disant à quel point elle serait *ravie* de le trouver dans son lit la nuit suivante... Moi, j'étais curieux, comme tout gamin de douze ans. J'ai promis à Stav que je tiendrais ma langue s'il me laissait... euh... l'espionner.

— Quelque chose me dit que ça n'a pas fonctionné comme prévu, dit Vanyel.

— Dans le mille, fit Tylendel. J'étais mentalement avec lui pendant que les choses... devenaient intéressantes. Je me sentais un peu bizarre, mais je craignais que Stav ne se moque de moi si j'abandonnais. Je suis donc resté, m'accrochant au lien mental. Au moment où Staven... atteignait son but, quelque chose s'est... détaché en moi. J'ai eu l'impression d'avoir été plongé dans le feu. Comme si j'avais déclenché un orage. C'est d'ailleurs possible, d'après l'état de notre chambre, après ! Quelque chose avait éveillé tous mes Dons d'une manière explosive. Je suis resté inconscient une journée ; quand je me suis réveillé... (Il frissonna.) Tout avait changé.

Il ferma les yeux. Vanyel lui caressa le front.

— Et voilà. J'avais le Don de la Magie, la Perception des pensées, la Téléportation, un peu d'Empathie... Aucun de ces Dons n'était contrôlé. Ils risquaient d'exploser à tout moment.

Il vit l'air étonné de Vanyel.

— Par le ciel, j'oublie toujours que tu n'es pas un élève Héraut ! La Téléportation signifie que je peux faire bouger les choses sans les toucher ; l'Empathie, que je capte ce que les autres ressentent. C'est comme ça que j'ai su que tu avais un cauchemar, l'autre nuit. La Perception de pensée veut dire que je peux lire ce que les gens pensent, s'ils n'ont pas dressé leurs boucliers. Le Don de la Magie est plus difficile à expliquer, mais il est ce qui permet à un Héraut Mage d'utiliser la magie.

— Tu peux savoir ce que je pense ? demanda Vanyel, un peu inquiet.

— Je le *pourrais,* mais je ne le ferai pas. Sans compter que ce ne serait pas correct envers toi, c'est contraire à l'éthique que nous acceptons quand nous devenons élèves Hérauts.

Vanyel hocha la tête, réconforté.

— Ces... Dons... te sont en quelque sorte tombés dessus, sans que tu puisses les contrôler ?

— Exactement, dit Tylendel. Et j'avais douze ans. C'était deux ans avant que Gala vienne me chercher. Sans Staven, je serais devenu fou.

— Pourquoi ? murmura Vanyel. Que s'est-il passé ?

— Des horreurs, fit Tylendel. Par exemple, je m'évanouissais ; quand je me réveillais, j'avais tout démoli dans un rayon de dix mètres. Staven était le seul qui osât rester à mes côtés. On a dit que j'étais possédé. Quand les gens se sont aperçus que j'étais probablement *shay'a'chern,* ils ont prétendu que j'étais maudit.

— Mais... c'est idiot !

— Ils l'ont quand même dit. Sans Staven, ils m'auraient banni. Il a menacé de partir avec moi s'ils me chassaient. Comme il était l'héritier, ils m'ont laissé rester. Mais ils ne m'ont pas rendu les choses faciles !

Vanyel songea que la situation de Tylendel avait été encore pire que la sienne. Il posa les mains sur les épaules de son ami. Tylendel leva les yeux vers lui et lui sourit.

— Tu vois ? Peut-être est-ce pour cela que nous nous comprenons si bien. Puis Gala est arrivée. Je ne peux pas te dire ce que j'ai ressenti la première fois que je l'ai vue. On aurait dit... que nos âmes se touchaient. Et quel soulagement d'apprendre que je n'étais pas fou, ni possédé ! De l'enfer, je suis passé au paradis en une seconde.

— Qu'a-t-elle fait ? demanda Vanyel.

— Pour commencer, elle m'a protégé avec son bouclier mental. Grâce à elle, mes Dons ont été sous contrôle jusqu'à ce qu'elle m'amène ici et que Savil me prenne sous son aile. C'est ma meilleure amie, mon âme-sœur.

Il effleura la joue de Vanyel d'une main légère.

— Mais elle ne sera jamais ce que tu es pour moi. Comprends-tu ce que je dis ? Je lui dois ma santé mentale, mais elle m'est *supérieure* à tant de points de vue... Je l'aime comme j'aime Savil ou ma mère, d'inférieur à supérieur. Pas comme un égal.

Vanyel posa une main sur celle qui touchait sa joue.

— Et moi, que suis-je pour toi ?

— Tu es mon partenaire, mon égal, mon ami... et mon amant. Même si je ne l'ai pas dit ainsi la nuit dernière... Je t'aime.

— Mais..., balbutia Vanyel, déchiré entre la joie et la peur.

— Van, je sais que nous nous connaissons depuis peu, mais je t'aime *vraiment.* Pas parce que tu m'as sauvé la vie, ou parce qu'un dieu a décidé que je devais devenir un Héraut. Je t'aime parce que tu es *Vanyel*, que nous sommes bien ensemble, et que nous pouvons résister à tout.

A son grand embarras, Vanyel sentit ses yeux s'embuer de larmes.

— Je... je ne sais quoi dire, fit-il maladroitement. 'Lendel... Je n'ai jamais été aussi *heureux* que depuis la nuit dernière. Je n'avais jamais aimé personne avant, mais si... si vouloir mourir pour toi est de l'amour...

Il se frotta les yeux de sa main libre et essaya de mettre un peu d'ordre dans ses pensées.

— Je ferais n'importe quoi pour toi. Si je le pouvais, je te donnerais le monde entier. Je supporterais qu'on se moque de moi, pourvu qu'on ne nous sépare pas. Et... je serais heureux de te partager avec Gala.

— Par le ciel, ne dis pas ça ! rétorqua Tylendel en

souriant. Elle voulait « écouter aux portes », sais-tu ! Elle te prendrait au mot, la coquine !

Vanyel rougit.

— Je me doutais qu'elle avait demandé quelque chose comme ça, remarqua-t-il avec un sourire.

— Eh bien, je ne lui donnerai pas satisfaction, affirma Tylendel. Je refuse de te partager avec qui que ce soit !

Vanyel revint dans leur chambre par la porte du jardin, son luth dans la main droite, la gauche enveloppée d'un mouchoir. Il posa l'instrument dans son râtelier, en évitant de se servir de sa senestre.

— 'Lendel ? appela-t-il. Tu es là ?

— Bien sûr, répondit Tylendel en entrant dans la chambre, une tranche de pain et de fromage à la main. Tu sais que je suis *toujours* là à l'heure du repas !

Vanyel retira lentement le tissu qui entourait sa main.

Tylendel jeta son pain sur la table.

— Grands dieux, Van, qu'as-tu fait à ta main ?

Le bout de ses doigts était couvert d'ampoules, qui avaient crevé et saignaient. Ses muscles s'étaient crispés ; il lui était impossible de bouger les phalanges.

Tylendel le poussa sur le lit.

— Je me suis conduit comme un imbécile, dit tristement Vanyel. J'avais promis aux filles de jouer pour elles ce matin, si elles me laissaient tranquille hier après-midi. J'avais oublié que j'ai perdu une partie de ma sensibilité depuis que j'ai eu le bras cassé. Je me suis aperçu des dégâts quand les crampes ont commencé !

— Ne bouge pas ! ordonna Tylendel.

Il revint avec des bandages et un pot de pommade, qu'il entreprit d'étaler sur la main de Vanyel.

— Qu'est-ce que c'est ? demanda Vanyel. Je vais sentir le sucre, comme une pâtisserie !

Tylendel éclata de rire.

— Ne me tente pas, si tôt dans la journée, Vanyel-

ashke. C'est de la cannelle et du souci. Excellent pour les crampes, et pour les ampoules.

— Comment m'as-tu appelé ?

— *Ashke* ? C'est du *tayledras*. La langue des Frères du Faucon. Savil a étudié avec l'un de leurs adeptes, Etoilevent k'Treva. Ils l'ont nommée Sœur d'Aile. C'est l'équivalent d'un frère de sang, pour eux. Elle emploie souvent leurs expressions quand le mot exact n'existe pas dans notre langue. Comme *shay'a'chern*, par exemple. Cela signifie « dont l'amant est identique à soi ». C'est une langue complexe. Bref, *ashke* se traduit par « bien-aimé ». Et cela fait déjà partie de ton nom. *Ashke/*Ashkevron. Tu vois ?

— *Ashke...*, répéta Vanyel. J'aime ce nom.

— Il te va bien. Les Frères du Faucon portent rarement le nom avec lequel ils sont nés. Ils en prennent un nouveau quand ils deviennent mages. Peut-être est-ce celui-ci que tu aurais toujours dû avoir...

Savil releva la tête de son livre et se frotta les yeux. Tylendel et Vanyel étaient assis côte à côte sur le canapé, en face d'elle. Elle entendait de temps en temps les questions murmurées par son neveu d'une voix grave, et les réponses de Tylendel, une octave plus haut.

C'est bizarre, je n'aurais jamais deviné que Vanyel était shay'a'chern. *Pas avec Withen comme père !*

Elle cligna des yeux. Les deux jeunes gens de l'autre côté de la pièce se transformèrent en deux taches, dorée pour Tylendel, bleu foncé pour Vanyel.

Grâce à lui, 'Lendel pense à autre chose qu'à cette fichue querelle. Rien que pour ça, je me sens capable de l'apprécier. Bien qu'il ait encore pas mal à apprendre dans le domaine de la politesse et du comportement social. Mais le pauvre petit a été si isolé que cela n'est pas surprenant. Il me semble qu'il est un peu plus patient, un peu moins arrogant. Cependant, je ne sais pas si j'aime beaucoup la façon dont il semble dépendre de plus en plus de 'Lendel. Ce n'est sain pour aucun des deux.

Une pensée s'infiltra dans son esprit, même si Tylendel ne leva pas les yeux de son livre.

A quoi pensez-vous, mon cher professeur ?

Je me dis que vous êtes mignons ensemble, répondit-elle avec un rire mental. *Et que je suis contente que vous soyez parvenus à rester discrets.*

La discipline, voilà le secret. Sérieusement, vous n'avez entendu aucun commérage ?

Aucun, excepté la crainte que vous ne vous preniez à la gorge, toi et lui, un jour ou l'autre.

Parfait ! Tout a bien fonctionné. Pour renforcer cette impression, Van et moi avons prévu de nous battre un de ces jours, à mains nues. Van perdra, pour s'attirer la sympathie de sa troupe d'oiselles. Nous avons pensé attendre la prochaine fois qu'il pleuvra. Dans la boue, cela pourrait être amusant...

Par le ciel, petit, tu as l'esprit tortueux !

La voix mentale de Savil se fit plus sérieuse.

'Lendel, je tiens à te prévenir : je n'aime pas trop la façon dont Vanyel s'appuie sur toi en toutes choses. Ce n'est pas sain. Il doit apprendre à se débrouiller par lui-même.

Mais, Savil, ce n'est qu'une phase ! Personne ne l'a jamais aimé, à part sa sœur. Il a tant besoin d'amour ! Mais cela lui passera.

'Lendel, je ne suis pas une experte en ce domaine, mais je crains qu'une dépendance ne se perde jamais. Bon, restons-en là pour ce soir. Mais garde cela à l'esprit. Allez, au lit, tous les deux !

Vraiment, Savil... ! fit une voix mentale amusée.

Pour dormir, *petit monstre !*

Tylendel ferma le livre.

— C'est assez pour ce soir, Van, dit-il.

Bien sûr, professeur, nous allons dormir...

Au moment où la porte de la chambre se refermait, Savil « entendit » :

... A un moment ou à un autre.

Savil avait tout oublié du « combat » planifié quand, une quinzaine de jours plus tard, une pluie drue fit son apparition. Elle avait réservé la salle d'exercice à Mardic et à Donni, qui, malgré leur lien pour la vie, avaient du mal à travailler ensemble sur le plan magique. Savil leur apprenait à unir leurs énergies et à fonctionner en équipe.

Quelqu'un frappa à la porte.

Le champ d'énergie unifié se désintégra aussitôt. Les auras séparées des deux étudiants réapparurent, verte pour Donni, jaune pour Mardic.

Savil annula le champ de protection violet qu'elle avait placé autour des deux élèves et ouvrit la porte d'un geste brusque.

— Oui ? demanda-t-elle d'une voix si acide qu'elle aurait pu faire des trous dans le sol.

— Héraut Savil, votre neveu et votre protégé, Tylendel... Ils sont en train de se battre. Tylendel a dressé une barrière d'énergie et nous ne pouvons pas les atteindre pour arrêter le combat. Votre neveu est à terre, nous craignons que Tylendel ne finisse par le blesser sérieusement.

Un instant, Savil pensa que quelque chose s'était passé entre eux et que le combat était réel. Puis elle se souvint du plan, et faillit tout faire rater en éclatant de rire. Elle parvint à se contrôler, gardant une expression de colère froide et de détermination.

— Montrez-moi où ils sont. Je vais faire cesser ces absurdités.

Une troupe de jeunes gens était rassemblée près de la porte des jardins, du côté sud-est du Palais. Le garde se fraya un chemin parmi eux, Savil à sa suite.

Les combattants se trouvaient à cinquante pas de l'entrée. La barrière magique qui les entourait et la pluie battante empêchaient de les voir très nettement. Assis sur la poitrine de Vanyel, Tylendel donnait l'impression d'être en train de l'étrangler.

— Retire ça, petit salaud ! A moins que tu ne veuilles avaler une autre gorgée de boue !

Savil se redressa et aboya, d'une voix à faire trembler les murs :

— SUFFIT !

Les combattants se figèrent.

La vieille dame sortit sous la pluie. Impressionnante malgré ses mèches collées à son crâne par le déluge et ses chaussures trempées, elle s'arrêta au bord de la barrière magique de Tylendel.

— Détruis la barrière, ordonna-t-elle d'une voix glaciale.

Tylendel se releva à la hâte et obéit. Il avait l'air assez mal en point. Un de ses yeux était enflé et noir ; sa tunique était déchirée et pleine de boue.

Vanyel resta allongé si longtemps, haletant, que Savil commença à craindre qu'il n'ait été *réellement* blessé. Elle fut rassurée quand il se releva.

Il était dans un état encore pire que Tylendel. Il ne restait pas grand-chose de sa tunique ; il portait plusieurs égratignures sur les bras et la poitrine, et il avait la lèvre fendue. De plus, en se relevant, il grimaça quand il posa le pied droit par terre.

'Lendel ? demanda-t-elle par l'esprit.

Euh, répondit le garçon, penaud, *nous n'avons pas pu nous entraîner, et nous avons fait quelques erreurs. Van m'a esquinté un œil avec son coude, et je lui ai foulé la cheville quand je l'ai jeté sur le sol. Dépêchez-vous de nous faire la leçon, professeur, je ne sais pas combien de temps je pourrai me retenir de rire !*

Elle se redressa.

— Ainsi, je ne peux pas faire confiance à mon protégé et à mon pupille pour se comporter comme des gens civilisés ! Bravo ! Que vais-je faire de vous ? Tylendel, tu es un élève Héraut ! Tu aurais dû te comporter avec la dignité qui sied à ton rang. Tu aurais pu venir me voir, au lieu de prendre les choses en main !

— Oui, Héraut Savil, dit Tylendel d'une voix rauque. J'ai eu tort.

— Retourne à tes quartiers ; rends-toi présentable. Je m'occuperai de toi quand j'en aurai fini avec Vanyel. (Elle se tourna vers le jeune homme.) On m'a rapporté ce que tu dis de 'Lendel depuis ton arrivée. Ne crois pas que tes remarques acerbes soient passées inaperçues. Cela doit cesser !

— Il n'est qu'un arrogant petit...

— Il est ton supérieur, jeune homme ! Tu ferais bien de t'en souvenir, dit-elle d'une voix cinglante. Tu es consigné dans tes quartiers pour le temps que j'estimerai nécessaire. Si j'apprends que tu as quitté la suite sans aller à tes cours, je te renverrai chez ton père si vite que tu n'auras pas le temps de dire ouf. Allez, en avant !

Dès qu'ils furent hors de vue de la troupe assemblée à la porte, Savil s'approcha de Vanyel.

— Appuie-toi sur moi, mon garçon. On m'a déjà traitée de vieille branche, autant que je te serve de bâton !

— Dieux merci ! s'écria Vanyel. (Il tituba et faillit tomber, tout son poids portant sur Savil.) Je vous en prie, il faut que je m'arrête une minute. Ça me fait un mal de chien !

— C'est grave ?

— Je ne sais pas. C'est moins douloureux que quand j'ai eu le bras cassé...

— Dépêchons-nous, dit-elle. J'ai hâte que tu sois à l'intérieur.

Quand ils arrivèrent en vue des fenêtres de Savil, deux silhouettes sortirent et se dirigèrent vers eux : Mardic et Donni. Ils aidèrent Vanyel à avancer. Savil se hâta de rentrer, car elle était glacée jusqu'aux os et ses rhumatismes commençaient à la faire souffrir. Dès qu'elle fut à l'intérieur, Tylendel lui posa une couverture sur les épaules, la poussa dans un fauteuil et lui fourra une tasse de vin chaud dans la main.

Un instant plus tard, Tylendel revenait avec Vanyel, qu'il installa sous une autre couverture. Il lui mit aussi une coupe de vin dans la main.

Mardic et Donni s'assirent près du foyer et de la bouilloire de vin. Vanyel s'intéressait davantage à l'œil enflé de son amant.

— Par le ciel, 'Lendel, je n'avais pas l'intention de te faire ça ! Pourquoi suis-je si maladroit ?

— C'est ma faute ! J'ai mis ma figure sur le chemin de ton coude ! C'est ta cheville qui m'inquiète, continua-t-il en entreprenant de délacer la botte de Vanyel.

— Je vais... Ouïe !

Tylendel se figea.

— Je t'ai...

— Non, fit Vanyel en serrant les dents. Enlève-moi cette fichue botte avant d'être obligé de la couper.

Tylendel hésita ; pour finir, ce fut Mardic qui retira la botte. Puis il examina la cheville, déclara qu'elle « n'était probablement pas cassée », et fit un bandage serré.

— Par tous les dieux, professeur, demanda Donni, étions-nous aussi *démonstratifs* que ces deux-là ? Ils sont si sucrés qu'ils en dégoulinent !

— Pendant les cinq ou six premiers mois, vous étiez exactement pareils. Encore plus sentimentaux, même. (Elle éleva la voix.) Vous deux, là-bas, vous devriez me remercier !

— Volontiers, Savil, répondit Tylendel. Si vous nous dites de quoi.

— Vous n'écoutez donc jamais ? Vanyel ?

— Je suis désolé, ma tante. J'avais si mal au pied que je n'ai pas fait attention. Ce n'était pas un vrai sermon, après tout.

Elle leva les yeux au ciel.

— Je t'ai consigné dans la suite pour un temps indéterminé. Ce qui veut dire que tu es libéré des attentions douteuses de ta cour de femelles. Sauf pour les leçons, tu seras ici à tout moment, y compris pour les repas.

— C'est vrai ? Vous avez fait ça ? Je peux rester ici ?

— Avec 'Lendel, sans faire naître le moindre soupçon, oui ! Le pire, c'est que ton idiot de père sera sans doute content d'apprendre que tu as été...

Elle s'interrompit, voyant que l'attention des jeunes gens s'était détournée d'elle. Tylendel peaufinait le bandage de la cheville de Vanyel, aussi délicatement que si elle eût été faite de verre filé.

— Voulez-vous un peu de miel dans votre vin, Savil ? demanda Mardic.

— Non, merci. Nous avons assez de « douceur » dans la pièce pour cette nuit !

Tylendel leva la tête et lui tira la langue. Vanyel rosit.

Savil eut un petit rire et se cala dans sa chaise. Tout allait bien, du moins pour le moment. C'était tout ce qu'un Héraut pouvait espérer.

CHAPITRE VII

Tylendel était étalé dans son fauteuil préféré, regardant Vanyel accorder son luth.

Le moment est-il venu ? se demanda Tylendel. *Il joue pour les jeunes filles, et peu lui importe la qualité de sa prestation. Mais acceptera-t-il de le faire pour quelqu'un qu'il aime ? Le pourra-t-il ?*

Il n'y avait qu'une façon de le savoir.

— *Ashke ?*

— Moui ? répliqua Vanyel, la bouche pleine des anciennes cordes de l'instrument.

— Quand tu auras accordé Alouette, tu veux bien jouer pour moi ?

Vanyel se figea. Tylendel sentit, avec son Don d'Empathie, l'étonnement et la peine de Vanyel.

— S'il te plaît ? J'aimerais t'entendre.

Vanyel ôta les cordes de sa bouche.

— Pourquoi ? objecta-t-il amèrement, les yeux humides. Il y en a des douzaines qui sont meilleurs que moi, au Collégium des Bardes. Pourquoi vouloir écouter un amateur à demi infirme ?

Tylendel se retint d'aller à lui et de le prendre dans ses bras. Cela l'aurait soulagé, mais n'aurait pas éliminé la cause de son malaise.

— Parce que tu n'es plus à demi infirme, répondit-il, et parce que tu n'es pas un amateur. Tu es excellent. Les Bardes l'ont dit.

— Mais je ne suis pas assez bon pour être l'un des leurs.

Vanyel détourna la tête, mais Tylendel avait vu les larmes dans ses yeux.

— Ce n'est pas vrai, insista-t-il gentiment. Tu ne peux pas être avec eux parce que tu n'as pas le Don. Un homme aveugle peut-il peindre ?

— Ce n'est pas pareil. L'aveugle ne voit pas les couleurs. Mais il n'y a rien qui cloche avec mes oreilles.

Tylendel se souvint de ce que Breda lui avait dit, le jour où elle avait testé Vanyel.

— *Ashke,* pourquoi penses-tu que les gens aiment entendre les ménestrels, alors qu'il y a des Bardes ?

— Parce qu'il n'y a pas assez de Bardes ? supposa Vanyel.

— Non. Je tiens cela de Breda : parce que, parfois, les Dons entrent en conflit avec la musique.

— Que veux-tu dire ? demanda Vanyel.

Tylendel se leva et vint se placer à côté de Vanyel, lui posant une main sur l'épaule.

— Le Don des Bardes est la capacité de faire ressentir aux autres les émotions véhiculées par la musique. En contrepartie, les gens ne se souviennent pas exactement de la mélodie, mais de ce que le Barde leur a fait ressentir. Si c'est un ménestrel qui joue, ou un Barde sans le Don, l'auditeur met davantage de lui-même dans l'écoute, et il en retire plus de compréhension de la musique. Breda a ajouté que, si tu n'étais pas l'héritier de ton père, elle t'aurait fait entrer au Collégium, comme élève ménestrel.

— Elle a dit cela ?

— Oui. Alors, qu'en penses-tu ? Vas-tu jouer pour moi ?

Vanyel avala la boule qui s'était formée dans sa gorge et regarda Tylendel dans les yeux.

— Laisse-moi le temps d'accorder mon luth, murmura-t-il.

A Vanyel Ashkevron, de la part du seigneur Withen Ashkevron. Salutations. J'ai reçu de Savil de bons rapports sur toi, mis à part ta querelle avec son protégé. Je comprends ta réaction, mais je te demande de garder ton calme et de ne plus affronter ce jeune homme. J'ai été content d'apprendre que tu avais renoncé à tes prétentions musicales ; je pense que tu as enfin mûri et accepté ta place dans cette vie. Je t'envoie un petit gage de mon approbation. Ecrit par le père Leren Benevy, authentifié par mon sceau. Le seigneur Withen Ashkevron.

Vanyel éclata de rire et passa la note à Tylendel.

— J'ai encore une lettre, dit Vanyel.

A Vanyel Ashkevron, de la part d'Evan Leshara. Salutations. Je crois que nous avons des intérêts communs, et je serais honoré de vous rencontrer afin d'en discuter. Je suis à votre disposition le soir qui vous conviendra. Ecrit de ma main et authentifié par mon sceau. Evan Leshara.

— 'Lendel, demanda Vanyel, intrigué. Qui est Evan Leshara ?

Tylendel faisait les cent pas dans la chambre, nerveux comme un ours en cage. Il n'avait pas dit à Savil que Vanyel s'était éclipsé pour aller voir ce que Leshara voulait.

Je n'aurais pas dû le laisser faire. Si Leshara se doute que notre bataille était un leurre... il aura de quoi nous faire chanter. Par le ciel, j'aurais mieux fait de lui demander d'ignorer l'invitation de Leshara...

La porte du jardin craqua.

— *Ashke ?* demanda Tylendel.

Il s'interrompit, voyant l'expression troublée de Vanyel.

— Ce Leshara est très persuasif, répondit doucement Vanyel.

— C'est pour cela qu'il est ici. C'est la réponse des

Leshara à ma présence. Ils l'ont envoyé pour essayer de gagner les bonnes grâces de la reine.

— Il a réussi, d'après ce qu'il m'a dit. (Vanyel hésita.) 'Lendel, il m'a affirmé que sa famille était prête à régler le différend. La reine approuve, mais ta famille refuse d'en entendre parler...

— T'a-t-il précisé ce qu'était ce « plan » ?

Vanyel secoua la tête.

— Il veut marier ma cousine de trente ans, qui n'est jamais sortie d'un couvent de sa vie, à un vieux barbon de cinquante. Puis il la mettra à la place de Staven à la tête du domaine ! Ce qui veut dire que le vieux barbon deviendra effectivement le chef, car ma pauvre cousine ne sera pas en mesure de lui résister. (Il regarda Vanyel, blessé que celui-ci ait pensé que les paroles de Leshara correspondaient à la vérité.) Il se sert du fait que Staven n'a que dix-sept ans pour sous-entendre qu'il est incompétent. Et les croulants de la Cour n'ont que trop tendance à le croire !

Vanyel se rencogna sur sa chaise.

— 'Lendel, objecta-t-il d'une voix hésitante, je ne voulais pas dire... Je ne doute pas de toi...

Navré d'avoir troublé son ami, Tylendel se flanqua un coup de pied mental au derrière.

— *Ashke,* je ne voulais pas me mettre en colère contre toi ! Je suis désolé, mais je suis tellement contrarié par cette affaire... Il peut dire n'importe quoi, et moi, comme je suis un élève Héraut, je n'ai pas le droit de réfuter ses arguments. Parfois, ça me rend dingue !

— Je comprends, 'Lendel, dit Vanyel en posant sa main sur la sienne. Veux-tu bien... m'expliquer de quelle façon tu vois les choses ? Me dire comment tout ça a commencé ?

— A cause de quelque chose qu'a fait Wester Leshara. Nous avions lancé un raid sur son bétail, et son plus jeune fils a été accidentellement piétiné à mort. Mais cela n'excuse pas les actions de Wester, à mon avis !

— Qu'a-t-il fait ?

— Mon père venait de mourir. Il a loué les services d'un mage à deux sous pour convaincre ma mère qu'elle pouvait communiquer avec son fantôme. Nous nous sommes débarrassés du charlatan, mais trop tard. Il l'avait persuadée que, si elle trouvait la formule chimique adéquate, elle reverrait son époux. Elle a fini par le voir, d'une certaine façon, quand elle a mangé des champignons nommés « anges de la mort ».

Il n'ajouta pas que Staven et lui avaient découvert le corps. Vanyel avait l'air déjà assez malade. Il préféra changer de sujet.

— Que voulait-il, d'ailleurs ?

— Il désirait que je convainque mon père de se ranger à ses côtés. Il aurait aussi aimé que je lui rapporte ce que j'entendais dire sur toi ou ta famille.

— Qu'as-tu répondu ?

— La vérité, plus ou moins. Que je n'entendais guère parler des tiens, sinon par ta bouche. Et que mon père m'avait envoyé ici en punition ; qu'il demanderait conseil à l'idiot du village avant de s'adresser à moi. Leshara a eu l'air plutôt déçu.

Tylendel éclata de rire.

— Van, tu n'aurais pas pu faire mieux si je t'avais donné le scénario !

— C'est vrai ? fit Vanyel, épanoui.

— C'était parfait, confirma Tylendel.

Par le ciel, il s'étiole comme une fleur sans eau quand il pense que je suis en colère contre lui. Savil a-t-elle raison ? Peut-être est-il trop dépendant de moi ?

— Il m'a dit qu'il voulait rester en contact avec moi, au cas où j'entendrais quelque chose. J'ai pensé... que nous pourrions lui communiquer ce que nous voulons qu'il croie.

Non, Savil se trompe. Il dépend de moi, mais je dépends aussi de lui. Il n'a pas encore l'habitude de prendre ses propres décisions, c'est tout.

— Maintenant que tu as affronté le dragon pour moi,

ô noble guerrier, que puis-je te donner pour te récompenser ? Je suis prêt à faire n'importe quoi...

Il battit des cils. Vanyel se redressa et le regarda de haut.

— Oh ? fit-il. N'importe quoi ? Voilà une idée intéressante...

— Savil m'a dit quelque chose de bizarre aujourd'hui, murmura Tylendel à l'oreille de Vanyel.

C'était la première fois que l'un d'eux rompait le silence depuis qu'ils avaient quitté la suite, à l'atmosphère étouffante, même avec toutes les fenêtres ouvertes. Vanyel en était rarement sorti, sauf pour les cours, les soirées passées avec Leshara pour lui transmettre de fausses informations, et les apparitions à la cour pour satisfaire son cercle d'admiratrices.

La lune était en croissant ; il y avait peu de possibilités qu'on les vît se diriger ensemble vers le Champ des Compagnons.

Gala les rejoignit dès qu'ils eurent passé la rivière. Vanyel s'était habitué à sa présence lors de leurs rares excursions, quand ils pensaient être à l'abri de tout repérage.

Il faisait très sombre dans le bosquet de pins ; Tylendel avait créé une petite lumière magique. Ils étaient restés un long moment sans parler, se promenant d'un bout à l'autre du terrain.

Quand les tensions de la journée se furent dissipées, ils s'installèrent près du plus vieil arbre, appuyés contre le flanc de Gala. Puis Tylendel souffla la lumière magique. Vanyel avait appuyé la tête contre l'épaule de son amant. A part le chant des quelques criquets qui avaient survécu aux premiers froids et le cri d'oies sauvages passant très haut dans le ciel, il n'y avait pas un son. Ils auraient pu être les deux seules créatures vivantes de l'univers.

Cela convenait parfaitement à Vanyel. La comédie qu'ils étaient forcés de jouer était à la fois plus facile et plus difficile qu'il ne l'aurait cru. Plus facile en ce sens qu'il n'avait plus besoin de cacher ses sentiments, ni de prétendre qu'il n'avait besoin de personne. Et plus difficile, car une seule erreur, un seul ragot parvenant aux oreilles de Withen lui ferait perdre ce qui avait fait de sa vie autre chose qu'un fardeau. Sans parler du double jeu qu'il jouait avec Leshara. S'il découvrait ce qui se passait réellement, il aurait une arme à la fois contre Vanyel et contre Tylendel.

Il ignorait jusqu'à quel point Leshara croyait ce qu'il lui rapportait. Pour cela, il pouvait seulement se fier à Tylendel, car lui-même n'en savait pas assez pour juger. Mais ça l'épuisait émotionnellement.

Ce n'était pas tout. Depuis la bagarre avec Tylendel, Vanyel s'était retrouvé exclu par les Bardes, les Hérauts et tous leurs élèves. Tylendel était tenu en haute estime par tous ces gens, qui faisaient peser le poids de leur mépris sur lui, tout en demeurant dans les limites de la politesse. Seul Oden, le maître d'armes, restait indifférent à tout ce qui ne touchait pas aux arts du combat.

— Que t'a dit Savil ? reprit Vanyel en fermant les yeux.

Tylendel le serra un peu plus contre lui.

— Qu'elle ne comprend pas que nous ne nous soyons pas encore disputés. Que nous nous comportons comme un couple d'épagneuls !

— Elle n'a pas tout à fait tort, répondit Vanyel avec un gloussement. Mais elle ne se rend pas compte... 'Lendel, je ne me disputerais jamais avec toi, car mon père peut me rappeler à tout moment ! Je veux faire de chaque instant passé en ta compagnie un bon souvenir.

— Ne te laisse pas ronger par cette idée, interrompit Tylendel. Tu as seize ans, et moi dix-sept. Dans deux ans, tu seras majeur. Tout ira bien si tu parviens à ne pas te trahir auprès d'Evan.

— Deux ans ! Cela me semble une éternité ! Je

n'arrive pas à imaginer que tout cela puisse un jour prendre fin.

— Tu y arriveras, *ashke.* Tu es plus fort que tu ne penses. Plus fort que moi. Même si tu n'y crois pas, je dépends autant de toi que toi de moi. Gala me le dit souvent.

— C'est vrai ?

— Oui.

Il soupira. Vanyel se demanda pourquoi. Par moments, il y avait de sérieux désaccords entre Gala et son Elu, généralement au sujet du soutien inconditionnel que Tylendel accordait à son jumeau. Vanyel ne voyait pas où était le problème. C'était le devoir de Tylendel d'être au côté de son frère, sachant tout ce qu'il lui devait. Lui-même aurait pris parti pour Mekeal dans une confrontation familiale ; il savait que Mekeal aurait fait de même.

Mais il y avait des choses qu'il ne comprenait pas. Par exemple, ce que voulait dire exactement le fait d'être un Héraut, ou un futur Héraut...

— 'Lendel, si nous sommes toujours ensemble à ce moment-là, que se passera-t-il quand tu recevras ton uniforme blanc ?

— Pas de « si » à ce sujet, lui reprocha doucement Tylendel. Quand j'aurai été nommé Héraut, et que tu seras majeur, tu décideras ce que tu veux faire au sujet de Withen. Tu peux lui dire la vérité, ou le laisser la découvrir tout seul. Au pire, il te déshéritera. Tu sais que tout ce qui est à moi est à toi. Le Cercle ne m'abandonnera pas. J'aurai assez d'argent pour nous entretenir tous les deux.

— Et après ?

— Savil nous emmènera en probation sur le terrain. De toute façon, je ne partirai pas sans toi, donc c'est réglé. Cela durera environ un an. Puis je recevrai une affectation. Les Hérauts Mages ont généralement un poste permanent, pas un circuit comme les Hérauts ordinaires. Je resterai peut-être ici à Haven, ou bien j'irai vers la Frontière, là où la magie est nécessaire. Je ne sais pas encore.

— Pourquoi ? demanda Vanyel. Je veux dire, pourquoi dois-tu aller là où l'on t'envoie ? Et qui sont ces « on » ?

— Le Cercle Héraldique. Le Héraut de la Reine, le Héraut du Sénéchal, celui du seigneur-prévôt, le porte-parole des élèves Hérauts — Savil —, celui des Hérauts Mages et celui des simples Hérauts. Et, bien entendu, la reine et l'héritier ou l'héritière. Ce sont eux qui décident de l'endroit où nous servirons. C'est ainsi que cela s'est toujours passé. Pourquoi me poses-tu ces questions ? Tu ne veux pas venir avec moi ?

— Oh, bien sûr que si, 'Lendel ! s'écria Vanyel, prenant la main de son amant. J'essayais simplement de comprendre tout cela, de savoir pourquoi ce... truc... de Héraut est si important pour toi.

— C'est... je ne sais comment t'expliquer. Une sorte de faim. Je ne peux pas m'en empêcher. J'ai ces capacités, ces Dons, et je ne peux pas refuser de les utiliser. Je ne puis imaginer de débouter des gens qui ont besoin de mon aide. C'est comme le soutien que j'apporte à Staven... C'est instinctif. Je *dois* le faire, ou je ne suis plus moi-même.

— D'accord, j'accepte ce que tu dis. Mais je ne le comprends pas vraiment.

— Ah, tu parles comme Stav...

Soudain tout son corps devint rigide.

— Staven ? murmura-t-il. Stav...

Son visage se convulsa. Il hurla le nom de Staven. Autour d'eux, la nuit se mua en un chaos incoercible.

Le cri continua, sonnant comme un glas. Une pression insupportable s'accumula autour d'eux. Un vent violent se leva. Gala bondit sur ses pieds ; Vanyel tenta de soutenir son amant tandis que des spasmes le secouaient.

Tylendel était entouré d'une aura d'énergie rouge vif ; son visage était devenu un masque de folie. Il avait les dents serrées ; ses yeux ne montraient aucun signe d'intelligence ou de compréhension.

Les arbres les plus proches explosèrent. Les plus éloignés frémirent et se convulsèrent comme Tylendel lui-même, puis se déchirèrent.

La bourrasque augmenta ; à la limite de la lueur malsaine qui entourait Tylendel et Vanyel, des éclairs crépitaient, frappant au hasard autour d'eux.

Vanyel s'accrocha de toutes ses forces à Tylendel, cherchant désespérément Gala du regard. Elle scintillait aussi d'une lumière bleuâtre ; son bouclier repoussait les débris volants, mais elle ne semblait pas en mesure de faire quoi que ce fût pour son Elu. Elle essayait, mais ne parvenait pas à s'approcher de lui.

— Gala ! cria Vanyel. Va chercher de l'aide ! Appelle Savil !

Ayant essayé à deux reprises de se frayer un chemin jusqu'à eux, Gala fut repoussée par la force qui commandait le vent. Elle se dressa sur ses pattes de derrière, poussa un cri pathétique et, d'un bond, disparut dans les ténèbres.

Vanyel ferma les yeux, serrant Tylendel contre sa poitrine, et pria pour que cette épreuve prenne fin.

'Lendel, je suis là, pensa-t-il aussi fort qu'il le pouvait, espérant l'atteindre. *'Lendel, reviens auprès de moi...*

Le jeune homme se raidit une dernière fois, puis tout s'arrêta. La lumière disparut, et la bourrasque avec elle. Il ne resta plus qu'un silence de mort.

— Lendel ?

Vanyel secoua Tylendel par les épaules. Il réprima un gémissement quand il n'obtint aucune réponse. Tylendel respirait toujours, mais d'un souffle court et pénible ; sa peau était moite et presque froide.

Un instant plus tard, Savil et deux autres Hérauts arrivèrent, montés sur leurs Compagnons, des lumières magiques au-dessus de leurs têtes.

La lueur des boules d'énergie augmenta. Vanyel vit,

horrifié, qu'il ne restait pas un arbre debout dans ce qui avait été un bosquet touffu.

— Je.... je ne sais pas ce qui est... arr... arrivé, bégaya-t-il.

Savil sauta du dos de Kellan avant qu'elle se soit complètement arrêtée.

— Tout... allait bien, reprit Vanyel. Tout d'un coup, il a hurlé... Tante Savil, je... je n'ai rien fait, je vous le jure !

— Je sais, mon garçon, répondit Savil d'une voix absente. Jaysen, viens ici, je voudrais une confirmation, s'il te plaît.

Le plus grand des deux Hérauts s'agenouilla près de Savil et examina Tylendel.

— Il est en état de choc. C'est grave. Ce que nous pouvons faire de mieux est de le ramener dans sa chambre et de laisser auprès de lui quelqu'un en qui il a confiance.

— C'est ce que je pensais, dit Savil en se redressant péniblement. Non, Vanyel, cela n'avait rien à voir avec toi.

— Ma tante, je vous en prie, que s'est-il passé ?

Il se leva, tenant la main de Tylendel, que les deux Hérauts relevaient. Le jeune homme était toujours inconscient, mou comme une poupée de chiffons.

— Si Gala ne se trompe pas, il est devenu fou au moment où son frère a été assassiné. Tu sais, le lien qu'il partageait avec Staven...

Vanyel hocha la tête.

— Il a senti sa mort ; il a su ce qui arrivait. Il a perdu le contrôle de ses Dons, comme quand il était petit, mais en pire. Maintenant, il est sonné, et il ne lui reste plus une once d'énergie dans le corps.

Le visage de Savil noircit de colère.

— Au diable ces imbéciles et leur maudite querelle ! Mort après mort, et rien ne les satisfait ! Van, notre travail est de nous assurer que nous n'allons pas perdre aussi Tylendel.

— Le perdre ? (La voix de Vanyel se brisa.) Oh, non, ma tante, dites-moi ce que je dois faire, je ne peux pas le...

— Je n'ai pas l'intention de le laisser mourir. (Elle fit signe à Vanyel de suivre les deux autres Hérauts, qui avaient ramassé Tylendel.) Va avec lui. J'annule la comédie que je vous avais demandé de jouer, et au diable si Withen découvre la vérité. S'il le faut, j'obtiendrai un ordre de la reine pour te faire rester ici. Ne le quitte sous aucun prétexte. Vas-y. Il a besoin de toi, mon garçon, comme il n'a jamais eu besoin de personne. Tu es mon seul espoir de le sortir de là avec une santé mentale intacte.

Les deux Hérauts, Jaysen et Rolf, déshabillèrent Tylendel et le mirent au lit sans que le jeune homme reprenne conscience. Les poings serrés, Vanyel était presque aussi pâle que Tylendel. Quand ils furent partis, après lui avoir jeté plus d'un regard intrigué, il s'installa dans une chaise à côté de Tylendel et prit sa main glacée dans la sienne.

Il resta ainsi toute la nuit, incapable de dormir ou de penser. Pâle comme un mort, Tylendel était effrayant à voir : la main que tenait Vanyel était molle et sans vie. Seuls les mouvements de sa poitrine indiquaient que le jeune homme était encore vivant.

Savil vint leur rendre visite une ou deux fois dans la nuit, mais elle ne dit rien. A l'aube, Mardic tenta de persuader Vanyel de prendre du repos. Il refusa obstinément. Il ne pouvait pas dormir tant qu'il ne serait pas sûr que Tylendel irait bien.

Savil avait une séance du Conseil dès le lever du soleil. Mardic et Donni se rendirent à leurs cours peu après.

— 'Lendel, tout le monde est parti. Il n'y a plus que toi et moi. Il faut que tu reviennes. J'ai besoin de toi. Je t'en prie ! (Il lâcha un rire qui confinait à l'hystérie.) Tu sais que je suis en retard sur mes cours d'histoire ! Personne d'autre que toi ne peut m'aider à les réviser.

Il pensa voir un frémissement sur le visage de Tylendel. Son cœur bondit. Il continua à parler, à réciter les poèmes favoris de son ami.

Il parla jusqu'à ce que sa bouche soit sèche et sa voix rauque. Puis il alla chercher un verre d'eau, et recommença. Il s'aperçut vaguement que quelqu'un entrait dans la pièce à plusieurs reprises, mais il ignora les autres présences pour se concentrer sur ses discours. Il n'y avait pas de doute : l'état de Tylendel s'améliorait petit à petit. Il ne savait pas si c'était à cause de lui, mais il ne voulait pas courir de risque.

Quand le soleil se coucha et que la pièce s'assombrit, Vanyel n'avait toujours pas bougé de son poste. Savil entra, alluma les chandelles et lui murmura qu'il faisait exactement ce qu'il fallait.

Ses yeux se fermaient malgré lui et tout son corps lui faisait mal. Il n'avait plus qu'un filet de voix. Il appuya sa tête sur ses mains, avec l'intention de se reposer un instant...

Il fut éveillé par le contact d'une main sur ses cheveux. Il se releva brusquement.

Tylendel le regardait. Ses yeux étaient cernés de bleu, et pleins d'une telle douleur que Vanyel sentit les larmes monter en lui.

— Je t'ai entendu, murmura Tylendel. Mais je n'avais pas la force de te répondre. Van... Staven...

Vanyel glissa de sa chaise et s'assit au bord du lit. Il prit Tylendel dans ses bras et le cala contre son épaule. Il essaya de le réconforter comme il le pouvait tandis que Tylendel sanglotait à fendre l'âme, accroché à Vanyel comme un naufragé à une planche. Vanyel pleura avec lui.

Ils s'endormirent ainsi, Vanyel tout habillé et coincé entre la chaise et le lit ; Tylendel dans ses bras, tel un enfant au cœur brisé.

— Mange, ordonna Vanyel en posant le plateau sur les genoux de Tylendel.

— Je ne peux pas, murmura son ami d'une voix rauque.

— Tu ne *veux pas*, plutôt, répondit Vanyel d'une voix toute aussi cassée. Tu n'as rien pris de la journée. Savil dit que si tu ne manges pas, tu vas retomber en état de choc. Je n'ai pas passé tout ce temps à te parler pour que tu rechutes. Mange, par tous les diables !

Tylendel regarda la soupe posée sur le plateau comme si c'était de la bouillie pour cochons. Mais il ramassa sa cuillère. Il avala une bouchée, l'air inquiet, comme s'il craignait que la nourriture ne revînt par le chemin qu'elle avait emprunté. Lorsqu'il eut constaté que rien de tel ne se produisait, il prit une deuxième cuillerée, puis une troisième.

Vanyel l'observait, assis sur le bord du lit. Depuis que Tylendel s'était éveillé, quelque chose était différent. Il pensait savoir quoi, mais il voulait en être sûr.

— Ils ont peur que je ne devienne fou, murmura Tylendel d'une voix neutre quand il eut mangé la moitié de la soupe.

— Je sais, dit Vanyel. C'est pour ça qu'ils m'ont laissé près de toi. Est-ce le cas ?

Tylendel le regarda. Ses yeux exprimaient quelque chose de *brûlant* que Vanyel avait senti en lui.

— Ils le croiront peut-être. Van, tu dois m'aider.

— Tu n'as pas besoin de me le demander, répondit Vanyel. Dis-moi ce que tu veux, et je te le procurerai.

— La vengeance, dit simplement le jeune homme.

Vanyel s'attendait à cette réponse.

— Dis-moi. Si je peux le faire, je le ferai.

Tylendel retomba sur ses oreillers, les yeux fermés.

— Ô Vanyel !... Je craignais...

— Mange, répéta Vanyel. Je comprends, même si Savil ne le peut pas. La question est : comment allons-nous faire ? Comment deux garçons n'ayant pas achevé leur formation vont-ils se venger de gens qui vivent à quinze jours de cheval d'ici ? Je suppose que tu as une réponse à cette question ?

Tylendel fit signe que oui. Il avait reposé sa cuillère. Vanyel se concentra sur son objectif immédiat : remettre 'Lendel sur pieds. Il serait temps de s'inquiéter de son plan quand il serait en état de l'exécuter.

— 'Lendel, si tu ne manges pas, je ne t'aiderai pas !

Tylendel sursauta et reprit sa cuillère. Il finit la soupe.

Vanyel lui emprunta son gobelet et but un peu de vin. Puis il s'assit de nouveau au bord du lit.

— Tu veux bien me parler de ce qui s'est passé ? Peut-être est-ce à mon tour d'écouter...

Le feu couvant dans les yeux de Tylendel reparut.

— Le lien mental entre Staven et moi... Il était différent de ce que tout le monde croyait. La plupart du temps, la distance affaiblit ce genre de rapport. Mais ce n'était pas le cas pour nous. Si Savil l'avait su, elle m'aurait obligé à le rompre. Il me suffisait de penser à lui, et il était *avec moi.* C'était pareil pour lui. Les Leshara... lui ont tendu une embuscade. Ils ont massacré son escorte. Ils l'ont tué. Et *ils ont utilisé la magie.*

Vanyel en resta bouche bée.

— Comment un Héraut a-t-il pu...

— Ce n'était pas un Héraut. Ils ont embauché un mage venant d'un pays extérieur. Ils ont invoqué des... choses... des monstres magiques, et ils les ont lâchés sur le domaine. (Les yeux de Tylendel étaient hantés, comme s'il voyait l'enfer s'ouvrir devant lui.) Ces créatures lui ont fait mal avant de le tuer. Volontairement, sur l'ordre de leur maître. Je ne peux pas te dire... (Il frissonna.) Stav m'a appelé mentalement. Van, j'étais avec lui, je l'ai senti mourir ! Il savait que j'étais là. Grâce aux dieux, il a su qu'il n'était pas seul. Sa dernière pensée me fut adressée. Il me supplia de leur *faire payer.* Je le lui ai promis. Tu comprends, Van ? Je le lui ai juré au moment de sa mort. Ces salauds ont tué Staven, mais ils ne s'en tireront pas comme ça !

— Je te l'ai dit, 'Lendel. Tu n'as qu'à demander.

— Oh, je ne devrais pas te mêler à ça... Ce n'est pas juste, tu n'as rien à voir avec cette querelle.

— Nous sommes partenaires. Quoi qu'il arrive, nous partagerons. Le bon comme le mauvais, selon la façon dont je comprends les choses. (Il fouilla dans le tiroir de la table de chevet.) Tiens, fit-il en fourrant un mouchoir dans la main de Tylendel. Maintenant, dis-moi ce que je dois faire.

Tylendel essuya ses larmes.

— Il ne faut pas que Gala sache ce que nous faisons ; elle essaierait de m'arrêter. J'ai les capacités de la bloquer. Je l'avais empêchée de savoir, pour mon lien avec Staven. Je... vais faire semblant d'être malade...

— Tu *es* malade, fit remarquer Vanyel. Regarde comme tes mains tremblent.

— *Plus* malade que je ne le suis, dans ce cas. Trop malade pour bouger de ce lit. Ce que je voudrais, c'est que tu te glisses dans la chambre de Savil et que tu y prennes deux livres. Ce sont des ouvrages interdits ; nul n'est supposé connaître leur existence à part les Hérauts Mages de haut niveau. Savil est l'une des trois personnes, à Haven, qui en possèdent un exemplaire.

Vanyel sentit un malaise l'envahir.

— Dans ce cas, ne seront-ils pas sous clé ?

— Ils sont protégés. Mais la protection *est sans effet sur ceux qui n'ont pas le Don de la Magie.*

— Pourquoi ? objecta Vanyel.

— Margret doit aller faire le ménage de temps à autre. Savil a installé une protection qui permet à sa servante de manipuler les livres sans danger si elle les oublie dehors par inadvertance. Elle pensait que quelqu'un n'ayant pas le Don ne saurait pas ce qu'il devait chercher. Tu peux donc les prendre, même si je n'en ai pas la possibilité.

— Tout de suite ? demanda Vanyel, saisi par le doute.

— Non. Je ne suis pas capable de grand-chose pour le moment. Plus tard... Ô dieux ! murmura-t-il. Staven...

Sa voix se brisa ; il ne put se contenir plus longtemps. Il éclata en sanglots. Vanyel le prit dans ses bras et entreprit de le consoler.

— Il va falloir que tu tournes les pages, dit Tylendel en regardant le livre relié de noir d'aspect ordinaire. Je n'ose pas poser la main dessus.

Vanyel haussa les épaules et obéit.

Leur ruse avait parfaitement marché, Tylendel faisant mine de se sentir bien plus faible qu'il ne l'était réellement. Savil ne s'était doutée de rien. Elle avait simplement dit qu'il lui fallait se reposer beaucoup. Quand Vanyel avait suggéré, à titre de test, de demander à un guérisseur s'il était normal que l'état de Tylendel ne s'améliore pas plus vite, elle n'avait pas eu l'air inquiet.

— Le choc en retour est quelque chose de très mauvais, avait-elle soupiré. Il faut des semaines, parfois des mois pour que la récupération soit complète. Déjà, je ne m'attendais pas à ce qu'il s'en sorte si bien. Je crois que nous te le devons.

Vanyel avait rougi et marmonné une dénégation. Savil lui avait ébouriffé les cheveux et l'avait renvoyé s'occuper de son patient. Il s'était senti un peu coupable à ce moment, sachant que, avec Tylendel, ils préparaient quelque chose qu'elle n'aurait pas autorisé.

Mais elle ne peut pas comprendre, se dit-il pour la centième fois. *Elle n'a jamais été très proche de sa famille ; elle a rompu tous liens avec elle depuis bien longtemps.*

De temps à autre, l'intensité du désir de vengeance de Tylendel l'effrayait un peu. Mais il se disait que c'était lui qui avait raison. Quand l'idée lui vint que son amant était obsédé par ce désir, il la rejeta. Ce n'était pas digne de 'Lendel, ni de Staven. Il ne s'agissait pas d'une simple vengeance, mais de justice.

Vanyel profita d'un après-midi où Savil entraînait Mardic et Donni dans la salle d'exercice pour se glisser dans sa chambre et prendre les livres.

Ceux-ci se trouvaient sur une petite étagère, près de la porte. Il avait frissonné d'appréhension en tendant la main vers les volumes, s'attendant à être repoussé par un champ d'énergie ou grillé par un éclair.

Rien ne se passa.

Il retourna furtivement à sa chambre. Le regard de joie féroce que Tylendel jeta aux livres le fit frissonner ; il se dit que c'était le plaisir d'avoir réussi.

— Que cherches-tu ? demanda-t-il.

— Deux enchantements. Nous ne les utilisons pas souvent, mais ils fonctionnent très bien, surtout pour quelqu'un ayant un Don de Magie aussi fort que le mien. Savil dit que je peux tirer de l'énergie des rochers. La plupart d'entre nous en sont incapables. Le premier que je cherche s'appelle un « Portail ». Il nous permettra de couvrir en moins d'une heure la distance qui nous sépare des Leshara.

— Tu plaisantes ! s'écria Vanyel. Je n'ai jamais entendu parler de quelque chose comme ça.

— Les Hérauts Mages préfèrent que personne ne soit au courant. Seuls les plus forts d'entre eux peuvent utiliser les Portails. Savil est du nombre ; elle a dit un jour que j'en serais probablement capable. L'ennui, c'est que le Portail exige une telle énergie qu'une fois arrivé là où l'on veut, il n'en reste plus pour faire autre chose.

— Comment vas-tu procéder, dans ce cas ?

— J'emprunterai ton énergie ; enfin, si tu m'y autorises...

— Bien sûr, que tu peux emprunter mon énergie ! Tu n'as pas besoin de le demander !

— Ô *ashke,* qu'ai-je fait pour te mériter ? fit doucement Tylendel, un demi-sourire aux lèvres.

— C'est l'inverse, interrompit Vanyel. Qui m'a aimé quand personne ne se souciait de moi ? Qui m'a montré ce qu'est le bonheur ?

— Ô dieux ! s'écria Tylendel, ne me laissez pas m'effondrer de nouveau. Vanyel-*ashke*, je ne peux pas espérer réussir sans toi. Personne d'autre ne pourrait m'aider à invoquer un Portail. Mais je te préviens, tu te sentiras plutôt mal fichu après, comme si tu subissais un choc en retour dans le genre du mien.

— Peux-tu emprunter ce qu'il te faut ? Je n'ai pas de Don de Magie, rien de tout ça...

— Pas actif, non. Mais tu as quelque chose, un potentiel, qui est bloqué. Nous sommes en train de tisser un lien mental, c'est comme ça que je le sais. Je pense que cela se passe sur un plan plus profond que Savil et moi, ou même que Gala et moi. Cela ressemble davantage au lien que j'avais avec mon jumeau. Ce n'est pas conscient, mais... tu sens quand je suis...

— ... malheureux, ou... d'autres émotions, termina Vanyel. Oui, je suppose que tu as raison. Je pensais que c'était seulement parce que je m'inquiétais pour toi, mais il semble que cela aille plus loin. Comme la nuit dernière, quand je t'ai réveillé presque *avant* que ton cauchemar ait débuté.

— Oui. Je crois que nous avons commencé à nous lier à partir du moment où j'ai eu la crise. Je sentais quelque chose en toi. C'était très profond, mais très fort. Alors, j'ai pensé au Portail et j'ai utilisé la *vision* sur toi. J'ai senti un lien entre nous, et su que tu avais en toi des énergies que je pouvais utiliser grâce à ce lien.

— Par tous les dieux, 'Lendel, ne me dis pas que je vais devenir un Héraut Mage.

— Ce n'est pas très probable, si cela ne s'est pas encore révélé à ton âge. Savil dit que beaucoup de gens ont le potentiel, mais que rien ne l'éveille jamais.

— Fais attention de ne pas le déclencher, dans ce cas ! Je ne tiens pas à être un Héraut.

— Il paraît qu'il est possible d'activer un potentiel, mais personne de ma connaissance ne l'a jamais vu faire.

— Parfait, répondit Vanyel. Donc, tu invoques ce Portail. Et après ?

— Quand nous passerons de l'autre côté, nous serons sur les terres des Leshara. A la citadelle, si j'y arrive. Là j'utiliserai l'autre enchantement que je cherche. Et ce sera terminé.

Vanyel comprit tout à coup qu'il n'avait nulle envie de savoir ce qu'était cet « autre enchantement ».

— Bien. Continue à chercher, dit-il en tournant les pages. Tu me diras quand je devrai m'arrêter.

CHAPITRE VIII

Vanyel regardait son reflet dans la fenêtre : un spectre avec deux trous à la place des yeux. C'était une nuit sans lune, battue par les vents et privée de lumière, même celle des étoiles.

La nuit de Sovvan ; la nuit de célébration de la moisson, et aussi celle où l'on se remémorait les morts de l'année écoulée. La nuit où l'Autre Monde était plus près que jamais.

Une nuit de ténèbres profondes, comme celle au cours de laquelle Staven avait été assassiné, un mois plus tôt.

Savil était avec les autres Hérauts, pleurant les morts de l'année. Mardic et Donni s'étaient rendus à la fête du Palais qui faisait l'attrait de la nuit de Sovvan, au moins pour les jeunes.

Le seigneur Evan Leshara était rentré chez lui, probablement satisfait de lui-même. Vanyel ne doutait pas qu'il avait utilisé leurs renseignements erronés pour déterminer de quelle manière piéger Staven et le conduire à sa perte. Tylendel et lui avaient tenté de l'utiliser, et l'inverse s'était produit.

Une pensée des plus amères.

Tylendel et Vanyel étaient seuls dans la suite...

... Mais ils n'avaient pas l'intention d'y rester longtemps.

— Tu es prêt ? demanda Tylendel.

Vanyel hocha la tête. Il tira le capuchon de sa cape sur sa chevelure, essayant de ne pas frissonner à la vue de son reflet dans le miroir. Il avait l'impression de regarder la Mort en face. Puis Tylendel vint à côté de lui ; il vit alors la Mort et son Ombre se refléter devant lui.

Il secoua la tête pour chasser ses idées macabres. Tylendel ouvrit la porte et tous deux se glissèrent au-dehors.

Le matin même, Vanyel était allé à Haven ; il y avait acquis un couple de rosses bon marché auprès d'un marchand minable. Les bêtes les attendaient dans une auberge située au-delà des murs de la cité.

Tylendel avait dit à Vanyel qu'il leur fallait un moyen de transport pour quitter la ville, car il voulait être hors de portée de détection des Hérauts Mages. Ensuite, il invoquerait son enchantement. S'ils ne parvenaient pas à emmener les chevaux par le Portail, peu importait. Ils les libéreraient et les laisseraient se débrouiller.

Le vent glacial s'engouffrait dans leurs vêtements. Vanyel frissonnait bien avant qu'ils eussent dépassé les portes menant du Palais à la cité.

Ils traversèrent le quartier riche. Les bâtiments qui bordaient la rue semblaient canaliser le vent dans leur direction. Tylendel n'était pas encore remis ; il s'accrocha au bras de Vanyel.

Celui-ci le sentit trembler, en partie de froid, mais aussi d'excitation, s'il en jugeait par le scintillement de ses yeux.

Ce soir, les fenêtres des manoirs des riches et des nobles étaient presque toutes noires. Leurs habitants assistaient aux services dans les Temples, ou participaient à la fête de la moisson. Vanyel n'avait pas été invité. Cela l'arrangeait, mais il ne savait pas pour quelle raison il avait été exclu. Sa volte-face, avec Tylendel, avait intrigué tout le monde, Hérauts comme comme élèves. Savil avait jugé qu'il valait mieux ne rien dire. Laisser se répandre des rumeurs contradictoires empêcherait la vérité de se frayer un chemin jusqu'à Withen.

En supposant que le seigneur Evan ne lui ait pas tout raconté, histoire de rendre les choses plus difficiles pour Tylendel et son amant. C'était dans le caractère de l'homme.

Mais, quelle que soit la raison de cette exclusion, l'occasion était parfaite pour se glisser dehors sans être repérés.

Les bâtiments changèrent peu à peu d'aspect. Ils devinrent plus petits, plus modestes, plus serrés les uns contre les autres.

Tylendel était de plus en plus bizarre depuis que Vanyel lui avait apporté les livres de magie. Parfois, il se réveillait au milieu de la nuit pour le trouver assis dans un fauteuil, étudiant les copies des deux enchantements avec une ferveur fanatique. Durant la journée, il fixait souvent le vide pendant des heures ; sa conversation était alors monosyllabique.

Vanyel pensait que Tylendel redeviendrait vraiment lui-même lorsque sa vengeance aurait été accomplie. Il attendait ce moment avec impatience.

Ils arrivèrent au secteur des échoppes et des auberges, où les bâtiments ne faisaient qu'un étage ou deux. L'état de ces locaux se détériorait régulièrement à mesure qu'on avançait vers le mur extérieur ouest de la cité de Haven.

Les gardes des grandes portes de Haven n'étaient pas visibles. Pourtant, Vanyel sentit des yeux fixés sur eux quand ils traversèrent. Mais personne ne s'opposa à leur avancée.

Quand ils eurent traversé cette porte, ils se trouvèrent dans les quartiers les plus pauvres de la ville. Vanyel les conduisit à l'auberge délabrée où il avait laissé leurs montures.

La taverne était bondée, enfumée et malodorante. Ils contournèrent la porte d'entrée de la salle commune et se rendirent dans la cour de l'écurie.

Le palefrenier à moitié endormi les regarda d'un air abruti.

— Que voulez-vous, messires ? Où sont vos chevaux ?

— Déjà ici, répondit Vanyel d'une voix aussi brusque qu'il put.

Il donna les reçus au valet, ainsi que deux pièces d'argent. L'homme eut un sourire ravi, qui dévoila une rangée de dents jaunes et pourries.

— Attendez ici, mon bon maître.

Il fourra les pièces et les documents dans la poche de son tablier de cuir crasseux, se leva péniblement et tituba dans l'écurie. Il en revint un instant plus tard, conduisant par la bride deux hongres bruns à l'aspect aussi miteux que leurs selles et leurs rênes.

Vanyel amena les deux chevaux là où Tylendel l'attendait, essayant en vain de s'abriter du vent contre le mur de l'auberge. Il lui donna les rênes de la bête la moins minable des deux, puis monta en selle. Le cheval avait le dos déformé ; sa démarche était incroyablement irrégulière. Tylendel prit la tête. Ils s'engagèrent sur la Route de l'Exil, vers l'ouest. Vanyel espéra qu'ils n'auraient pas à chevaucher trop longtemps.

Le vent était tombé quand Tylendel s'arrêta enfin. Jusque-là, ils avaient avancé dans l'obscurité, mais il y eut soudain un éclair de lumière, presque douloureux après des ténèbres quasi totales. Vanyel vit une lumière magique rouge planer au-dessus de la tête de Tylendel. Il était descendu de cheval et conduisait sa bête par la bride.

Vanyel fit de même, heureux de déserter son inconfortable monture.

— Sommes-nous assez loin ? demanda-t-il.

Le visage de Tylendel était tendu et pâle, avec le même air de concentration maniaque qu'il avait déjà par trop arboré ces derniers temps.

— Presque, répondit-il. (Sa voix était étrange, comme s'il devait se concentrer pour émettre un son.) Je... cherche quelque chose.

— Quoi ? demanda Vanyel en frissonnant.

— Un lieu où installer le Portail.

Ils atteignirent un endroit où la haie qui bordait la route s'interrompait. C'était les restes d'une porte, depuis longtemps délabrée.

— Je crois que je me souviens de ce coin, marmonna Tylendel.

Il était évident que les chevaux ne franchiraient pas cette porte. Ils débarrassèrent leurs animaux des selles et des rênes ; d'une tape sur la croupe, ils les envoyèrent se perdre dans l'obscurité.

Vanyel suivit Tylendel dans ce qui avait probablement été la cour d'un bâtiment, maintenant envahie par les mauvaises herbes. La bâtisse elle-même n'avait plus de toit ; ses fenêtres et sa porte n'étaient plus que des trous dans les murs.

Tylendel examina soigneusement les restes de la porte. L'ouverture était assez large pour laisser passer un cavalier et sa monture.

— Ça fera l'affaire, dit-il, sinistre. Tu penses être prêt, Van ?

— Aussi prêt que possible, dit Vanyel en essayant de se détendre.

Tylendel se tourna vers lui et lui prit les mains.

— Van, je vais devoir forcer notre lien à s'ouvrir tout grand. Je risque de te faire du mal. J'essaierai de ne pas te blesser, mais je ne peux rien promettre. Es-tu toujours d'accord ?

Vanyel fit un signe de tête.

Il serait stupide de reculer maintenant, se dit-il. *De plus, il a besoin de mon aide. Comment ne pas la lui accorder ?*

Tylendel ferma les yeux, le visage impassible. Vanyel attendit que quelque chose se passe.

Pendant un long moment, rien n'arriva.

Puis...

La rage enfla en lui. Il sentit une colère obsessionnelle, destructrice, qui ne laissait place à rien d'autre. Une seule chose comptait : Staven était mort. Une seule idée le poussait en avant : « gratifier » les meurtriers de Staven d'une fin aussi douloureuse que la sienne. Dans l'esprit de Vanyel, une minuscule partie pensait par elle-même et s'inquiéta de la puissance extraordinaire de la haine de Tylendel. Mais cette partie était isolée, incapable d'imposer son contrôle.

Tylendel se tourna vers la porte ; Vanyel fit de même sans l'avoir décidé. Il vit Tylendel lever les bras et jeter sur le sol deux poignées d'une substance poudreuse. Il l'entendit entonner une incantation dans une langue inconnue.

En même temps, il sentit quelque chose drainer son énergie, comme du sang coulant d'une blessure.

Les contours de la porte démolie commencèrent à briller d'une lueur rouge sombre, identique à la lumière magique qui planait toujours au-dessus de Tylendel. A mesure que ses forces quittaient Vanyel, des filaments d'un rouge vif s'entrecroisèrent dans l'espace où la porte s'était trouvée.

Enfin, les filaments se rencontrèrent au centre du portail.

Il y eut une brusque « aspiration » d'énergie qui fit tituber Vanyel ; l'espace compris entre les limites de l'ouverture s'emplit d'une lumière rouge vif...

... Qui s'évanouit aussitôt. De l'autre côté de la porte, il n'y avait plus l'obscurité du bâtiment désert, mais un jardin décoré pour un festival, plein de gens, de lumière et de mouvement.

Il eut à peine le temps d'apercevoir la scène avant que Tylendel l'attrape par le bras et le tire à travers le passage.

Vanyel connut un instant de désorientation totale, comme si la terre s'était dérobée sous ses pieds...

Un instant plus tard, il était dans le jardin qu'ils

avaient vu par le Portail. Des lanternes pendaient aux arbres, des tables à tréteaux couvertes de nourriture étaient disposées çà et là. Un orchestre jouait, installé sur une plate-forme. Devant eux, une foule de gens dansait, riait et chantait.

Les genoux de Vanyel se dérobèrent dès que Tylendel le laissa aller. Il tomba sur le sol, nauséeux et faible, sa tête tournait. Tylendel ne s'en aperçut pas ; il n'avait d'yeux que pour la foule en train de danser.

— Ils *font la fête,* murmura Tylendel. Staven est mort, et ils *font la fête* !

La partie rationnelle du cerveau de Vanyel lui souffla qu'il s'agissait d'une fête de la moisson comme toutes les autres. Les Leshara n'avaient sûrement pas décidé de célébrer la mort d'un ennemi. Mais la petite voix était trop faible pour se faire entendre par-dessus le bruit de tonnerre de la colère de Tylendel. Un vertige s'empara de Vanyel, qui ferma les yeux.

Quand il les rouvrit, Tylendel s'était éloigné de lui et il avait levé les mains au-dessus de sa tête. De ses paumes jaillirent des éclairs jumeaux d'un rouge vermillon, comme ceux qui avaient détruit le bosquet de pins un mois auparavant. Mais ces éclairs-là étaient contrôlés. Ils filèrent dans le jardin et détruisirent tous les arbres sur leur passage.

La musique s'arrêta ; des cris d'effroi retentirent. Les danseurs se figèrent, s'accrochant désespérément les uns aux autres. Le visage de Tylendel était déformé par la haine et la fureur. Des larmes coulaient le long de ses joues.

— Il est *mort*, salauds ! Et vous vous réjouissez ! Soyez maudits ! Je vais vous faire danser sur une autre musique ! Vous vouliez de la magie ? En voilà !

Vanyel était incapable de bouger, car il avait l'impression d'être attaché au Portail toujours scintillant. Il put seulement regarder quand Tylendel leva de nouveau les mains.

Cette fois, ce ne fut pas un éclair qui quitta ses

paumes, mais une sphère brillante de la taille d'un melon, qui dériva lentement en direction des Leshara.

Elle se posa sur le sol, tournoyant et grandissant. Sa taille atteignit celle de deux hommes ; puis elle éclata.

Là ou le globe s'était trouvé, il restait une masse grouillante de formes obscures, fluides comme des serpents.

Des formes qui donnaient l'impression de n'appartenir qu'à demi au monde matériel.

Elles se séparèrent pour devenir cinq îlots de brume tourbillonnante. Puis elles se solidifièrent.

Cinq créatures avaient pris corps devant la foule horrifiée. Elles ressemblaient à un croisement entre un serpent et une hyène. Noires, elles donnaient l'impression d'être couvertes d'écailles et non de peau ou de fourrure. Leur tête vipérine se balançait au bout d'un cou démesuré. Les yeux, jaunes et sans pupilles, brillaient de la même lueur malsaine que la sphère qui les avait engendrées. Les dents qui garnissaient leurs museaux pointus étaient longues comme le pouce d'un homme.

Elles fixaient Tylendel d'un regard inexpressif, semblant attendre quelque chose.

D'une voix tremblante, Tylendel prononça un mot. Les créatures se tournèrent et firent face à la foule effrayée.

Avant qu'elles aient pu fondre sur leurs victimes, le hennissement aigu d'un cheval retentit derrière Vanyel.

Gala traversa le Portail avec un bruit de tonnerre et dépassa Vanyel, sans lui prêter plus attention qu'à Tylendel lui-même.

Elle scintillait aussi, diffusant la même lueur bleutée que pendant la crise de Tylendel. Elle tourna le dos à son Elu, se redressa de toute sa hauteur sur ses pattes arrière et battit l'air de ses sabots avant. Le cri qu'elle poussa était un défi aux créatures invoquées par Tylendel.

Les monstres se tournèrent aussitôt vers elle.

— Gala ! cria Tylendel d'une voix angoissée. *Gala !* Ne fais pas ça !

Elle tourna la tête un instant et le regarda dans les yeux. Vanyel entendit sa réponse mentale au moment où elle résonna dans l'esprit de Tylendel et lui brisa le cœur.

Je ne te connais pas, dit-elle d'un ton lointain. *Tu n'es pas mon Elu.*

Sur ces mots, leur lien mental s'évanouit. Vanyel sentit un vide immense, car il partageait toujours ce que Tylendel éprouvait.

La rage de Tylendel fondit devant la froideur de ces paroles.

A la place du lien brisé, restait la désolation la plus absolue. Là où s'étaient trouvés l'amour, la chaleur et le soutien, il n'y avait plus rien. Pas même une trace de ce qui avait existé.

La vision de Vanyel s'obscurcit. Il entendit Tylendel crier d'une voix désespérée le nom de Gala. Il se força à ouvrir les yeux.

Horrifié, il la vit fondre sur les cinq monstres, sans souci de sa propre sécurité.

Ils se jetèrent sur elle, leur obscurité engloutissant sa lumière. Il l'entendit hurler, de douleur cette fois, tandis que son sang tachait sa robe immaculée.

Vanyel essaya de se remettre debout, mais il ne lui restait plus de forces. Il s'évanouit.

Le cri d'angoisse et de douleur de Tylendel le fit revenir à lui. Il se souleva sur un coude malgré sa tête bourdonnante et chercha Gala des yeux.

Mais il n'y avait rien qu'un cheval mutilé étendu sur le sol, la gorge ouverte. Toute lumière avait quitté les yeux saphir. Tylendel était à genoux à côté d'elle. Caressant la tête sans vie, il pleurait à chaudes larmes.

A côté de Gala gisait l'une des monstruosités, le crâne en bouillie. Deux d'entre elles boitaient ; les deux dernières étaient encore intactes. Considérant ce qu'elles avaient infligé à Gala en un clin d'œil, elles suffiraient à tuer tous les membres de la famille Leshara.

Elles se tournèrent vers l'assemblée terrorisée. Un homme sortit de la foule en courant. Vanyel le reconnut : c'était le seigneur Evan Leshara.

Vanyel n'aurait su dire s'il voulait attaquer les bêtes ou s'enfuir. En un éclair, une des créatures le rattrapa. Il n'eut pas le temps de crier avant d'être éventré.

Une femme hurla. Les monstres recommencèrent à avancer vers la foule...

... Un éclair aveuglant jaillit derrière Vanyel et calcina le sol devant les créatures.

Trois Hérauts, montés sur leurs Compagnons, sortirent du Portail, des éclairs fusant de leurs mains tendues. Vanyel reconnut Savil et Jaysen.

Puis la bataille s'engagea.

Vanyel se sentit de nouveau sur le point de s'évanouir. Il avait le sentiment que quelqu'un essayait d'aspirer son âme hors de son corps. Il essaya de lutter, mais il ne lui restait pas de force. La colère et le désespoir l'avaient quitté, laissant en lui un vide incroyablement douloureux.

Puis il reçut un minuscule apport d'énergie. Pas grand-chose, mais assez pour lui permettre de reprendre le contrôle de ses sens.

Il vit d'abord Tylendel. Toujours agenouillé, il ne pleurait plus. Il était pâle comme un linge, le regard vide. Là où s'étaient trouvées les cinq créatures démoniaques, il n'y avait plus rien, sinon le cadavre mutilé de Gala et la terre calcinée.

Savil éloigna la main qu'elle lui avait posée sur l'épaule. Son visage était un masque sans expression.

Elle ne s'occupa plus de Tylendel, assis à côté d'elle dans une sorte de transe de désespoir, mais écouta ce que Vanyel racontait aux deux autres Hérauts.

— ... puis elle a dit : « Je ne te connais pas. Tu n'es pas mon Elu. » Et elle s'est jetée sur ces choses.

— Elle nous a donné le temps de venir, murmura

Jaysen. Ô dieux, quel courage elle a eu ! Sans elle, nous serions arrivés dans un bain de sang.

— Elle l'a *répudié*, dit Lancir, le Héraut de la Reine. Et puis elle...

— ... s'est suicidée, conclut Savil, d'une voix morne. Par tous les dieux, elle devait savoir qu'un Compagnon isolé ne pouvait pas survivre à une meute de *wyrsa.*

Son cœur saignait pour Tylendel, pour Gala, pour toutes les choses qu'elle aurait dû voir et n'avait pas discernées.

Jaysen regarda longuement Tylendel. Il était immobile, silencieux. L'enfer se reflétait dans ses yeux. Puis Jaysen tourna le regard vers Vanyel, et fronça les sourcils.

Le garçon est toujours lié au Portail, ma sœur. Il s'affaiblit d'instant en instant. Si vous voulez le récupérer intact...

Une pensée implicite flottait dans la communication mentale : ce serait peut-être une bonne chose que d'oublier Vanyel jusqu'à ce qu'il soit trop tard pour le sauver.

Jaysen, comprit Savil, pensait que Vanyel était le seul à blâmer pour ce qui s'était passé.

Ce n'était pas sa faute, Jaysen, répondit-elle. *Il n'a fait qu'obéir à Tylendel sans m'en informer. Ce qui est arrivé est autant dû à ma négligence qu'à son aveuglement.*

Dans ce cas, nous devons fermer le Portail aussitôt que possible, ou sinon le garçon risque d'y laisser sa peau.

Oui, mais qu'allons-nous faire au sujet de cette catastrophe ? demanda-t-elle en montrant d'un signe de tête la foule, le cadavre mutilé de l'unique victime humaine des monstres et la dépouille pathétique du Compagnon.

Je vais rester, dit Lancir. *Je m'occuperai des Leshara et... de Gala.*

Comment rentreras-tu ? demanda Jaysen. *Nous fermerons le Portail dès que nous serons passés.*

Nous ferons comme les gens ordinaires, mon Compagnon et moi : nous marcherons.

Qu'allons-nous faire au sujet de...

Elle regarda Tylendel. Le jeune homme avait toujours le regard fixe. Son visage était d'une pâleur de marbre. Un tel chagrin émanait de lui que Savil avait du mal à se retenir de pleurer.

Je ne sais pas, dit Lancir. *Il n'y a aucun précédent. Ramenez-le à la maison, et demandez de l'aide à vos Compagnons ; après tout, l'une des leurs est morte. C'est la seule idée que j'aie. Mais dépêchez-vous, si vous voulez que l'autre garçon s'en sorte vivant.*

— Jaysen, charge-toi de Tylendel, dit Savil à voix haute.

Elle saisit Vanyel par le bras et le remit sur ses pieds.

— Que les dieux soient avec vous, ma sœur, mon frère. Vous aurez besoin de leur aide.

Jaysen prit le bras de Tylendel. Le garçon se leva, comme un automate, son attention toujours tournée vers l'intérieur. Suivi par son Compagnon, le Héraut du Sénéchal le conduisit jusqu'au Portail.

— Si nous pouvions éviter de faire le chemin entre le Portail et le Palais, cela nous éviterait bien des problèmes. Tu connais mieux cet enchantement que moi. Peux-tu régler le Portail pour qu'il nous dépose dans l'enceinte du Palais ?

Savil étudia un instant la structure.

— Je ne vois aucun problème. Je peux nous faire revenir dans le Temple du Bosquet, par exemple.

— Ça fera l'affaire, dit Jaysen.

Il regarda par l'ouverture, vers le jardin sombre, de l'autre côté. Le ciel était zébré d'éclairs.

— Comment se fait-il qu'un tel orage ait éclaté ? Il n'y en avait pas de prévu...

— Je t'ai dit cent fois qu'en créant un Portail on cause des problèmes climatiques sans fin. C'est pour cela que je n'aime pas les utiliser. Ça empirera lorsque je changerai la position de celui-la ; l'enfer se déchaînera quand je l'annulerai.

Elle lâcha Vanyel, qui tomba à genoux, trop faible pour rester debout sans soutien. Puis elle leva les mains et fit un geste en direction du Portail. Un flot d'énergie d'un blanc lumineux quitta ses paumes et le frappa.

Quand l'énergie se dissipa, la scène avait changé. On distinguait maintenant le Champ des Compagnons, vu depuis le porche du Temple du Bosquet.

Savil remit de nouveau Vanyel debout. Elle le tira vers le Portail, à la suite de Jaysen et de Tylendel.

Dès qu'ils furent passés, elle éloigna Vanyel du Portail. Kellan et Felar arrivèrent au galop, les oreilles aplaties.

Savil lâcha Vanyel, qui tituba jusqu'à un pilier, auquel il s'appuya. Au-dessus d'eux, les éclairs déchiraient le ciel. La foudre tomba tout près. Le Portail était instable, et il le devenait de plus en plus. Sa couleur passait sans cesse du rouge au blanc. Savil leva les mains et commença à dissiper le sort.

Elle rencontra une résistance inattendue. Quelque chose n'allait pas. Le Portail se « défendait ».

— Viens m'aider, Jays, dit-elle.

Jaysen lâcha Tylendel et joignit son énergie à celle de Savil.

Le Portail commença à s'effondrer...

Au lieu de se dissiper dans la terre et dans l'air comme elle aurait dû le faire, son énergie se canalisa vers la ligne de force qui l'avait liée à Vanyel. Savil le remarqua avec sa *vision* intérieure, mais trop tard pour l'arrêter.

Vanyel hurla de douleur et se convulsa quand l'arc d'énergie le frappa. Puis un second arc, plus faible, jaillit de lui et atteignit Tylendel.

Le jeune homme se « réveilla » abruptement de sa transe. Il poussa un cri de désespoir si déchirant que jamais plus Savil ne pourrait l'oublier.

Elle se tourna vers lui et essaya de le retenir. Mais c'était trop tard. La docilité due au choc avait quitté Tylendel ; il chassa sa main. Elle vit son visage à la lumière des éclairs. C'était un masque de douleur. Il regarda autour de lui avec des yeux où ne brillait plus aucune lueur de compréhension. Puis il se précipita en direction du Bosquet.

Jaysen le poursuivit. Savil boitilla à leur suite. Elle essayait d'atteindre l'esprit du garçon avec l'espoir de le ramener vers elle.

Elle tituba et tomba, comme sonnée, lorsqu'elle toucha ses pensées. L'esprit de Tylendel était un maelström où n'existaient que la douleur et la solitude. Il était si vide, si inhumain... Pendant un instant, Savil resta accroupie dans l'herbe sèche, écoutant son vieux cœur battre la chamade.

Elle pensa à Vanyel. Si quelqu'un pouvait atteindre Tylendel, c'était lui.

Elle se releva péniblement et repartit vers le Temple. A la lumière des éclairs, elle vit Vanyel sortir du porche, trébucher et tomber sans faire un geste pour se retenir.

Alors Tylendel jaillit de l'ombre des arbres, à sa droite, et la dépassa en courant. Il passa à côté de Vanyel sans le voir et entra dans le Temple.

Le sang de Savil se glaça.

Au moment où elle arrivait au côté de Vanyel, haletant et gémissant de douleur, elle le vit relever soudain la tête, comme en réponse à un appel qu'il aurait été seul à entendre. Il lui sembla qu'il regardait la tour qui abritait le Glas. Il cria quelque chose d'incompréhensible.

Elle suivit son regard horrifié.

Savil vit Tylendel, debout au sommet de la tour, les bras tendus comme pour s'envoler.

Elle le vit sauter.

La vieille dame ne sut jamais si le cri qui retentit alors était le sien ou celui de Vanyel.

Elle sentit l'impact du corps de son protégé sur le sol comme s'il s'était agi du sien.

Le cri cessa.

Jaysen s'arrêta près d'elle. Puis il avança lentement vers le jeune homme qui gisait à moins de vingt pas d'eux.

Le Héraut s'agenouilla près de lui, puis se redressa en secouant la tête, confirmant ce que Savil avait deviné.

A cet instant, le Glas sonna.

Savil rejoignit Jaysen près du cadavre. Elle s'agenouilla et prit le corps brisé entre ses bras. Elle le serra contre sa poitrine, des larmes coulant silencieusement le long de ses joues, pour se mêler à la pluie battante. Jaysen s'agenouilla à côté d'elle, secoué de sanglots. Les Compagnons se rassemblèrent autour d'eux.

Longtemps après, quand les autres Hérauts arrivèrent et s'occupèrent du corps de Tylendel, quelqu'un pensa à Vanyel et envoya un garde à sa recherche.

Mais le jeune homme avait disparu.

CHAPITRE IX

Vanyel titubait sous la pluie glacée. Il était aveuglé de douleur, sans espoir de trouver du réconfort en ce monde. Il ne lui restait rien. Rien du tout.

Il est mort... Ô dieux, il est mort, et c'est ma faute !

Son corps lui semblait en feu : une douleur sourde et lente qui le brûlait de l'intérieur.

La grêle le frappait comme une pluie de pierres, la pluie malmenait son corps. Il avait mal partout, mais il accueillait la douleur avec satisfaction.

Il ne méritait pas mieux. Tylendel était mort par sa faute.

Son univers s'était effondré quand il avait vu son ami se jeter de la tour. Au fond de son esprit, une idée germa : il se dit que, s'il courait assez longtemps et assez loin, il basculerait depuis le bord du monde et se perdrait dans un néant où il n'existerait plus aucune douleur.

Au lieu de cela, il tomba dans la rivière.

Le sol disparut sous ses pieds ; il battit des bras pour tenter de se retenir, mais il dégringola le long de la rive et se retrouva dans l'eau glaciale.

Quand celle-ci se referma sur lui, l'instinct reprit le dessus. Il lutta pour remonter à la surface.

Un tronc d'arbre le heurta à la tête, l'assommant à demi. Il revint de nouveau à la surface, crachant et toussant. Un éclair zébra le ciel, lui permettant de voir un buisson, près de lui. Il tendit la main pour s'y agripper...

Mais les branches étaient trop loin. Jamais il ne pourrait les atteindre.

Alors le buisson fut agité de violents tremblements ; ses branches semblèrent s'étirer vers lui...

Vanyel les attrapa. Il lui restait juste assez de forces pour ramper à mi-chemin de la rive. Là, il se demanda pourquoi il s'était débattu pour sortir de la rivière.

'Lendel, Lendel, je suis le seul coupable. J'aurais dû en parler à Savil. J'aurais dû essayer de t'arrêter...

Il sanglota dans l'herbe humide, suppliant les dieux de faire de tout cela un simple cauchemar, dont il émergerait dans son lit, bien au chaud entre les bras de Tylendel.

Hélas ce n'était pas un rêve, mais la réalité, comme la pluie qui le trempait jusqu'à l'os, ou le froid qui s'insinuait en lui. Il était trop faible pour bouger, et bien trop déchiré par le désespoir pour s'en soucier. Il lui vint alors à l'esprit qu'il allait peut-être mourir là, aussi seul que Tylendel.

Ce n'était que justice.

Ô dieux, supplia-t-il. *Je vous en prie, laissez-moi mourir.*

Non. La voix mentale était brillante comme une flamme, et coupante comme l'acier. *Non, tu ne dois pas mourir. Tu dois vivre, mon Elu.*

Il releva la tête, mais il ne parvint pas à ouvrir les yeux.

Vous ne comprenez pas. Laissez-moi tranquille. Personne ne veut de moi. C'est mieux ainsi. Je tue tout ceux que j'aime.

Quelqu'un le saisit par le col de sa tunique et le tira vers la terre ferme. Il essaya de se dégager, mais son corps ne voulait rien entendre. Un peu plus tard, il sentit que la pluie ne dégoulinait plus le long de son dos. Il était allongé sur un lit de mousse sèche et odorante. Il avait été amené dans un abri. Il ouvrit les yeux, mais ne distingua rien dans les ténèbres.

Quelque chose de volumineux et de chaud se coucha contre lui avec un soupir. Un nez doux et humide lui toucha la joue.

... Comme Gala l'avait fait...

Des souvenirs douloureux lui revinrent en bloc. Il s'enroula sur lui-même, les genoux contre la poitrine, et sanglota à fendre l'âme.

Mais je suis là...

Il leva la tête. A la lueur d'un éclair, il vit une paire d'yeux saphir, brillant de tant de compassion et d'amour qu'il comprit une chose : l'être à qui ils appartenaient lui pardonnerait n'importe quoi. Car s'il ne pouvait pas supprimer sa douleur, il pouvait la partager. Et il ne l'accusait pas de ce qui s'était passé.

Il se détendit, et chercha le contact avec le cou blanc et lisse.

Appuyé sur l'épaule de la créature, il sanglota jusqu'à épuisement, puis tomba dans une sorte de demi-sommeil fiévreux. La voix le berça, répétant encore et encore :

Je suis là, mon Elu. Je t'aime. Je ne t'abandonnerai jamais.

— Savil, nous l'avons retrouvé, cria Mardic en entrant dans la chambre qui avait été celle de Vanyel et de Tylendel.

Savil se redressa. Aussitôt, Jaysen et le guérisseur, Andrel, la repoussèrent dans son fauteuil.

— Où ? demanda-t-elle. Qui l'a trouvé ? Comment va-t-il ?

— Je ne sais pas. Les Compagnons l'ont découvert ; Yfandes, en tout cas, répondit Mardic, vacillant de fatigue et trempé de pluie. Elle l'a trouvé près de la rivière, du côté des jardins, et l'a amené dans une grotte. Tantras pense qu'il souffre d'un choc en retour, mais il n'en est pas sûr. Il essaie de persuader Yfandes de nous laisser le ramener ici pour qu'Andrel puisse le soigner.

— Mardic, qu'essaies-tu de me dire ? Qu'est-ce que Yfandes a à voir avec tout cela ?

— Elle ne veut laisser personne l'approcher. Elle a dit à mon Compagnon qu'elle ne nous faisait pas confiance pour le protéger et le garder à l'abri d'un bouclier. Elle a ajouté que nous ne savons pas quel trésor nous possédons, qu'il est blessé, déchiré à l'intérieur de son esprit, et que nous n'avons pas les moyens de l'aider...

— Mardic, dit lentement Savil, me racontes-tu que Yfandes a *Choisi* Vanyel ? Le seul Compagnon adulte du Champ qui n'avait pas encore Choisi *en dix ans* ? Et maintenant, elle aurait élu *Vanyel* ?

— Elle ne l'a pas dit clairement, mais je suppose que c'est bien le cas. Sinon, pourquoi ne nous laisserait-elle pas l'approcher ?

Savil échangea un regard intrigué avec le Héraut du Sénéchal.

— Par la Dame, murmura le guérisseur, comment savoir ce que ça signifie ?

Vanyel émergea d'un cauchemar, poussé par une voix insistante qui résonnait dans sa tête. Il ouvrit des yeux brûlants. Ses tempes battaient ; tout son corps brûlait.

Le soleil brillait à travers une faille de la paroi. Il pensa d'abord être dans une caverne, mais les cavernes n'ont pas de banc de marbre à l'entrée.

Il se trouvait dans l'une des grottes ornementales du jardin, populaires parmi les couples d'amoureux et chéries de ceux qui souhaitaient s'isoler quelques instants de la cour. Tylendel avait souvent souhaité qu'ils aient le courage d'en utiliser une...

Tylendel. Le chagrin submergea son esprit et lui coupa le souffle.

Non, Vanyel, mon Elu. Pas maintenant. Tu le pleureras plus tard. Pour le moment, lève-toi.

Sans savoir comment, il se mit debout et s'appuya contre l'épaule soyeuse d'un Compagnon.

Son Compagnon. Yfandes.

Il essaya de comprendre ce que ça impliquait, mais sa tête tournait trop. Il ne parvenait pas à s'accrocher longtemps à la même pensée.

Tu es malade. Je ne voulais pas te laisser sans ma protection, mais je ne peux pas t'aider. Tu as de la fièvre, il faut que tu voies un guérisseur. Bouge ton pied. Allez. Un pas... Un autre pas...

Ils avancèrent ainsi, Vanyel s'accrochant de plus en plus au cou de son Compagnon. Quand ils émergèrent à la lumière du soleil, ce fut plus que ses yeux ne pouvaient en supporter. Une fois dehors, il tomba littéralement dans les bras d'un Héraut qu'il ne connaissait pas. Dès qu'il eut perdu le contact avec Yfandes, des douzaines de voix se bousculèrent dans sa tête. Elles lui faisaient mal ; il ne parvenait plus à distinguer ses propres pensées de celles qui l'assaillaient.

Dis à ton idiot d'Elu de s'isoler avec un bouclier, Delian !

Cette voix-là, il la reconnut, même si Yfandes ne lui avait jamais parlé sur ce ton.

L'étranger jura et toucha le front de Vanyel. Les voix disparurent. Le jeune homme rouvrit les yeux, et les referma aussitôt : le monde entier tournait autour de lui.

— Laisse-moi faire, Tantras, dit une autre voix, plus douce.

Deux mains fraîches se posèrent sur son front, lui promettant que le sommeil le réconforterait.

Il prit ce qu'on lui offrait et sombra dans l'inconscience.

Avec un peu de chance, il ne se réveillerait jamais.

Le lit semblait bien trop long pour le jeune homme. Il n'était pas grand, et il semblait avoir encore rapetissé. Il semblait aussi pâle que ses draps. Peut-être était-ce dû à ses cheveux noirs et à son teint crémeux, mais il avait l'air encore plus mal en point que Tylendel après sa crise.

Une chose que jamais Savil n'aurait crue possible.

Tylendel. Mon pauvre 'Lendel !

Les larmes qu'elle retenait depuis un moment lui montèrent aux yeux et brouillèrent momentanément sa vue.

La vieille dame ne vit pas Andrel retirer ses mains du front de Vanyel et se renfoncer dans son fauteuil, l'air épuisé. Mais elle entendit le soupir qu'il poussa.

— Andrel ? Peux-tu te prononcer ?

— J'ai fait ce que je pouvais pour lui en établissant une ligne de communication. Je voudrais que tu la suives avec moi, et que tu me confirmes ce que j'ai *vu*. A vrai dire, cela me semble incroyable...

Savil serra les dents et tendit une « main » mentale vers la présence apaisante d'Andrel. Amants par le passé, ils avaient souvent travaillé ensemble, avant et après.

Savil suivit la ligne jusqu'au cœur chaotique et écrasé de douleur de la personnalité de Vanyel. Elle s'aperçut que les sentiments que le jeune homme avait éprouvés pour Tylendel étaient aussi profonds que sincères.

Par tous les dieux, c'est ce que je craignais. Il est totalement perdu sans 'Lendel.

Mais ce ne fut pas cela qui l'ébranla jusqu'au tréfonds de l'âme.

Savil avait passé les vingt dernières années de sa vie à former les Hérauts Mages. Elle était celle à qui l'on demandait le plus souvent de tester les jeunes gens qui avaient des Dons et le potentiel d'être Elu. Tylendel sortait du commun, car il avait les Dons de la Parole par la pensée, de Téléportation, d'Empathie et celui de la Magie. La plupart des Hérauts ou des Hérauts Mages en avaient un ou deux d'exploitables. Une poignée d'entre eux en avaient trois.

Vanyel les avait tous. Les biefs qu'elle testa, à l'exception de celui du Don de Guérison, étaient tous ouverts. Le jeune homme possédait la Parole par l'esprit, la Téléportation, la Vision à distance, la Prémonition, autant d'Empathie que Tylendel en avait eu et assez de Don du Boutefeu pour qu'il n'ait plus jamais besoin d'utiliser d'amadou de sa vie ; bien sûr, il possédait le plus important, celui de la Magie. Son Don de Parole par la pensée était double : il maîtrisait la Perception des pensées en même temps que la Projection.

Et, suprême ironie, il avait le Don des Bardes.

Le garçon avait plus de Dons que cinq Hérauts confirmés réunis. Et tous s'étaient éveillés en moins d'un jour.

A son horreur, Savil vit que tous les biefs étaient à vif, sensibles comme des plaies ouvertes. Il était miraculeux que Vanyel ne soit pas déjà devenu fou de douleur.

Elle sortit de l'esprit du jeune homme en état de choc.

— Par tous les dieux, que s'est-il passé pour donner un tel résultat ?

— Je ne saurais le dire, fit Andrel. Mais tu vois à quoi nous sommes confrontés...

— Oui. Sans oublier le choc en retour lié au Portail, et le problème qu'on rencontre toujours au moment où les Dons s'éveillent. Sans parler du fait qu'ils sont déjà en pleine puissance. Le pire est que tous les biefs ont été ouverts *de force,* au lieu de s'épanouir spontanément.

— En plus de tout cela, j'espère qu'il ne va pas faire une pneumonie ! Savil, ce gamin est dans un état lamentable !

— A qui le dis-tu..., admit Savil en regardant le visage ravagé de Vanyel. Je comprends maintenant pourquoi Yfandes ne voulait pas le laisser. En attendant que leur lien mental soit soudé, elle a besoin d'être en contact physique avec lui pour le protéger. Mais que puis-je faire ? Il n'y a pas assez de place pour qu'elle vienne ici, et je ne peux pas le coucher dans les écuries, avec ce temps...

— N'y pense même pas ! Le froid le tuerait à coup sûr ! Ne peux-tu le protéger avec tes boucliers ?

— Je suis tellement épuisée que je ne parviendrai pas à les maintenir plus d'une heure ou deux.

— Dans ce cas, il ne te reste qu'à faire creuser *deux* tombes ! cria le guérisseur. Parce que tu vas perdre aussi ce jeune homme si tu n'y fais pas attention !

La pensée du cadavre qui gisait dans le Temple du Bosquet fut la goutte d'eau qui fit déborder le vase. Savil se leva et s'appuya contre le chambranle de la porte, les épaules secouées par des sanglots silencieux.

Des mains puissantes mais tremblantes se posèrent sur ses épaules.

— Savil, mon cœur, je suis désolé. Nous sommes tous épuisés. N'y a-t-il personne à qui tu puisses le confier, au moins pour un jour ? Le temps de te reposer et de remettre tes idées au clair ?

— Je n'en sais rien. Les autres le tiennent toujours pour responsable de ce qui est arrivé. Tu sais comment les Dons nouvellement éveillés sont sensibles aux pensées...

— Tu n'as pas le choix : si tu restes, tu t'effondreras, ce qui ne lui fera aucun bien.

— D'accord, dit-elle enfin. Appelle Tantras. Il ne connaissait pas beaucoup mon pauvre Tylendel...

Dans le rêve de Vanyel, Tylendel était toujours vivant et il lui reprochait gentiment son chagrin. Un bref instant, après son réveil, le jeune homme fut incapable de distinguer le songe de la réalité.

Quand la mémoire lui revint, il ravala un gémissement de désespoir et ferma les yeux pour contenir les larmes.

Quelqu'un entra. Il se tourna sur le côté et fit semblant de dormir.

Il entendait des choses dans sa tête, de la même façon qu'il entendait Yfandes. Le son de cette voix mentale lui apprit de qui il s'agissait : Jaysen.

Jaysen ne se souciait pas le moins du monde de Vanyel.

Par tous les dieux, échanger cet arrogant petit crétin contre Tylendel... Un mauvais marché ! Quoi qu'en dise Savil, je ne crois pas qu'il soit innocent de la mort de Tylendel. S'ils étaient si proches, il aurait pu l'arrêter. Non, 'Lendel n'était qu'un gibier de plus à son tableau de chasse ! S'il l'avait laissé en paix, s'il n'avait pas joué sur ses... faiblesses...

Ces mots impitoyables firent frémir Vanyel. Machinalement, il étendit ses perceptions au-delà de la pièce, cherchant à capter les autres pensées qui le concernaient.

Toutes étaient des échos de celles de Jaysen.

Il se rétracta, comme un enfant retire sa main du feu qui l'a brûlé. Au monde, il n'y avait que deux êtres qui l'eussent vraiment aimé : Tylendel et Yfandes.

Mais Yfandes était aveuglée par la magie qui l'avait poussée à le Choisir.

Et Tylendel était mort par sa faute. Jaysen avait raison : il aurait dû l'arrêter. Il lui aurait suffi de refuser de lui procurer ces livres maudits...

En outre, il était désormais un fardeau pour les Hérauts, qui le haïssaient, mais se sentaient obligés de l'accepter parmi eux à la place de Tylendel.

Il écouta la voix mentale du Héraut assis à son chevet. S'il avait l'occasion de s'échapper, de faire quelque chose pour remettre les choses d'aplomb...

Il sentit que le Héraut s'endormait.

Vanyel avait retiré d'autres informations des pensées qu'il avait espionnées.

Tylendel serait enterré le lendemain, avec tous les honneurs dus à un Héraut confirmé, car le Glas avait sonné pour lui.

Vanyel se leva. Le sommeil du Héraut n'en fut pas dérangé. Il s'habilla lentement. Ses jambes tremblaient à chaque pas, mais il parvint à se tenir debout.

Il sortit furtivement par la porte du jardin. Le chemin serait long jusqu'au Bosquet.

Mais quelqu'un l'attendait dehors.

Non, dit Yfandes. *Tu es malade ; il faut que tu restes au lit.*

Par le ciel, elle va m'empêcher de...

Puis il sut comment amener Yfandes à l'aider. Il était impossible de mentir dans une union mentale, mais il n'avait pas besoin de dire *toute* la vérité, à moins que Yfandes ne pose une question directe.

Je t'en prie, Yfandes. Je dois y aller... Je... je dois... lui dire adieu.

Je vais t'aider. Mais après, tu devras te reposer.

Je te le promets, dit-il, sincère.

Mais il n'avait pas à l'esprit le même genre de repos qu'elle.

Elle s'agenouilla pour qu'il puisse monter. Il était si faible qu'il faillit tomber, mais elle l'aida à rester sur son dos.

Il se concentra sur sa fatigue, ne laissant pas passer l'ombre d'une pensée concernant ses véritables intentions. Il ferma les yeux et se laissa porter.

Nous sommes arrivés, dit-elle au bout d'un temps étonnamment court. *Ne reste pas trop longtemps.*

Ce ne sera pas long, Yfandes, promit-il.

Il entra et ferma la porte derrière lui.

Le Temple de marbre blanc était petit. Derrière l'autel brillaient des centaines de chandelles.

Devant se trouvait le cercueil.

Tylendel était vêtu de l'uniforme blanc d'un Héraut. Il avait les yeux fermés ; son visage paisible ne portait plus trace du chagrin et de la folie qui avaient hanté ses derniers moments. Sa chevelure dorée encadrait ses traits fins. Ses longs cils ombraient ses joues.

Vanyel tendit une main hésitante vers la joue soyeuse, croyant presque qu'il lui suffirait d'effleurer le dormeur pour qu'il s'éveillât.

La chair sous ses doigts était dure et froide comme du marbre.

— Je t'en prie, 'Lendel, pardonne-moi, murmura-t-il. Je... vais essayer de payer pour ce que j'ai fait.

Il prit le poignard passé à la ceinture de Tylendel.

Avant que son courage le quitte, il se pencha sur la bière et posa un baiser d'adieu sur les lèvres marmoréennes. Puis il s'agenouilla, le poignard entre les mains, en contact avec ses poignets.

— 'Lendel, sans toi je ne suis rien. Pardonne-moi, où que tu sois...

Il fit descendre ses poignets le long de la lame, les coupant presque jusqu'à l'os, et haleta quand la douleur remonta le long de ses bras. Le poignard tomba sur le sol ; Vanyel s'écroula.

Rouge sur blanc. Le sang de sa vie sur le tapis immaculé de la neige...

A ce moment, Yfandes hennit. Elle rua contre la porte.

Trop tard, pensa Vanyel, soulagé. Ses poignets ne lui faisaient même plus mal.

Je suis désolé, Yfandes... Tu trouveras quelqu'un d'autre... digne de toi...

— Parti ? Comment ça, parti ? demanda Savil d'une voix rauque.

Avant que Jaysen ait eu le temps de parler, Savil devina la réponse. Le hennissement d'un cheval retentit de l'autre côté de la rivière ; Kellan, son Compagnon, l'appela d'une voix presque hystérique.

Savil ! Le petit !

Kellan envoya à son Elue une image mentale de l'endroit où se trouvait Vanyel et de ce qu'il avait fait.

Le même cri d'alarme mental avait dû être envoyé à tous les Hérauts par leurs Compagnons, car Savil et Jaysen ne furent pas les seuls à courir vers le Temple du Bosquet.

Mais ils furent les premiers à y arriver.

Yfandes essayait de démolir la porte de bronze du Temple à coups de sabots.

Jaysen descendit à la volée du dos de son Compagnon, se rua sur la porte et tenta de l'ouvrir.

— Elle est fermée de l'intérieur, cria-t-il.

— Vanyel ! hurla Savil, laisse-nous entrer !

Yfandes dit qu'il est encore vivant, mais inconscient, l'informa Kellan. *Il s'affaiblit rapidement.*

— Que quelqu'un envoie une lumière magique en haut de cette fichue tour !

C'était Mardic. Il avait les mains sur les épaules de Donni et regardait fixement la tour. Donni tenait une arbalète, un carreau prêt à être tiré.

Savil fit apparaître un éclair d'une telle intensité que la moitié supérieure de la tour du Glas s'illumina.

Donni leva l'arbalète et tira.

Savil comprit qu'il s'agissait d'un grappin. Aidé sans doute par le Don de Téléportation de Mardic, le carreau monta dans le ciel, une corde accrochée au grappin.

Un instant plus tard — mais cela sembla une éternité à Savil —, Donni tira sur la corde pour s'assurer que le grappin était fermement attaché. Puis, vive comme un écureuil, elle grimpa, suivie par Mardic, un peu plus lent.

Savil courut vers la porte et attendit, tremblante d'impatience.

Un moment, Savil, dit la voix mentale de Mardic. *Il est vivant. Heureusement, il ne connaissait pas la façon correcte de s'ouvrir les veines ! Donni a arrêté le sang, mais il lui faudra un guérisseur, le plus vite possible. Yfandes a voilé la porte en la frappant. Il me faudra un peu de temps pour l'ouvrir.*

Une haute silhouette vêtue du vert des guérisseurs rejoignit Savil. Andrel enveloppa son amie dans la chaleur de son manteau doublé de fourrure.

La porte s'entrouvrit. Andrel bondit à l'intérieur, suivi de près par Savil.

Donni était agenouillée devant le cercueil, les poignets de Vanyel entre ses mains. Une tache écarlate grossissait sur le marbre blanc. Le garçon était étendu sur le sol, inconscient, livide.

Andrel posa ses mains sur celles de Donni. Savil sentit le pouvoir de guérison qui coulait de lui. Mais elle savait que le guérisseur avait déjà été mis à rude épreuve.

Il n'aurait pas assez de sa propre énergie.

Elle plaça ses propres mains sur ses épaules. Mardic et Donni la rejoignirent et l'aidèrent à soutenir Andrel.

Quand la fusion de Guérison se termina, les poignets de Vanyel étaient lisses et intacts. Des cicatrices rouges étaient apparues un instant sur la peau du jeune homme, mais elles s'étaient estompées presque aussitôt, ne laissant que de minces lignes blanches.

Mais Vanyel ne reprit pas conscience, même quand on le déplaça.

Le guérisseur se releva péniblement.

— Jays, peux-tu t'occuper de le ramener dans son lit ?

— Non, coupa Savil. Yfandes et moi allons nous en charger. Jays, tu me le donneras dès que je serai en selle.

Yfandes s'agenouilla pour que Savil puisse s'installer. Jaysen souleva Vanyel ; Savil le cala contre son épaule et l'enveloppa dans le manteau de fourrure d'Andrel.

Mon pauvre petit, nous t'avons fait du mal. Tout cela parce que personne ne t'a jamais écouté. Je ne sais pas qui est le plus coupable : moi ou Withen.

Elle le serra contre elle. Il était tout ce que Tylendel lui avait légué.

Savil promit au jeune homme endormi à jamais dans le Temple qu'elle prendrait mieux soin de son amant.

Ma première tâche est de te remettre d'aplomb, mon pauvre petit oiseau au cœur brisé. J'espère y arriver.

CHAPITRE X

Savil refusait de dormir, malgré son épuisement. Mais, peu avant l'aube, elle plongea dans une somnolence inconfortable.

Un sanglot étouffé la réveilla.

— Pourquoi ? murmura Vanyel. Pourquoi m'avez-vous arrêté ?

Mardic et Donni, sur l'ordre de Savil, étaient restés pour monter la garde. Elle ne permettrait pas que le garçon leur échappe une seconde fois.

Sortez, mes petits, ordonna mentalement la vieille dame au couple d'amoureux. *Il faut que je reste seule avec lui.*

Savil se leva avec raideur et vint s'asseoir au bord du lit. Elle prit dans les siennes les mains de Vanyel.

— Je t'ai arrêté parce qu'il le fallait. Le suicide n'est pas une solution. Nous avons déjà perdu l'un des nôtres, que nous aimions tous. Je ne peux pas accepter de te perdre aussi.

— Mais je mérite de mourir, objecta-t-il d'une voix faible.

— Pourquoi ? Parce que tu as fait des erreurs ? Ecoute-moi bien, Vanyel. Si cela mérite une sentence de mort, nous devrions tous mourir ! J'ai commis ma part d'erreurs, aussi. Si j'avais fait plus attention à 'Lendel, j'aurais vu que la fin de son frère l'avait perturbé plus gravement que je ne le croyais et je l'aurais envoyé parler à Lancir. 'Lendel lui-même a commis des erreurs, le pauvre petit. Tu t'es trompé, oui. Mais par amour. Tu lui as donné la seule aide dont tu te pensais capable. Et, par tous les dieux, même *Gala* s'est abusée ! (Elle était au bord des larmes, et ne craignit pas de le lui laisser voir.) Van, nous sommes de simples humains faillibles, pas des anges. Parfois, nous payons chèrement nos erreurs. Par la mort de ceux que nous aimons...

Sa voix se brisa. Elle baissa la tête.

Il libéra une de ses mains et lui toucha la joue, hésitant.

— Tu étais l'amant de 'Lendel, son partenaire. Croyais-tu que ta mort me laisserait indifférente ? Que penses-tu que nous allions tous ressentir, à l'idée de t'avoir laissé mourir ? Et Yfandes ?

— Je croyais... qu'elle trouverait quelqu'un d'autre, plus digne d'elle.

— Elle serait *morte,* mon petit. Les Compagnons survivent rarement à leur Elu.

Il sembla se recroqueviller sur lui-même. Savil se maudit, elle qui n'avait jamais été à l'aise avec les mots.

— Van... Je dis tout de travers ! Ecoute-moi : tu es malade, tu dois te reposer et guérir. Nous reparlerons de tout cela plus tard, d'accord ? Ne pense pas à quitter ce monde, il y a des gens à qui tu manquerais affreusement, et j'en fais partie.

Il n'avait pas l'air très convaincu. Savil comprit qu'il lui restait une seule chose à faire.

Le plus important est qu'il demeure en vie... Ensuite, nous pourrons peut-être l'aider.

— Van, me donnerais-tu ta parole d'honneur de ne pas tenter de nouveau de te suicider ? Si tu le fais, je te promets de ne pas laisser de gardes à ta porte.

Il avala sa salive et dit lentement :

— Je... promets. Sur mon honneur.

— Je l'accepte. Y a-t-il quelque chose que je puisse faire pour toi ? Tu as envie de parler ?

Il secoua la tête. Elle le sentit rentrer dans sa coquille.

— Si tu as besoin de quelque chose, appelle-moi, par la voix ou par l'esprit. Je t'entendrai.

Il lui fit un signe de tête, puis se tourna vers le mur. Elle attendit un instant, mais il sombra aussitôt dans un sommeil agité. Elle se leva et quitta la pièce.

A l'invitation de Savil, Andrel la rejoignit au coucher du soleil pour partager son repas avec elle. Ils avaient souvent dîné ensemble, mais jamais dans des circonstances aussi pénibles.

— Celui qu'il nous faut, dit Savil, c'est Lancir. Il a le Don de Guérison mentale. Le petit s'est cuirassé contre moi, je ne peux rien faire. Mais Vanyel n'est pas assez important, me dit-on, pour qu'on envoie une troupe de Hérauts à la recherche de Lancir.

— Il se pourrait que cela change, fit remarquer Andrel. Je l'ai isolé du mieux que j'ai pu, mais ses émissions mentales traversent mes boucliers. La plupart des élèves des trois Collégiums sont déprimés à cause d'elles.

— Tu as *vu* la force et la profondeur de ses Dons, n'est-ce pas ? dit Savil. Il fallait s'y attendre... De plus, ce n'est pas tous les jours qu'on se retrouve avec le survivant d'un couple lié pour la vie, ce après le suicide de son compagnon...

— Liés pour la vie ? Vanyel et Tylendel ? Tu en es sûre ?

— Oui. Je pensais que Vanyel éprouverait du chagrin : c'est la réaction normale d'un jeune homme qui a perdu son premier amour dans des circonstances aussi terribles. Mais ce que j'ai senti aujourd'hui, avant qu'il se renferme sur lui-même, était plus profond que cela. Dis-moi, que dois-je faire ?

— Je ne sais pas, soupira Andrel. Je soigne les corps, pas les esprits.

Elle fit écho au soupir du guérisseur.

— De plus, dans leur relation, Tylendel était le « chef » ; Vanyel le suivait. J'avais essayé de prévenir 'Lendel, mais... (Elle haussa les épaules.) Je crois aussi qu'il cache un sentiment de culpabilité, comme s'il avait attiré le mauvais sort sur Tylendel en le séduisant. Pourtant, à ce que j'en sais, la séduction était mutuelle. Mais Vanyel a peut-être capté des pensées...

— Jaysen, dit Andrel.

— Tout juste ! Il ne s'est jamais débarrassé de ses préjugés contre les unions homosexuelles. Il avait fini par accepter 'Lendel, quand je lui ai fait ravaler ses idées préconçues. Il n'a rien dit, bien sûr, mais on peut parier sur ce qu'il a *pensé* pendant qu'il montait la garde auprès de Vanyel...

— Et toi ? demanda doucement Andrel. Comment t'en sors-tu ?

— Pas si bien que ça, si tu veux la vérité, avoua-t-elle. Tylendel était comme mon fils. Je *refuse* sa mort. Je l'aimais, et j'entends qu'on me le rende...

Sa voix se brisa ; elle perdit son calme apparent et éclata en sanglots.

Andrel se leva et la remit debout. Puis il la conduisit jusqu'au canapé, s'assit à côté d'elle et la laissa pleurer sur son épaule.

La nuit se déchira sur un cri de désespoir. Vanyel se convulsa. La pièce tremblait autour de lui.

Savil se leva d'un bond. Elle fut près de lui en un instant. Il avait les yeux ouverts, mais ne voyait rien. Il se convulsa de nouveau, et les fondations du Palais vibrèrent. Son luth tomba du râtelier et se fracassa sur le sol. Savil fut précipitée à terre avant d'avoir compris ce qui se passait. Elle se releva péniblement et se jeta sur lui.

Il se débattit avec une force anormale. Il émanait de lui une douleur terrible, mêlée de panique et de confusion. Elle essaya de le calmer ; son corps se tendit comme un arc et les murs s'ébranlèrent de nouveau.

Mardic s'était écroulé dans un coin de la chambre, inconscient. Donni tenait sa tête sur ses genoux.

Donni, comment va Mardic ?

Il est seulement évanoui. Il a essayé de toucher Vanyel mentalement pour le réveiller. Je peux vous prêter une partie de mon énergie. Saisissez-la !

Elle envoya une « ligne » de force mentale pour renforcer les défenses de Savil. Cela lui permit de ne pas s'évanouir lorsque Vanyel attaqua, mais ce fut tout.

Jaysen arriva à la course. Il se jeta aussitôt dans la mêlée.

— Elève tes boucliers autour de son esprit ! cria-t-il.

— J'essaie ! répondit Savil. Il les abat aussi vite que je les dresse !

Andrel sembla se matérialiser à côté d'eux. Il éloigna Savil et Jaysen du garçon. Puis il ramassa le baquet d'eau glacée posé au pied du lit et en jeta le contenu sur le jeune homme.

Les convulsions cessèrent quand Vanyel se réveilla en sursaut. Il s'assit dans le lit, puis s'effondra comme une poupée de chiffon.

— Savil, apporte-moi une couverture.

Quand elle revint avec l'édredon de son lit, les deux hommes avaient sorti Vanyel de la couche trempée et ils essayaient de le réveiller.

Vanyel ouvrit les yeux. Un instant, Savil fut enveloppée d'un désespoir si profond, d'une culpabilité si terrible, qu'elle sentit ses genoux se dérober.

Puis cela cessa, si brusquement et si totalement qu'elle se demanda si elle n'avait pas rêvé.

Un coup d'œil à ses deux compagnons lui montra qu'ils avaient senti la même chose qu'elle. Ils étaient livides.

Etrangement, ce fut Jaysen qui installa le jeune homme dans un fauteuil et l'enveloppa de l'édredon. Il resta à son chevet. Savil en profita pour aller s'enquérir de l'état de Mardic.

— J'aurai un sacré mal de tête demain, dit-il, mais

je ne suis pas blessé. Le pauvre Van a réussi à retenir la plus grande partie de son énergie mentale quand il a compris que je n'étais pas un ennemi...

— Il t'a envoyé au tapis, en retenant *la plus grande partie* de son énergie ?

— D'après ce que j'ai pu en juger, oui. Andrel a bien fait ; le choc physique lui a permis de se reprendre.

— Tu es sûr que tu vas bien ?

Il sourit.

— Oui, si vous me laissez dormir un peu !

Savil comprit l'allusion peu subtile et se retira promptement.

Elle revint dans la chambre au moment où Andrel administrait un sédatif à Vanyel.

Jaysen ramassa le luth brisé.

— Je vais m'occuper de le faire réparer, si c'est possible, dit-il.

Ils sortirent tous trois de la chambre et s'installèrent dans la salle commune.

— Jays, que vais-je faire de lui ? Il est ravagé par le choc en retour ; bien loin de guérir, il va de plus en plus mal ! Ses biefs sont à vif. Il est impossible de le toucher mentalement sans produire ce que nous venons de voir. Que tenter la prochaine fois qu'il aura un cauchemar ?

— Je n'en sais rien, dit Jaysen. Andrel, peux-tu le garder sous sédatif le temps qu'il guérisse ?

— Je viens de lui donner de l'argonel, dit le guérisseur, grimaçant comme s'il avait avalé une potion amère.

— Par tous les dieux, Andrel ! cria Savil.

— De l'argonel..., répéta Jaysen.

— Ne vous affolez pas. Il n'est pas en danger. Son métabolisme est si rapide qu'il brûle l'argonel à une vitesse suffisante. C'est un calmant musculaire et un soporifique. Il l'empêchera de se convulser de nouveau si quelqu'un le touche mentalement. En ce qui concerne sa guérison *physique*, je peux le laisser sous sédatif assez longtemps pour qu'il reprenne des forces et remplace le sang qu'il a perdu. Je peux combiner l'argonel au jervain, afin d'insensibiliser ses perceptions liées aux Dons. Cela pourra *peut-être* permettre à ses biefs de guérir. Mais je ne suis sûr de rien.

Jaysen prit la parole.

— Je... j'ai peut-être perçu autre chose en lui, dit-il, une ombre de culpabilité passant sur son visage. Il pense que tout ce qu'il touche est condamné, à cause... de ce que Tylendel et lui étaient. Et je crois savoir où il a pêché cette idée empoisonnée. Malheureusement, elle est devenue une obsession pour lui, aussi forte que l'était son amour pour Tylendel.

Il baissa la tête, contrit.

— Je n'avais pas pensé... Je ne savais pas... Je croyais qu'il se contentait d'utiliser Tylendel...

— Tu n'as pas pensé *du tout* ! lui reprocha Savil avec un sursaut de colère. Toi et tes préjugés de paysan !

— Savil, l'interrompit Andrel, montrant la chambre de Vanyel.

Elle se calma, ne voulant pas que le garçon perçoive sa colère.

— Désolé, Jays, dit-elle. Andrel, penses-tu pouvoir lui rendre assez de santé pour qu'il soit capable de chevaucher ? J'ai un début d'idée, mais cela dépend de ta réponse.

— Si je n'y arrive pas dans les deux semaines qui viennent, je n'y parviendrai pas du tout.

— Quelles chances avons-nous de l'aider à retrouver une partie de son contrôle ?

— Pourquoi ne demandez-vous pas de l'aide à vos Compagnons ? suggéra le guérisseur. Je doute fort qu'il puisse élever des barrières contre Yfandes.

— Par le ciel, pourquoi n'y ai-je pas pensé plus tôt ! *Kellan ?*

Je suis là.

Elle lui communiqua les données du problème en une seule pensée. La réponse lui parvint un moment après.

Yfandes assure que leur lien est encore faible et instable. Parfois, il est pénible pour le garçon de parler avec elle.

Que pouvons-nous faire à ce sujet ? intervint Jaysen.

A travers lui, Savil pouvait *entendre* Felar.

Le contact physique.

Oui, acquiesça Kellan. *Cela renforcera leur lien. Et peut-être cela l'aidera-t-il aussi à contrôler ce qu'il fait.*

« Peut-être ».

C'était mieux que rien, pensa Savil.

Il flottait dans un univers où les blessures à vif de son esprit ne lui faisaient presque plus mal. Depuis qu'il avait bu cette potion, le monde lui semblait lointain, presque irréel.

Excepté l'endroit — désormais vide — dans son cœur que Tylendel avait occupé. Les remèdes du guérisseur ne pouvaient rien contre cette douleur-là.

Il avait encore fait le même cauchemar : il se trouvait seul dans un canyon aux murs lisses. Dans son rêve, il avait compris que ce passage était *fabriqué,* pas naturel.

Créé par magie ; une magie noire, dont les échos sinistres se répercutaient entre les parois.

Il faisait nuit et froid. Vanyel frissonnait malgré le manteau de fourrure qui pesait sur ses épaules.

Le passage était rétréci des deux côtés par des avalanches. Il savait qu'il avait provoqué ces éboulements, afin de créer un lieu où un seul homme pouvait retenir une armée.

L'armée qui arrivait par le canyon.

Il avait demandé de l'aide... Il avait envoyé Yfandes et Tylendel...

Tylendel ? Comment est-ce possible ? Tylendel est mort...

... Mais il savait que les secours n'arriveraient pas à temps.

Il avait attendu que l'armée soit presque sur lui. Puis, levant la main, il avait généré une lumière magique d'un blanc si éblouissant que les premiers rangs de la force d'invasion avaient reculé.

Il n'avait rien dit. C'était inutile. Son défi était clair : il barrait le chemin à ces soldats.

Dans son rêve, Vanyel savait que l'armée avait été entraînée par un maître d'armes encore plus impitoyable que Jervis.

Les premiers rangs s'écartèrent et le sorcier avança. Son pouvoir était de la même espèce que celui qui avait creusé le canyon. Acquis par la douleur et la mort. Quand le magicien noir aurait épuisé ses réserves, il lui faudrait tuer et torturer de nouveau pour les reconstituer.

Vanyel détenait les pouvoirs de la vie, celui de la terre, de la forêt endormie...

Il leva les bras. L'énergie afflua et érigea une barricade à travers la vallée.

Mais un second sorcier sortit des rangs, puis un troisième. Vanyel lut sa sentence de mort dans les yeux des mages noirs.

Pourtant, il n'avait pas reculé...

Jusqu'à ce que Mardic touche son esprit.

On eût dit du sel sur une plaie ouverte. Croyant que c'était une attaque des sorciers, il avait répliqué. Le flot d'énergie était conçu pour tuer.

Au dernier moment, il avait réalisé qu'il s'agissait d'un rêve et que c'était Mardic qui allait recevoir le coup mortel.

Il était parvenu à en retenir la plus grande partie, mais le pouvoir s'était retourné contre lui, brûlant dans son esprit les endroits qui étaient déjà à vif. Il avait essayé d'endiguer le flot, mais cela n'avait fait qu'aggraver les choses. Tout son être le faisait souffrir, il avait l'impression de se consumer. Il ne voyait plus, n'entendait plus, prisonnier d'un néant où n'existait que la souffrance...

Puis un choc soudain l'avait ramené dans son corps. Il s'évanouit un instant et revint à lui en entendant le guérisseur lui parler doucement.

Trempé et frissonnant, il était soutenu par le Héraut Jaysen.

Tylendel, mort, étendu aux pieds de Jaysen. Ô dieux, c'est ma faute !

Le désespoir le submergea. Quelque part dans son esprit, il savait que tout le monde partageait ses émotions. Il isola le bief qui les diffusait.

Dans ce silence mental, il entendit la voix de Jaysen, aussi nette que s'il avait parlé tout haut.

Ô dieux, je ne savais pas ! Je croyais qu'il se jouait du garçon... Dieux, qu'ai-je fait ?

Vanyel avait reculé mentalement devant ces mots, qui étaient comme de l'acide jeté sur ses blessures. Il ferma aussi ce bief-là.

Puis étaient venues les potions et l'oubli. Il dérivait, percevant de temps en temps des pensées : la voix mentale de Savil, celle de Jaysen... Celle de Mardic.

Que les dieux soient remerciés... Je ne l'ai pas tué !

Il dériva de plus en plus loin, n'entendant plus rien, pas même ses propres pensées.

Mais le chagrin ne le quitta pas.

Par la porte du jardin, Savil regardait Vanyel dormir, allongé contre Yfandes. Dès que le soleil était haut, Jaysen sortait le garçon dans ses bras et le plaçait près de son Compagnon.

Vanyel soupira dans son sommeil. Son bras émergea des couvertures et s'enroula autour de cou d'Yfandes. C'était la première fois que Savil voyait un signe positif de l'établissement du lien Héraut/Compagnon.

Quelqu'un frappa à la porte extérieure de la suite. Donni alla répondre.

— Je vous en prie, je suis la sœur de Van. Laissez-moi au moins voir ma tante.

Savil intervint.
— Laisse-la entrer, Donni.
Savil sursauta de surprise. La jeune fille qui se tenait debout dans l'entrée aurait pu être son reflet à seize ou dix-sept ans.
— Vous devez être ma tante Savil, dit-elle sans détour. Vous avez le nez des Ashkevron, comme moi. Je suis Lissa. Puis-je vous aider en quelque chose ?
Savil apprécia l'abord direct de la jeune fille.
— Je ne sais pas. Entre, Lissa. Nous allons en parler.

Lissa se détourna avec un frisson.
— Il a l'air de revenir de l'enfer, dit-elle.
— Pourtant, il va beaucoup mieux qu'il y a quatre jours, et...
Elle fut interrompue par d'autres coups frappés à la porte.
— Trop occupée ou pas, elle me recevra ! gronda une voix que Savil connaissait trop bien. J'ai failli tuer mon meilleur cheval pour arriver jusqu'ici. Je ne me laisserai pas raconter des fadaises !
Savil traversa la suite.
— Que veux-tu, Withen ? demanda-t-elle.
— Que crois-tu que je veuille ? J'exige de savoir ce que tu as fait du garçon que je t'ai envoyé ! Tu étais supposée en faire un *homme*, pas un giton perverti !
— Ça suffit, Withen, coupa Savil. Vanyel a failli mourir deux fois en quatre jours, et tout ce qui t'importe, c'est qu'il est devenu un être que tes préjugés n'approuvent pas ! Tu n'es même pas fichu de l'appeler par son nom !
Elle avança vers lui, le visage tordu par une telle colère qu'il recula, l'incertitude se lisant sur ses traits.
— Un *homme* ! reprit-elle. Et que crois-tu qu'il était ? Parlons plutôt du genre d'*homme* qui envoie son fils en exil parce qu'il ne correspond pas à son image de la virilité ?

— Quel *homme* est capable de laisser une brute imbécile casser le bras de son fils sans raison ? gronda Lissa. Quel droit avez-vous de lui demander des comptes, père ? Vous ne lui avez jamais rien donné et vous ne l'avez jamais aimé !

Withen recula de nouveau ; il avait l'expression d'un homme qui vient de se faire assommer.

— Un *homme* ! reprit Savil, ayant retrouvé son souffle. Que les dieux te punissent comme tu le mérites, imbécile ! Quelle sorte d'*homme* se préoccupe plus de sa réputation que de la vie de son fils ?

Withen avait pâli ; il voulut parler, mais Savil lui coupa la parole.

— Laisse-moi te dire cela, Withen, siffla-t-elle. Ce n'est pas un fils que tu voulais, mais une copie de toi-même. Eh bien, j'ai le plaisir de t'annoncer que tu peux choisir Mekeal pour héritier ! Vanyel ne t'appartient plus. Il a été Elu. S'il survit, il deviendra élève Héraut. Tu pourras te désintéresser de son sort en toute bonne conscience.

Withen sembla se ratatiner.

— Savil, je ne voulais pas... je n'avais pas l'intention de...

— Ah bon ? dit-elle avec un haussement de sourcil ironique.

— Puis-je le voir ? Je... je ne lui ferai pas de mal... Par le diable, c'est toujours mon fils !

— Lissa, crois-tu que nous pouvons accepter ?

La jeune fille regarda son père comme s'il était un étranger.

— Je ne pense pas qu'il soit capable de se conduire correctement.

Le visage de Withen s'assombrit.

— Espèce d'ingrate petite vipère !

— Vous voyez ? dit Lissa à Savil.

— Oui. Mais il vaudrait peut-être mieux qu'il voie les résultats de ses vilenies. (Elle désigna la porte.) Suis-moi, Withen. Et pas un mot de travers, ou je te fais expulser sur-le-champ.

Il s'arrêta net à la porte du jardin.

— Par tous les dieux ! fit-il. J'ai vu des cadavres d'une semaine qui avaient l'air en meilleure santé !

— Tu viens, ou non ? demanda Savil en ouvrant la porte.

Il la suivit à pas lents, très pâle, le visage fermé.

— Van... réveille-toi, veux-tu ? murmura Savil, agenouillée à côté de lui, mais sans le toucher.

Le malade bougea un peu la tête.

— Ma tante ? murmura-t-il.

— Vanyel, ton père est là. Il veut te voir, mais il n'a plus aucun droit sur toi maintenant que tu as été Choisi. Tu n'es pas obligé de le recevoir, si tu ne veux pas.

— Non, ça ne fait rien... Yfandes dit que c'est bien... que je dois le voir.

Savil se releva.

— Vas-y, lança-t-elle à Withen. N'élève pas la voix, et parle-lui lentement. Nous lui avons donné des sédatifs, ne l'oublie pas.

L'homme s'agenouilla dans l'herbe et tendit la main vers Vanyel. Celui-ci se réveilla un peu plus et écarta d'un geste les doigts de son père.

— Vanyel, dit-il, j'ai entendu dire que tu étais malade...

Vanyel émit un petit rire pitoyable.

— Vous avez plutôt entendu dire que je me faisais besogner par 'Lendel, dit-il crûment. Ne me mentez pas. Toute ma vie, vous m'avez abusé et je ne pouvais pas le prouver. Maintenant, je *sais* quand on me ment.

Withen s'empourpra.

Vanyel n'en avait pas terminé.

— En ce moment, vous pensez que je suis... souillé, pervers. Vous m'avez laissé entre les mains de cette brute de Jervis sans jamais me dire un mot gentil. 'Lendel m'aimait, lui, et je l'aimais. Vous, vous ne pouvez pas vous empêcher d'avoir vos sales pensées...

Withen ouvrit la bouche comme pour répliquer, mais il n'en eut pas le temps.

Vanyel émergea de son cocon de couverture. Par la seule force de l'esprit, bien qu'il fût malade et à demi endormi par les drogues, il envoya Withen bouler dans les buissons.

Withen essaya de se relever. Vanyel le plaqua de nouveau sur le sol. Lissa voulut intervenir, mais Savil l'arrêta.

— Regarde Yfandes. Elle est souverainement calme. Laisse-le faire. Il n'a pas l'intention de tuer son père.

Deux fois encore, Withen essaya de se lever ; chaque fois, Vanyel le renvoya à terre.

A son insu, des larmes coulaient le long des joues pâles du jeune homme.

— Eh bien, père ? Suis-je assez *fort* pour vous, désormais ? Quel effet cela fait-il d'être aplati par quelque chose que vous ne pouvez pas arrêter ? Je suis une brute aussi redoutable que Jervis, maintenant ! *Cela vous rend-il heureux ?*

La bouche de Withen frémit, mais aucun son n'en sortit.

— Moi, cela ne me rend pas heureux, père, continua Vanyel d'une voix sereine. Savoir que j'ai ce pouvoir me dégoûte. Plus rien ne peut me rendre heureux désormais.

Il se réfugia dans ses couvertures.

— Partez, père, murmura-t-il. Vous n'avez rien à faire ici.

Withen se leva lentement. Il regarda son fils un long moment.

— Cela ferait-il une différence si je te disais que je suis désolé ?

— Peut-être... un jour..., répondit Vanyel, la voix altérée par les larmes. Mais pas maintenant. Partez, père. Laissez-moi tranquille.

Mon cher Withen. Pour une fois, je pense que tu as raison. Le « gamin » n'en est plus un. Il n'a jamais été celui que tu croyais. Si tu parviens à le traiter comme un adulte et un égal, tu réussiras peut-être à te réconcilier avec lui.

— Savil ?

C'était Mardic, l'air perplexe.

La vieille dame jeta un coup d'œil par la fenêtre. Vanyel était assis sur un banc, en grande conversation avec Lissa. Yfandes se tenait près d'eux.

Que vais-je faire de lui ? Il devient plus fort physiquement, mais mentalement... il cherche en Lissa et en moi des substituts à Tylendel. Je ne peux pas le laisser continuer... Mais si j'essaie de le pousser à s'assumer, il boude... Parfois, je suis si furieux contre lui que j'ai envie de le frapper. Mais il a déjà reçu trop de coups...

Mardic s'éclaircit la gorge.

— Je suis désolée, mon garçon. Je rêvassais. L'âge, sans doute. Entre.

Le jeune homme se glissa dans la pièce, suivi par Donni.

— Savil, Donni et moi voulions vous demander quelque chose... Nous avons pensé... Vanyel a plus besoin de vous que nous deux...

— Dieux ! dit Savil. Je vous ai négligés, n'est-ce pas ?

— Ce n'est pas un problème, assura Mardic. Nous avons fini par apprendre ce que vous seule pouviez nous enseigner. Regardez...

Mardic et Donni tendirent les mains l'un vers l'autre, sans se toucher.

Là où il y avait toujours eu deux auras, il n'en restait plus qu'une. Autour d'eux flottait un halo vert-jaune, plus intense à lui seul que leurs lumières séparées ne l'avaient jamais été.

— Depuis quand ? demanda Savil.

— Depuis la nuit où nous avons dû ouvrir la porte du Temple, répondit Mardic. Vous voyez, n'importe quel Héraut Mage peut continuer notre éducation, maintenant.

— Bref, intervint Donni, nous nous sommes adressés à Jaysen. Il n'a personne en ce moment. Il est d'accord pour se charger de nous si vous l'autorisez.

Savil se leva.

— Vous méritez que je vous embrasse ! Je me cassais la tête sur ce problème, et voilà que vous m'apportez la solution ! Merci, mes chers petits.

— Savil, dit doucement Donni quand son mentor la lâcha, qu'allez-vous décider, pour Vanyel ? Ici, tout doit lui rappeler 'Lendel. Il est dommage que vous ne puissiez pas l'emmener dans un endroit complètement différent...

Mais oui ! pensa Savil. *Voilà l'idée que je cherchais !*

— Donni, je te remercie !

— Vous avez un plan ?

— Oui. Et qui fera d'une pierre deux coups. Les monstres que les Leshara ont invoqués venaient des Pélagirs, comme ceux que 'Lendel a matérialisés pour se venger. Je conduirai Vanyel chez les Frères du Faucon. Ils se sont donné pour mission de surveiller les Pélagirs. Il faut qu'ils soient informés quand quelqu'un intervient sur leurs créatures. Peut-être peuvent-ils aider Vanyel. Je suis au moins sûre qu'ils sauront contenir ses pouvoirs. Je sais qu'Etoilevent est plus fort que moi. Si nous gardons Vanyel sous sédatif plus longtemps, je crains qu'il ne finisse par devenir dépendant de la drogue. Mais si nous arrêtons...

— Il risque de démolir le Palais, termina Mardic. Quand allez-vous l'emmener ?

— Le plus tôt sera le mieux. Dans les jours qui viennent. Le seul problème, c'est que pour rencontrer Etoilevent k'Treva et Danselune k'Treva, je serai obligée d'aller à eux, car ils ne quittent jamais les Pélagirs. Je devrai ouvrir un Portail pour ça ; j'espère n'avoir pas oublié la façon de les appeler.

CHAPITRE XI

— Par le ciel, je *déteste* créer des Portails ! marmonna Savil à Andrel.

— Pourquoi ? demanda celui-ci.

— C'est fichtrement dangereux, dans le *meilleur* des cas. Ça bouleverse complètement le temps, pour commencer.

Elle ferma les yeux, se concentra, puis étendit ses perceptions magiques pour vérifier que rien n'interférait avec les énergies qu'elle allait invoquer.

— Tout semble marcher comme il faut, dit-elle, soulagée. Comment va le petit ?

— Drogué jusqu'aux yeux. Il ne sera pas vraiment conscient avant cette nuit. (Andrel observa le Champ des Compagnons, noyé de soleil.) Je suis content que tu aies décidé d'implanter le Portail ici. Comme c'est la même énergie qui a ouvert ses biefs...

— ... *Probablement,* interrompit Savil.

— D'accord. Mais il restera sensible à cette énergie toute sa vie. Et, chaque fois qu'il franchira un Portail, cela risque de déclencher une autre crise.

— C'est pour ça que tu lui as donné une bonne dose, conclut Savil. Je n'ai pas d'objection à formuler.

— Quelle autre raison as-tu de ne pas aimer les Portails ? demanda Andrel.

— Je vais utiliser à peu près toute mon énergie, et je serai une loque à l'arrivée. Si le talisman d'Etoilevent ne fonctionne pas comme il le dit, nous serons dans de mauvais draps, Vanyel et moi !

— Pourquoi n'utilises-tu pas l'énergie d'une autre personne comme Tylendel le faisait ?

— Parce que j'ignore comment il a procédé. Aucun d'entre nous ne le sait. C'est peut-être cela qui a causé tous ces problèmes avec Vanyel, quand j'ai essayé de dissiper l'énergie...

Ils entrèrent dans le Bosquet, où les attendaient Jaysen, Donni, Mardic et Lissa, ainsi que deux Compagnons, Kellan et Yfandes. Vanyel était attaché solidement sur la selle de cette dernière.

Tenu par plusieurs sangles de cuir passant dans des anneaux, il était couché sur le cou de son Compagnon.

Il ne risquait pas de tomber.

Andrel s'approcha de lui et lui souleva une paupière. Il « écouta » mentalement le jeune homme, puis hocha la tête, satisfait.

— Tout devrait bien se passer, Savil. Mais il ne faut plus lui donner de drogue. Même si tes amis ne peuvent pas l'aider...

— Ils n'aiment pas ce genre de drogue. Elles sont trop dangereuses...

— Je ne les aime pas non plus. Parfois, on n'a pas le choix ; comme dans ce cas.

Il toucha la main du garçon.

— J'espère que tu as raison, au sujet de ces gens ; ses biefs demeurent à vif.

— Si les Frères du Faucon ne peuvent pas l'aider, personne ne le pourra.

Savil se tourna vers la porte du Temple et fit le vide dans son esprit pour se préparer à l'érection du Portail.

La porte du Temple avait été si souvent utilisée ainsi qu'il n'était pas besoin de préparatifs spéciaux. Il lui suffisait d'étendre son esprit...

J'invoque le Portail...

Elle se fit une image mentale de l'endroit où elle voulait aller et *tissa* lentement un réseau d'énergie capable de réunir deux endroits aussi éloignés.

Savil sentit qu'elle perdait de sa force, comme si elle eût coulé par une blessure ouverte. Maintenant, le Portail ne se contentait plus de *recevoir* l'énergie qu'elle lui envoyait, il *l'aspirait*. C'était le moment du plus grand danger. Le Héraut Mage qui construisait le passage devait lutter contre lui pour ne pas voir absorber jusqu'à la dernière goutte de son être.

Il y eut une explosion silencieuse de lumière ; le Portail se matérialisa, temporaire mais stable. La porte encadrait un paysage torturé.

— C'est bien là que tu vas ? s'enquit Jaysen, dubitatif.

Il neigeait de l'autre côté. Le ciel était noir...

Savil hocha la tête.

— Oui. C'est la frontière des Pélagirs, près du territoire d'Etoilevent. L'autre extrémité est une caverne. Nous serons à l'abri, le temps qu'Etoilevent et Danselune arrivent.

— Et s'ils ne viennent pas ? Je n'aime pas l'idée que tu partes seule avec Vanyel. Il est malade, et tu es épuisée.

— Jays, personne ne peut venir avec moi. Ils sont incroyablement jaloux de leur territoire et... secrets. Je cours déjà un risque en emmenant le petit ; heureusement, il est clair qu'il a besoin d'aide et qu'il est mon protégé.

« Il est temps d'y aller. Jays, envoie le bois de l'autre côté.

Quatre fagots de bois sec atterrirent sur la neige de l'étrange paysage.

Vanyel gémit.

Il sent le Portail, comme nous le craignions. Mieux vaut se dépêcher.

Elle effleura la main de Mardic et de Donni, puis celle de Lissa.

Ensuite, ce fut le tour de Jaysen et d'Andrel. Elle n'avait pas dit à ses étudiants que le voyage serait peut-être sans retour. Si elle échouait, Vanyel risquait de les détruire tous les deux, sans savoir ce qu'il faisait.

Dieux, vous devez *le guérir ! Vous lui avez pris son amour, donnez-lui quelque chose en échange !*

Quand elle releva la tête, elle rencontra le regard des deux hommes, brillants de larmes.

Elle respira à fond et s'approcha du Portail.

Allons-y, Kellan, dit-elle mentalement.

Ils s'enfoncèrent dans le vide oppressant qu'elle avait appris à haïr.

Savil se blottit plus près du feu. Par bonheur, il n'y avait pas de courant d'air dans la caverne, qui se réchauffait rapidement. Mais l'atmosphère était humide, et empestait les feuilles pourrissantes.

Après avoir fermé le Portail, il lui était resté à peine assez de force pour allumer le feu. Puis elle s'était écroulée sur le sol, attirant Vanyel contre elle. Il était toujours blotti avec elle dans son manteau, tremblant comme une feuille. Dans son sommeil, il gémissait de temps à autre.

Le passage du Portail avait été dur pour lui. Il s'était à demi réveillé de sa stupeur et l'avait regardée fixement, paralysé par une peur et une angoisse extraordinaires.

Il lui avait fallu du temps pour le calmer.

Dehors, Kellan et Yfandes montaient la garde. Savil n'avait pas eu l'énergie de leur enlever leur selles et leurs brides. Elle avait même failli oublier d'activer son talisman de Sœur d'Aile. Sans Kellan, elle se serait aussitôt écroulée près du feu.

Des souvenirs lui revinrent, aussi clairs que si elle avait quitté les Frères du Faucon quelques jours, et non quelques années plus tôt.

— *Le sang appelle le sang, et le cœur appelle le cœur, dit Etoilevent d'une voix solennelle, ses yeux d'un bleu glacé brillant d'un feu intérieur.*

Il laissa couler le sang de sa paume entaillée sur le fil d'argent et le cristal du talisman de Sœur d'Aile. La pierre-cœur sembla se transformer en un rubis étincelant.

Savil sentit le pouvoir s'unir au talisman. C'était une force inconnue d'elle, qui datait peut-être des Guerres Magiques. Celles-ci avaient ravagé le monde et fait des Pélagirs une terre dévastée où rôdait toujours la magie.

Il ferma la main ; Danselune l'effleura. Quand il la rouvrit, la coupure avait disparu. A dix-huit ans, Danselune était en passe de devenir un adepte-guérisseur, une très rare catégorie de mages.

Etoilevent fixa le talisman au masque de plumes et de cristal. Il ressemblait à un diadème posé sur le front du masque.

Il lui tendit le bijou.

— Quand tu auras besoin de nous, viens et laisse tomber trois gouttes de ton sang sur la pierre-cœur. Je saurai que tu es là, et je te rejoindrai.

Depuis tant d'années, la couleur rubis de la pierre-cœur ne s'était pas ternie. Savil espéra que l'enchantement était toujours aussi puissant. Il lui sembla bien que la pierre brillait d'un feu intérieur, mais elle était trop fatiguée pour sentir le pouvoir qui en émanait peut-être.

Vanyel s'agita à son côté. Elle se déplaça un peu, contente que le sol de la caverne soit couvert de plusieurs centimètres de sable doux et sec.

Pauvre petit, pensa-t-elle. *Tu comptes sur moi pour t'aider, mais je ne peux pas. Je ne dois pas. Si je le faisais, tu retomberais dans le même schéma qu'avec 'Lendel.* Elle lui caressa doucement les cheveux. *Tu ne sais plus quoi faire, n'est-ce pas ? Tu as peur de nouveau. Tu es tellement plein d'angoisse et de douleur. Dieux, quand tu as dit à Withen que rien ne pourrait jamais plus te rendre heureux...*

Elle fixa longuement les flammes.

Etoilevent, mon vieil ami, où es-tu ? Je ne sais plus quoi faire. J'ai besoin de ton aide...

Elle t'est acquise, sœur-de-mon-âme.

Elle sursauta. Un tourbillon de neige dansait à l'entrée de la caverne. Les Compagnons n'avaient pas donné l'alerte. Quand les flocons retombèrent, il était là.

Etoilevent n'avait pas changé.

Il était toujours grand et droit, mince comme un adolescent. Ses cheveux argentés cascadèrent jusqu'à sa taille quand il abaissa son capuchon. Aucune ride ne déparait son visage ; seule l'expression de ses yeux révélait son âge... et sa puissance. Aucun mage n'aurait pu douter qu'il était un adepte de valeur.

Il lui sourit.

— Bienvenue, Sœur d'Aile Savil, dit-il dans la fluide langue tayledras.

— Etoilevent, *shaydra,* dit-elle.

Sa vue s'obscurcit un instant. Quand elle s'éclaircit de nouveau, l'Adepte tayledras était agenouillé à côté d'elle.

— Tu es toujours aussi têtue et volontaire, lui reprocha gentiment Etoilevent.

Savil sentit qu'il lui donnait un peu d'énergie, reconstituant ainsi une partie de ses forces. Elle vacilla. Il la retint par les épaules.

— Quelle urgence t'amène — et dans un tel état d'épuisement ?

— Cela, dit-elle, écartant son manteau pour lui montrer le jeune homme blotti contre elle, le visage tordu de douleur.

— Par les dieux de mes pères... (Il effleura le front de Vanyel du bout des doigts, puis retira sa main comme s'il avait été brûlé.) Que m'as-tu apporté là, ma sœur ?

— Je ne sais pas, dit-elle en se laissant aller contre lui, épuisée. Ses biefs ont été ouverts de force, et il n'arrive pas à guérir. Il y a plus, mais je suis trop fatiguée pour te raconter cela maintenant. Tout ce que je sais est qu'il souffre et que je ne puis l'aider. Si je l'avais laissé là où il était, il se serait détruit, et la moitié de la capitale avec lui.

— Ton jugement est sain, déclara Etoilevent. Ce garçon a un grand potentiel... Il m'effraie. Et une telle noirceur dans son âme... Non, Sœur d'Aile : il y a pas de *mal* en lui. Seulement les ténèbres. Le désespoir en est une composante, mais il y a aussi le refus de ce qu'il est et *doit* devenir. Il se force à ne pas voir...

— Tu en sais plus long que moi, soupira Savil en massant son front douloureux. Je n'ai pas le droit de te le demander, mais... Veux-tu m'aider ? Le peux-tu ?

— Tu en as le droit, ma Sœur d'Aile. Ne m'as-tu pas fait le plus beau des cadeaux en la personne de mon *shay'kreth'ashke* ?

Elle sourit. Amener ce garçon à Etoilevent avait été l'une des meilleures décisions de sa vie.

— Où est Danselune ?

Il est dans la neige, essayant de persuader la lasha-Kaladra *de l'étranger de ne pas le manger,* dit une voix mentale amusée. *Je l'ai effrayée. Elle n'a pas confiance en moi.*

Kellan, tu sais qui il est ! Pourquoi n'as-tu pas prévenu Yfandes ?

Je ne sais plus qui il est, répondit Kellan plutôt étonné.

— Je crois que j'ai beaucoup changé, Sœur d'Aile, et que je l'avais oublié ! dit Danselune, debout à l'entrée de la caverne.

Savil leva les yeux et resta bouche bée.

Le Danselune qu'elle avait connu était brun aux yeux noisette, un simple paysan sans rien de remarquable. Maintenant, ses cheveux étaient aussi longs et aussi argentés que ceux d'Etoilevent, et ses yeux aussi bleus. Son corps avait perdu la gaucherie de l'adolescence ; il ressemblait tant à Etoilevent qu'ils auraient pu être frères non seulement par le choix, mais par la naissance.

— Comment as-tu fait *ça* ? demanda Savil.

— C'est la magie que nous utilisons. Elle nous façonne à son idée, je pense.

Il rejeta sa cape blanche sur ses épaules. Elle constata qu'il ne portait qu'un pourpoint de cuir sans manches et de minces hauts-de-chausses ; elle frissonna, se souvenant que les Tayledras ne ressentaient jamais le froid.

— Comme d'habitude, tu simplifies à l'extrême, corrigea gentiment Etoilevent. Savil nous a amené un malade. Viens voir ce garçon...

Danselune s'assit sur les talons à côté de Savil et étudia le visage de Vanyel.

— *Hai'yasha,* soupira-t-il. Il est *shay'a'chern,* n'est-ce pas ? Et il souffre du mal d'amour. Non, c'est bien plus profond que cela...

Il toucha le front de Vanyel ; au contraire d'Etoilevent, il ne retira pas sa main.

— *Ai'she'va !* Sainte Mère ! La *douleur* ! Il a perdu son *shay'kreth'ashke.* (Son visage adopta l'immobilité de celui d'une statue.) Il est un pion dans un jeu... ce qu'il a été, ce qu'il ne veut pas être. Mais, qu'il le veuille ou non, le pion est sur l'échiquier.

— Et le jeu ?

Danselune hésita.

— Il n'est pas possible de le savoir. Cela dépend entièrement de lui : veut-il devenir autre chose qu'un pion ? Mais ce sera à toi de lui enseigner, je crois, dit-il en regardant l'Adepte. Les pouvoirs qu'il détient sont similaires aux tiens. Mais savoir s'il guérira... La moitié de la thérapie sera son propre travail...

— Et l'autre moitié le tien, déclara l'Adepte avec un sourire ironique.

Danselune retourna le poignet de Vanyel, montrant la cicatrice qui le barrait. Puis il exposa son avant-bras. Le feu éclaira la marque qui courait du poignet jusqu'à mi-chemin du coude.

— Qui d'autre ? Nous avons quelque chose en commun, apparemment.

Savil vacilla de nouveau.

— Tu as besoin de repos, dit Etoilevent, inquiet. Peux-tu chevaucher, ou veux-tu le prendre ici ?

Un instant, Savil souhaita s'allonger et dormir à l'endroit même où elle se trouvait. Puis elle pensa aux Compagnons, dehors dans la neige et le froid, toujours sellés et équipés.

— Les Compagnons peuvent porter double charge, dit-elle. Si vous acceptez de monter avec nous. Sinon, il faudra nous attacher sur les selles.

Danselune prit Vanyel dans ses bras. Etoilevent offrit sa main à Savil pour l'aider à se lever.

— Ce n'est pas loin, ma sœur, dit-il.

— Je l'espère ! Sinon vous serez obligés de me porter aussi.

D'abord il y eut les ténèbres, puis la paix qui venait avec la drogue. Vanyel accueillait avec reconnaissance le guérisseur aux cheveux roux qui la lui apportait. Il espérait, chaque fois, que l'homme se tromperait dans ses doses, et qu'il ne se réveillerait pas.

Ensuite il y eut la douleur, qui se fraya un chemin dans sa conscience malgré la drogue. Il essaya de la repousser, mais elle continua de pulser dans les zones blessées de son esprit.

Enfin, il s'embrasa. Il y avait du feu dans ses veines, des flammes dansaient le long de ses nerfs et lui consumaient l'esprit. C'était l'énergie du Portail. Il la reconnaissait. La douleur le tortura longtemps. Il hurla, ou crut le faire. Il était perdu dans un océan de souffrance dont rien ne pouvait le délivrer, pas même la mort.

Puis la douleur aussi disparut. Mais tous ses biefs étaient à vif, tous ses souvenirs revinrent le hanter. La mort de Gala... Tylendel se jetant du haut de la tour...

Tylendel gisant dans son cercueil dans le Temple...

Puis, sans avertissement, le Rêve se répéta.

Il était dans le Col du Bossu, bloquant le passage à lui tout seul. La lumière magique provenant de ses mains se reflétait sur le visage impassible des trois sorciers.

Ce n'était pas comme son ancien rêve, celui où il était prisonnier dans la glace. Il sentait dans celui-ci plusieurs strates de signification qu'il pouvait presque atteindre, mais pas tout à fait.

Pourtant tout semblait réel. Sinistrement réel.

— Pourquoi essayer quand tout est contre toi ? demanda une voix.

Les soldats s'écartèrent de nouveau. Un homme avança au premier rang et se campa devant Vanyel.

— Tu es absolument seul, Héraut Mage Vanyel, dit-il.

L'homme était beau ; son visage et son corps semblaient parfaits : une œuvre d'art vivante.

A part ses yeux noirs, il aurait pu être une version plus jeune de Vanyel. Néanmoins, il était un peu trop parfait.

Il portait une armure noire, comme ses soldats, mais pas d'arme. Il n'en avait pas besoin. Il était *une arme, faite pour semer la destruction et la mort.*

— Oui, seul, répéta l'homme.

— Tu ne m'apprends rien, dit Vanyel. Je te connais. Tu es Leareth.

Le sens du mot était...

— Obscurité, dit Leareth avec un rire de gorge. Et voilà mes esclaves. Les serviteurs de l'obscurité. Délicieux, non ?

Vanyel ne répondit pas. Chaque instant gagné signifiait que Yfandes se rapprochait des secours, Tylendel chevauchant sur son dos...

... Mais Tylendel était mort...

— Tu n'as pas besoin de rester seul, Vanyel, continua Leareth. Viens à moi, accepte ma noirceur et c'en sera fini de la solitude. Ou, si tu veux, je peux te

rendre ton amant perdu. Penses-y, Vanyel : Tylendel, vivant, de nouveau à tes côtés...

— Non !

Il frappa avec toute sa puissance et ne se rendit pas compte qu'il pleurait.

Ce sont des rêves, jeune Vanyel, dit une voix aux accents bleutés. *Il te suffit de le vouloir pour qu'ils se dissolvent.*

L'armée, le col, Leareth, tout se mua en ombre et disparut. Cette nouvelle obscurité était apaisante. Il l'accueillit avec soulagement.

Une musique fraîche à l'aura vert doré s'infiltra dans les ténèbres. Elle se coula dans son esprit, soulagea les biefs à vif, et guérit les blessures mentales sanguinolentes. Il dériva, heureux de se laisser aller au bien-être. Bientôt, il ne resta aucune douleur en lui... A part le souvenir de l'endroit désert où Tylendel s'était trouvé.

A la musique s'ajouta une harmonie bleu-vert, comme la voix qui avait dissipé le rêve. Cette mélodie ne le laissa pas errer sans but, mais elle s'enroula autour de son esprit ; il n'eut pas d'autre choix que de la suivre où elle le conduisait.

La musique vert doré recula pour laisser l'harmonie bleu-vert prendre le dessus. La voix lui parvint de nouveau.

Tu veux contrôler ce qui se passe ; voilà ton centre. Tu dois faire comme cela *pour te centrer, et* comme cela *pour t'ancrer...*

Il trouva un équilibre dont il n'avait jamais eu conscience d'avoir besoin. Tourbillonnant avec la musique, il comprit qu'après avoir trouvé ce point, il ne le perdrait plus jamais.

Oui, oui ! dit la voix avec un rire mental. *Maintenant, tu veux te protéger : c'est la raison d'être de la barrière. Tu la vois ? Elle empêche le monde extérieur de t'envahir ; elle obéit à ta volonté. C'est toujours ta volonté qui commande, jeune Vanyel...*

La musique lui montra comment élever le bouclier mental ; il prit le relais, augmenta l'épaisseur de la barrière, puis la laissa redevenir une fine paroi, sûr de pouvoir la reconstruire de nouveau quand il le souhaiterait.

Puis la musique bleu-vert mourut, laissant de nouveau la place à la mélodie vert doré.

Il dormit et rêva qu'il se levait, se nourrissait, dormait de nouveau.

Puis il s'éveilla pour de bon. L'air sentait la fougère et la terre fraîchement retournée. La musique s'enroulait autour de lui, en notes légères et obsédantes. Il entendait un bruit d'eau derrière la mélodie.

Vanyel n'était plus sous l'effet des drogues ; ses biefs mentaux ne le tourmentaient plus.

Il ouvrit lentement les yeux.

Un instant, il pensa qu'il était installé dans un arbre, car il était entouré de verdure de toutes parts. D'immenses fougères se dressaient au-dessus de son lit, formant un baldaquin vivant autour de lui. Des feuilles plus transparentes composaient un rideau aérien aux multiples nuances de vert.

Le soleil traversait les fougères. Ses couvertures d'un vert plus foncé étaient douces comme du velours, mais lourdes et épaisses.

Il essaya de s'asseoir et n'y parvint pas. Il était complètement épuisé.

La musique cessa et le rideau végétal s'écarta.

Vanyel regarda le jeune homme qui se tenait au pied du lit, cerné par la verdure.

Il n'avait jamais vu quelqu'un comme lui. Ses cheveux argentés étaient plus longs que ceux de bien des femmes. Vêtu de vert, il tenait une flûte qui semblait avoir été sculptée dans un cristal luminescent.

Vanyel dit la première chose qui lui vint à l'esprit.

— Où... où suis-je ? Qui êtes-vous ?

— Tu me demandes où tu es ? Parfait. Je craignais plutôt une question du genre « *qui* suis-je ». (L'homme pencha la tête, souriant.) Tu es en territoire k'Treva, dans les monts Pélagirs. Ta tante Savil t'a amené à nous. Nous sommes ses amis. Elle nous a demandé de t'aider. Je suis Danselune k'Treva, un *Tayledras*, et j'ai été ton guérisseur. Au fait, tu es couché dans mon lit. Il te plaît ? Etoilevent prétend qu'il est ridicule, mais je crois qu'il est jaloux de ne pas y avoir pensé avant moi !

Vanyel le regarda, bouche bée.

— Je vais trop vite, n'est-ce pas ? Commençons par les choses simples. Tu as faim ? Soif ? Tu veux prendre un bain ?

— Les trois...

— Nous allons nous en occuper...

Danselune fit mine de repousser les couvertures. A ce moment, Vanyel réalisa qu'il était nu. Il rougit et s'accrocha à la literie.

— Tiens, souffla Danselune. Enfile ça.

Il lui tendit une robe de chambre faite d'un tissu vert et soyeux. Puis il tourna le dos et le laissa s'envelopper dans le vêtement.

En se levant, Vanyel tituba, pris d'un vertige soudain.

Danselune lui effleura le front et le monde cessa de tourner autour de lui.

— Viens, dit Danselune. Suis-moi. Ne me quitte pas des yeux. Parfait !

Vanyel posa péniblement un pied devant l'autre, comme un enfant qui apprend à marcher. Il s'aperçut qu'ils étaient passés dans une autre pièce, mais le simple fait d'avancer lui coûtait un tel effort qu'il n'osa pas regarder autour de lui.

Danselune le conduisit jusqu'à une corniche qui dominait une mare d'eau si chaude qu'elle fumait.

— Regarde, dit Danselune. C'est la mare où l'on se lave. Voilà du savon. Quand tu auras fini, va dans l'autre, qui est destinée à la relaxation.

Il lui montra une mare, située un peu plus haut ; son trop-plein se déversait dans la deuxième.

— Je vais aller te chercher à manger et à boire.

Il se pencha sur Vanyel et lui posa un baiser sur les lèvres.

— Tu es le bienvenu, jeune Vanyel, déclara-t-il. Etoilevent et moi sommes ravis de t'avoir avec nous, et pas seulement à cause de notre Sœur d'Aile Savil.

Vanyel s'aperçut qu'il ne s'épuisait pas s'il bougeait lentement. Il enleva la robe de chambre et se glissa dans l'eau chaude avec un soupir de satisfaction.

Cette demeure n'avait pas de portes, simplement des entrées. Les murs de pierre étaient dépourvus de fenêtre. L'ensemble était éclairé par une baie transparente qui occupait le plafond.

Quand il eut fini de se laver, Vanyel se hissa à grand-peine dans la mare supérieure.

L'eau était assez chaude pour l'obliger à se détendre, qu'il le veuille ou non. Il s'abandonna au bord et ferma les yeux.

Il les rouvrit quand un bruit de pas annonça le retour de Danselune, avec un plateau lesté d'un pichet de cidre, d'une assiette de pain en tranches, de fromage et de fruit.

— Mange légèrement, l'avertit le guérisseur. Tu es resté trois semaines sans prendre un repas normal, et tu étais drogué la plus grande partie de ce temps.

— *Trois semaines ?*

— Ton guérisseur, Andrel, ne pouvait pas te guérir. Les guérisseurs de ton peuple ne connaissent pas la façon de traiter les blessures causées par la magie. Peu de thérapeutes le savent, et la plupart sont des Tayledras. Mange, jeune Vanyel. Il y a des herbes spéciales dans le pain et dans la boisson ; elles te redonneront des forces.

— Où est Savil ? demanda Vanyel, soudain inquiet d'être seul avec un étranger.

— Avec Etoilevent. Elle était très fatiguée. Ce qui est arrivé... a été un grand choc pour elle. Mon *shay'kreth'ashke* et elle sont de vieux amis. Il n'y a pas de secrets entre eux. Elle a besoin de son amour pour surmonter tout cela.

Vanyel avait levé les yeux au mot *ashke*, qui lui avait donné le sentiment de recevoir une gifle.

Danselune le regarda un long moment, puis il se racla la gorge.

— J'ai quelque chose à te dire. J'aimerais que tu y réfléchisses.

Vanyel posa son cidre et attendit, inquiet.

— J'ai partagé tes pensées. J'en sais plus sur toi que quiconque, à l'exception, peut-être, de ton *shay'kreth'-ashke*. Ainsi que tu l'as deviné à mes paroles, je suis *shay'a'chern*, comme Etoilevent. Et comme toi. Je suis un adepte guérisseur. Je ne traite pas seulement les gens, mais les *lieux*. J'ai étudié la nature pour savoir comment lui rendre son équilibre. Dans le monde, il existe d'autres créatures que l'être humain qui nouent des liens amoureux permanents. Parmi certaines des plus nobles espèces, les loups, les cygnes, les grands rapaces, on trouve parfois une union entre partenaires du même sexe. Ce n'est pas très courant, mais ça existe.

Vanyel resta immobile, ignorant où Danselune voulait en venir.

— Il y a en toi une peur et une honte générées par tes propres doutes et par l'influence d'un homme aveuglé par ses préjugés. Voilà ce que je voulais te dire. Les unions *shay'a'chern* surviennent dans la nature. Comment peut-on les qualifier d' « antinaturelles » ? Elle ne sont pas *courantes,* je te l'accorde. Il n'est pas souhaitable qu'elles le deviennent, pour le bien de l'espèce, car celle-ci risquerait de s'éteindre, faute de rejetons. Mais elles ne sont pas *contre nature.* Les bêtes ne rejettent pas de leurs rangs les *shay'-a'chern.* Pourquoi l'homme les exclurait-il ? Entre ton *shay'kreth'ashke* et toi, il y avait de l'amour. Seulement de l'amour. Il n'y a rien de honteux à aimer.

Vanyel avait l'impression de ne plus pouvoir respirer. Il fixait intensément les yeux bleus du guérisseur.

— Voilà ce que j'ai appris : quand il y a de l'amour, la forme qu'il prend n'importe pas ; les dieux en sont heureux. Et voilà ce que j'ai observé : ce qui se passe dans la nature est façonné par les dieux ; s'ils ne l'approuvaient pas, cela n'existerait pas. Je voudrais que tu laisses ton esprit et ton cœur se nourrir de cette certitude.

Il se pencha de nouveau et embrassa Vanyel, sur le front cette fois.

— Je te laisse à tes pensées. Je doute que tu veuilles passer toute ta vie dans la mare ; donc je vais me mettre en quête de vêtements pour toi. Cela ne me gênerait pas que tu restes nu, mais ta tante voudrait te voir. Nous n'allons pas la faire rougir, pas vrai ?

Sur un sourire espiègle, il tourna les talons et disparut.

CHAPITRE XII

— Tiens, dit Danselune, en lui tendant une serviette et des vêtements, verts comme les siens. Pardonne-moi, je dois partir. Il y a des problèmes ; on m'a appelé pour les résoudre. Etoilevent et Savil ne tarderont pas à arriver.

Il s'en fut avant que Vanyel ait eut le temps de répondre.

Le jeune homme s'habilla lentement, essayant de remettre de l'ordre dans ses pensées. Il se souvenait vaguement d'avoir entendu Savil lui dire qu'il était trop malade pour qu'Andrel puisse le guérir, et qu'elle allait l'emmener auprès d'amis à elle.

Danselune et Etoilevent étaient de toute évidence les gens dont elle avait parlé. Ils semblaient aussi étranges que les masques de plumes et de perles qu'il avait vus dans la chambre de Savil.

Il s'aperçut que les endroits naguère à vif dans son esprit ne le faisaient plus souffrir. Il les sentait toujours, mais ils ne brûlaient plus.

Danselune a dit qu'il m'a guéri. Est-ce pour cela que j'ai l'impression de le connaître ?

Il sentait une barrière autour de lui. Il en fut d'abord inquiet, puis il réalisa qu'il la contrôlait. La rendant plus perméable, il prit conscience de la présence d'autres esprits, plus loin, hors de la pièce. Des animaux, à la pensée limitée et centrée sur l'instant ; puis deux autres cerveaux, proches, brillants, mais opaques. L'un des deux avait le « parfum » de l'esprit de Savil ; l'autre devait être le mystérieux Etoilevent.

Puis encore deux autres, aussi impénétrables. Mais il reconnut le premier.

Yfandes. Mon Compagnon.

Ce n'était pas une hallucination. Il avait reçu des Dons héraldiques et il avait été Choisi par un Compagnon.

Dieux... Je donnerais tout ça et la moitié de mon existence pour l'avoir de nouveau à mes côtés... Oh, 'Lendel, pensa-t-il, gagné par le désespoir, *pourquoi suis-je ici ? Pourquoi suis-je toujours en vie ?*

Me détestes-tu, mon Elu ? demanda une voix mentale claire et brillante. *M'en veux-tu de ne pas t'avoir laissé mourir ?*

Yfandes ?

Il se souvint : Savil lui avait dit qu'un Compagnon privé de son Elu se laissait mourir de chagrin.

Oh, non, Yfandes. Je suis désolé... Je...

Il te manque, dit doucement Yfandes. *Tu as besoin de lui, et tu ne supportes pas sa disparition.*

Je ne sais pas ce que je vais faire sans lui...

A cet instant, Savil et un second Tayledras entrèrent dans la salle. Celui-ci était tout de blanc vêtu.

Vanyel fut choqué par l'aspect de sa tante. Elle avait l'air *vieux* comme jamais il ne l'avait connue.

— Tante Savil, murmura-t-il, hésitant, allez-vous bien ? Je veux dire...

— Que j'ai l'air d'une vieille haridelle ? Ne t'excuse pas, j'ai un miroir ! Je ne récupère plus aussi facilement qu'autrefois.

Il rougit, embarrassé.

— Van, voilà Etoilevent k'Treva, dit-elle. C'est lui qui Parle pour les k'Treva. Nous sommes dans le *voorthayshen* de ce peuple. Comment traduirais-tu cela, *shayana* ?

— Citadelle du Clan serait la notion la plus proche,

répondit Etoilevent. Même si les k'Treva ne sont pas exactement un clan.

Sa voix était un peu plus grave que celle de Danselune ; sans qu'il ait l'air plus vieux, il émanait de lui quelque chose qui le faisait paraître tel aux yeux de Vanyel. Il reconnut la musique bleu-vert de son délire.

— Mon seigneur, commença-t-il, hésitant.

— Il n'y a pas de seigneurs parmi nous, jeune Vanyel. Je parle pour les k'Treva, mais chacun de nous est responsable de lui-même.

— Que m'avez-vous fait, messire ? demanda Vanyel. Je... sais que vous avez fait quelque chose. Je me sens différent.

— Tu es ici parce que ta tante, avec raison, a jugé que les Hérauts n'avaient pas les moyens de te former sans que cela présente un danger pour toi ou pour les autres. Danselune et moi, nous sommes habitués à contenir la magie dangereuse. C'est en partie ce que nous faisons ici. Nous avons les capacités de contrôler tes pouvoirs. Savil pense que nous pouvons aussi te former. Mais, si cela se révélait impossible, nous n'hésiterions pas à prendre les mesures nécessaires.

« Pour le moment, Danselune a guéri les biefs par lesquels tu canalises l'énergie. Et je t'ai appris quelque chose pendant que tu étais en transe. Cela t'aidera beaucoup par la suite. Je t'ai montré comment trouver ton centre, t'ancrer et construire un bouclier. Tu as maintenant un point d'équilibre ; tu peux te mettre à l'abri des pensées des autres et garder les tiennes là où elles doivent être, dans ta tête. Tu ne feras plus trembler de fondations pendant tes cauchemars.

« Mon petit Vanyel, Danselune et moi sommes prêts à t'aider. Mais nous ne pouvons pas tout faire. Tu dois apprendre par toi-même à contrôler et à utiliser tes Dons. Si tu ne le fais pas, ce sont *eux* qui t'utiliseront. La magie fonctionne ainsi. Si tes Dons échappent à ton contrôle, nous devrons... intervenir, finit-il avec un regard glacial qui fit frémir Vanyel.

« Mais ce n'est pas le moment de parler de ça. J'aimerais te montrer notre habitation, et t'expliquer en partie ce que nous faisons ici.

Ils traversèrent de nouveau la chambre, où le feuillage et les branches se mêlaient si étroitement au tissu et au matériau des meubles qu'on avait du mal à les distinguer les uns des autres.

De là, ils passèrent dans une troisième salle, qui ne contenait qu'un énorme tronc d'arbre, poussant à travers le sol de pierre ; douze personnes n'auraient pas pu l'entourer de leurs bras. Sur le tronc était fixé un escalier en spirale. Ils y grimpèrent. En haut, un balcon couvert surplombait le petit royaume d'Etoilevent.

C'était un canyon enclos entre des murs verticaux. Vanyel vit des geysers fumants jaillir çà et là. Il y avait de la neige au sommet du canyon. Sans doute à cause des sources chaudes, la végétation était luxuriante dans la cuvette.

— C'est k'Treva, dit Etoilevent en montrant la vallée. Danselune et moi vivons En-Dessous. Il n'est pas assez tayledras pour être à l'aise au-dessus du sol. Il y a aussi les *hertasi*, qui nous servent. Nous les protégeons et leur permettons d'habiter ici, En-Dessous. Ils sont timides. Tu les verras peut-être, ou peut-être pas. Si tu en rencontres un, ne l'effraie pas. Ce sont de grands lézards intelligents. Tu peux aller En-Dessous à ton gré, mais ne va pas Au-Dessus sans y être invité. C'est là que vivent la plupart d'entre nous...

Vanyel regarda, mais il ne vit aucune habitation, seulement l'escalier en spirale disparaissant dans les branches de l'arbre. La seule idée de grimper aussi haut lui donnait le vertige.

— Enfin, il y a une barrière autour de la vallée. Peut-être la sens-tu. Elle nous protège des choses que nous ne voulons pas laisser entrer et nous assure un climat chaud. Quant à ce que nous faisons ici... Tout d'abord nous aménageons des endroits où les créatures magiques des Pélagirs puissent vivre en paix. Ensuite, nous supprimons la magie des lieux qu'elles n'habitent pas, afin de permettre à l'humanité de s'y installer. Nous utilisons cette magie récupérée pour ériger des barrières autour des refuges, afin que nul ne puisse entrer ou sortir.

— Comme je le disais, fit Savil, vous gardez les Pélagirs comme les Hérauts gardent Valdemar.

— A cette différence près que les Hérauts se concentrent sur les individus, et nous sur la terre...

Etoilevent fut interrompu par le cri d'un faucon. Quand il leva l'avant-bras, un grand rapace blanc vint se poser sur son poignet. Vanyel s'aperçut que le Tayledras portait des bracelets en cuir blanc pour protéger sa chair des serres.

Etoilevent regarda le faucon dans les yeux, puis il leva les bras, renvoyant l'animal dans les airs.

— De mauvaises nouvelles ? demanda Savil.

— Au contraire. La situation n'était pas si grave que nous le craignions. Danselune est fatigué, mais il sera de retour au lever du soleil.

— Je suis contente que ce soit arrangé, dit Savil.

— Moi aussi. Jeune Vanyel, promène-toi, reprends des forces, mange et repose-toi. Dès que Danselune aura récupéré son énergie, ta formation commencera.

Vanyel explora la petite vallée. Il y avait tant de végétation que cela créait une illusion d'immensité, car chaque chemin était isolé de son voisin par un épais rideau de feuilles et de branches.

Visiter l'occupait. Il en oubliait presque sa solitude. Presque.

Une partie de lui aurait voulu revenir au temps d'avant Tylendel. L'autre se refusait à la stérilité émotionnelle que cela impliquait.

Il ne savait pas quoi faire au sujet de Yfandes. Il avait besoin d'elle, il l'aimait, mais il avait peur de la vulnérabilité qui allait de pair avec l'affection. Semblant comprendre son dilemme, elle restait à l'écart, et ne lui parlait que quand il faisait le premier pas.

Savil ne l'approchait pas non plus, ce qui lui convenait à merveille.

Quand il le lui demandait, Danselune lui servait de guide dans la vallée. Leur relation n'allait pas plus loin.

Il ne vit jamais de *hertasi,* même si le résultat de leur travail était visible. Les vêtements disparaissaient puis revenaient, propres et réparés. Les pièces semblaient se nettoyer toutes seules.

Pour s'occuper, Vanyel essayait d'apercevoir de temps en temps les créatures.

Puis autre chose accapara son attention.

Tu as échoué, dit Etoilevent d'une voix mentale claire comme le cristal. *Essaie de nouveau.*

Mais..., commença Vanyel, enfermé dans la barrière que l'Adepte avait érigée autour de lui.

Il avait du mal à traduire ses pensées en paroles mentales.

Jusqu'à ce que tu aies mis en phase nos barrières, la mienne demeurera autour de toi. Tant qu'elle sera là, tu ne pourras pas passer. Donc tu resteras dans cette pièce.

Ils se trouvaient dans une salle nue aux murs taillés dans la roche. Il n'y avait ni portes ni fenêtres. Vanyel n'avait pas la plus petite idée de l'endroit où la salle était située dans le complexe. Il ignorait tout de la façon d'entrer et de sortir.

Savil était venue le chercher le matin, et il lui avait rappelé qu'Etoilevent allait lui apprendre à contrôler ses Dons. Il l'avait suivie à travers trois ou quatre pièces qu'il ne connaissait pas, puis ils étaient entrés dans... quelque chose.

Il n'était pas sûr de ce que c'était ; cela ressemblait vaguement à un Portail, mais il y avait une marque sur le sol. Quand il avait marché dessus, il s'était retrouvé dans cet endroit sans issue.

Savil était apparue près de lui. D'un ton inquiet, elle avait dit à Etoilevent :

— Ne lui fais pas de mal, *shayana.*

Puis elle avait retraversé la marque et s'était évaporée.

Elle l'avait laissé seul avec l'étrange adepte, qui avait passé la matinée à lui apprendre des choses bizarres et à utiliser des pouvoirs qu'il n'avait pas encore acceptés, et qu'il ne comprenait pas.

— Pourquoi me faites-vous endurer cela ? cria-t-il, au bord des larmes.

Parle par l'esprit, mon Elu. Cela fait partie du test.

Pourquoi me faites-vous endurer cela ? répéta-t-il, lançant à Etoilevent l'équivalent mental d'une dague.

Un ton plus bas, ou je ne répondrai plus !

Pourquoi ?

Tu es comme un tas de bois sec, prêt à prendre feu à la moindre étincelle. Je t'apprends le contrôle, pour que les flammes naissent à ta demande et soient soumises à ta volonté. Souviens-toi de ce qu'a fait ton pouvoir quand il était brut...

Vanyel revit Mardic volant à travers la pièce, puis les fondations du Palais secouées comme par un tremblement de terre...

Cela aurait pu être pire...

Il vit une image de Withen, écrasé comme un insecte.

NON ! cria mentalement Vanyel.

Le sol de pierre frémit sous ses pieds.

Tu vois ? Sans le contrôle et la compréhension, tu finiras par tuer sans t'en rendre compte.

Vanyel baissa la tête et essaya de nouveau d'accorder son aura à celle de la barrière d'Etoilevent.

En réponse à l'appel urgent d'Etoilevent, Savil et Danselune se précipitèrent vers le passage. Après un bref vertige, quand il traversèrent l'enchantement de localisation (une sorte de Portail à faible puissance), ils arrivèrent dans la salle où les attendait un spectacle peu réjouissant.

A un bout de la salle, Etoilevent essayait de se relever ; à l'autre, Vanyel gisait à terre, ses vêtements noircis. La zone qui l'entourait était calcinée.

Danselune alla vers Vanyel. Savil aida Etoilevent à se relever.

— Que s'est-il passé ? demanda-t-elle.

— Je crois que j'ai effrayé le petit, dit l'homme, en examinant ses mains pour voir si elles étaient brûlées. J'en avais l'intention, mais je ne pensais pas qu'il réagirait aussi violemment.

« Je lui avais demandé d'invoquer des éclairs. Il se faisait prier. Alors je lui ai envoyé l'image d'un *wyrsa.* Il a paniqué. Utilisant son propre pouvoir, il a de plus « aspiré » celui du node de la vallée. Tu ne m'as pas dit qu'il était capable de faire ça !

— Je ne le savais pas. Par tous les dieux, *shayana,* ce sont des *wyrsas* que son *shay'kreth'ashke* avait invoqués pour abattre ses ennemis. Ne te l'avais-je pas dit ?

Elle se mordit les lèvres et regarda en direction de l'endroit où Danselune soignait Vanyel, les deux mains reposant au-dessus de son front.

— Par la Dame, reprit Savil, il n'est pas étonnant qu'il ait failli détruire la salle !

— Tu me l'avais dit, reconnut Etoilevent. Mais j'ai oublié.

— Que lui as-tu fait subir ? demanda Danselune. L'esprit de ce petit est sens dessus dessous.

— Ce qu'il y avait de pire, voilà ce que je lui ai fait, gémit Etoilevent. Je lui ai envoyé l'image des créatures que son amant avait utilisées pour sa vengeance.

— *Shethka !* Mais nous n'y pouvons plus rien. Je vais le mettre au lit et appeler son Compagnon. Nous

nous occuperons de lui, et nous verrons comment cela tourne.

Vanyel dans les bras, il repassa le seuil de l'enchantement de localisation et disparut.

— Ô dieux, gémit Etoilevent, tout allait si bien jusque-là ! Il était en train d'acquérir un véritable contrôle. Comment ai-je pu être aussi stupide ?

— Ce sont des choses qui arrivent. Il semble qu'elles se produisent plus souvent autour de Van, comme s'il attirait la malchance. Dis-moi, *shayana,* pourquoi lui as-tu envoyé cette image ?

— Il veut bien apprendre à contrôler l'aspect défensif de son pouvoir, mais pas l'aspect offensif. Et, s'il ne maîtrise pas cela...

— Sa magie d'attaque restera imprécise. Comme pour Tylendel. Lui aussi, j'aurais dû te l'amener.

— Ma sœur, la sagesse rétrospective est toujours facile. (Il lui envoya une pensée compatissante.) Mais en ce qui concerne ce garçon, je ne comprends pas pourquoi il ne veut pas utiliser pleinement ses pouvoirs.

— Parce qu'il ne voit aucune raison de le faire, dit Savil. Il n'a pas envie d'aider les autres. Tout ce qu'il veut, c'est qu'on le laisse tranquille.

— Mais... il est si *fort* ! Comment peut-il ne pas vouloir...

— Il n'a pas de motivation, *shayana.* Ou, s'il l'a, elle est oblitérée par sa douleur. Il n'a peut-être pas l'énergie nécessaire pour s'occuper de quiconque d'autre que de lui-même. Kellan m'a assuré que Yfandes se jetterait au feu pour lui, donc il doit y avoir *quelque chose.* Danselune pourra peut-être atteindre cette zone de son âme...

— S'il survit à ce que nous lui faisons, dit tristement Etoilevent.

Vanyel s'éveilla en larmes, le cœur serré. L'image du *wyrsa* lui avait rappelé tout ce qu'il voulait oublier.

Il reposait dans son lit. Son visage lui semblait brûlant ; ses mains et ses avant-bras étaient enveloppés de bandages.

Il sentit une pensée effleurer la sienne ; c'était Danselune.

Vanyel n'avait pas envie de parler. Il désirait simplement qu'on le laisse en paix. Quand il voulut se tourner vers le mur, la voix au timbre étonnamment jeune l'arrêta net.

— Je voudrais te raconter quelque chose...

Vanyel tourna la tête et regarda la silhouette immobile à côté de son lit.

— Il était une fois un garçon du nom de Tallo, dit Danselune. Ses parents étaient de simples fermiers, des gens honnêtes et aimants. Ils se satisfaisaient de leur sort, de leur terre, de leurs habitudes, du cycle des saisons. Tallo n'était pas satisfait. Il sentait en lui des choses qui ne s'accordaient pas avec la vie qu'il menait. Il voulait un autre horizon que les champs et les moissons. Ses parents ne le comprenaient pas. Mais ils essayèrent de lui donner ce qu'il désirait. Ils le firent instruire. Dans les livres, le garçon apprit finalement que le pouvoir qu'il sentait en lui était la magie. Il s'isola, et tenta d'apprendre à manipuler cette énergie. Ses parents ne comprirent pas ce besoin de solitude ; ils voulurent le faire rentrer dans le « droit chemin ». Hélas, le jeune Tallo savait qu'il n'était pas attiré par les jeunes filles, mais par les jeunes hommes.

Danselune soupira. Vanyel vit que ses cils étaient humides.

— Il y eut des disputes, beaucoup de colère. Un bel été, des chanteurs itinérants arrivèrent. Dans la troupe se trouvait un jeune homme d'une grande beauté ; le jeune Tallo comprit vite qu'il n'était pas le seul à être attiré par son propre sexe. Les jeunes gens devinrent rapidement amants. Tallo n'avait jamais été aussi heureux. Il envisageait de partir avec le chanteur quand la troupe quitterait son village. Son amant l'y encourageait. Hélas, on les découvrit ensemble. Tout le village fut en émoi, car il était interdit de parler des *shay'a'chern*, et plus encore d'en être un. Ils ont battu les deux jeunes gens, puis les ont chassés du village. Il se trouva que le chanteur, endolori et en colère, lâcha des paroles cruelles qu'il ne pensait pas vraiment. Il dit à son amant qu'il ne voulait plus de lui. Tallo devint fou de rage. Il avait souffert par amour et se trouvait rejeté.

« Il invoqua un éclair avec ses pouvoirs magiques mal dégrossis. Il avait l'intention d'effrayer son jeune compagnon, rien de plus. Mais il l'a tué avec des forces qu'il ne contrôlait pas.

« Tallo avait lu dans l'esprit de l'autre garçon ; il savait que celui-ci ne pensait pas réellement ce qu'il avait dit. Alors il invoqua des éclairs pour lui faire peur. Mais il apprit que le pouvoir mobilisé dans la colère est incontrôlable. Il entendit le jeune homme hurler son nom en mourant... puis crier de peur et de douleur... Tallo ne put rien faire pour le sauver. Après l'abomination qu'il venait de commettre, il se sentit incapable de vivre. Il prit la dague passée à la ceinture de son amant et s'ouvrit les poignets. Puis il attendit la mort, car elle seule pouvait le châtier.

Danselune leva le bras gauche ; la lune se refléta sur la cicatrice qui allait de son poignet à mi-chemin de son coude.

« Une étrangère passait sur la route à ce moment ; elle sentit le flot de puissance et devina qu'il était incontrôlé. Elle accourut aussi vite que possible, mais n'arriva pas à temps pour sauver les deux jeunes gens. L'un était mort, l'autre ne valait guère mieux. Elle le soigna, et l'amena à un ami qui, pensait-elle, comprendrait.

Danselune se tut si longtemps que Vanyel pensa qu'il avait fini de parler. Puis il reprit la parole, une douleur profonde dans chacun de ses mots.

— C'est ici que se situe le paradoxe. Si le jeune

Tallo n'avait pas abusé de ses pouvoirs naissants, il serait parti avec son amant. Le moment venu, ils se seraient séparés. Tallo aurait été remarqué par un mage, et il aurait reçu un enseignement. Ou il serait arrivé à Valdemar et aurait été Choisi par un Compagnon. Ceux qui ont le pouvoir ne restent jamais longtemps seuls. S'il avait été coopté par un mage noir, il se serait peut-être tourné, pour un temps ou pour toujours, vers la magie destructrice. Mais les choses ne se sont pas passées ainsi. Le garçon a tué son amant et il a été amené à k'Treva. Là, il a obtenu le pardon, et reçu la formation dont il avait besoin. Et plus encore : il a trouvé son *shay'kreth'ashke.* Dans notre langue, cela signifie « unis pour la vie ».

Vanyel sursauta. Danselune fit un signe affirmatif sans se retourner.

— Tu vois ? C'est le paradoxe. Si les choses ne s'étaient pas passées ainsi, Tallo n'aurait jamais rencontré Etoilevent. Les Tayledras sont très secrets. Deux êtres faits l'un pour l'autre ne se seraient jamais connus. Il n'y aurait pas d'adepte guérisseur à k'Treva, et une bonne partie du travail des Tayledras n'aurait jamais été accomplie. Beaucoup de bien est sorti de tout cela, et beaucoup d'amour, mais l'origine n'en reste pas moins un meurtre. Involontaire, certes, mais un meurtre tout de même.

« Que devait en penser le jeune Tallo ? La solution que trouva Etoilevent fut de le déclarer mort de sa propre main, et de donner naissance à un être différent, Danselune k'Treva. Ainsi, Tallo n'existe plus. A sa place existe un homme que la magie des Tayledras a transformé au point qu'il pourrait être de la même lignée qu'eux. Mais parfois le jeune Tallo se réveille dans le cœur de Danselune... Il se pose des questions... Et il se désole du mal qu'il a fait.

Il tourna la tête, et tendit la main vers Vanyel.

— *Ke'chara*, veux-tu partager ton chagrin avec Tallo ? Pleurer seul n'apporte aucun réconfort ; ton cœur est aussi endolori que le mien.

Vanyel tendit la main, mais s'interrompit.

Si je ne touche personne...

— Si tu ne touches personne, dit Danselune comme s'il avait lu dans ses pensées, tu ne seras pas *vivant*. Réfugié derrière tes barrières, tu écartes l'amour aussi bien que la souffrance. Même si l'amour apporte parfois la souffrance, tu n'as aucun moyen de savoir si la douleur que tu ressens maintenant ne te conduira pas de nouveau à l'amour.

— Tylendel est mort.

Vanyel l'avait dit à haute voix. C'était réel, rien ne pouvait y faire.

— Nul ne me le rendra jamais. Je serai seul à tout jamais.

Danselune hocha doucement la tête.

— Ton aimé n'est plus. Pourtant, il te reste d'autres amours. Entre frère et sœur, entre amis, entre élève et professeur... Et puis, oublies-tu Yfandes ? Elle t'aime de tout son être. Ne serait-il pas cruel de la rejeter de ton cœur ?

— Pourquoi me dites-vous tout cela ? demanda Vanyel.

— Parce que j'ai failli suivre la route sur laquelle tu t'es engagé. En évitant de toucher les autres, on fait forcément du mal à ceux qui essaient de nous toucher.

Danselune attendit une réponse que Vanyel ne trouva pas la force de lui donner.

— C'est ta vie ; la décision est tienne. Un guérisseur ne peut pas vivre ainsi, mais peut-être le peux-tu...

Il se leva et secoua sa chevelure. Ses yeux étaient de nouveau secs.

— Si tu souffres, appelle-moi mentalement. Je viendrai.

Le matin arriva. Vanyel s'était attendu à être convoqué dans la salle d'exercice d'Etoilevent, mais personne ne vint le chercher.

Il erra sans but d'une pièce à l'autre et ne vit personne. Avaient-ils décidé de l'abandonner, lorsqu'il avait rejeté l'offre de Danselune, la nuit précédente ?

Il finit par sortir dans la vallée. Les fougères géantes se mêlaient aux feuilles des arbres, dont certains, sans être aussi grands que celui qui poussait au milieu de la demeure, étaient assez larges pour que cinq personnes aient du mal à les entourer de leurs bras.

Yfandes ? appela-t-il mentalement.

Il n'était pas sûr qu'elle lui répondrait.

Je suis là, dit-elle aussitôt.

Elle apparut un instant plus tard, venant des sous-bois.

Tes mains vont mieux ? demanda-t-elle en posant le museau contre sa joue.

Je crois.

Il appuya son front contre le cou de la créature. Sa simple présence était extraordinairement réconfortante.

Où sont les autres ?

Savil est là-haut, avec Etoilevent. (Elle lui envoya l'image mentale d'une pièce aux multiples ouvertures perchée dans les branches de l'arbre géant.) *Elle n'aime pas trop ça. Kellan aussi est un peu nerveux. Mais Etoilevent se sent mieux dans sa pièce, et il était perturbé par l'accident d'hier.*

Où est Danselune ?

Seul. Il réfléchit.

Yfandes, dis-moi... Ai-je fait quelque chose de mal, hier ?

Elle le regarda, l'air réprobateur.

Oui. Je crois que tu devrais lui parler. Tu l'as blessé, plus profondément qu'il ne l'a montré. Jamais il n'avait raconté cette histoire à personne. Savil et Etoilevent savent, *mais il ne leur a jamais dit. Pas plus qu'il n'a avoué à Etoilevent qu'il éprouvait toujours des regrets et de la peine. Cela lui a beaucoup coûté de t'en parler.*

Sa première réaction fut la culpabilité ; la seconde, la colère.

De son propre aveu, l'aventure tragique de Danselune n'avait été qu'une passade amoureuse destinée à être brève. Comment osait-il comparer sa douleur avec celle de Vanyel ?

Danselune n'avait pas tué Etoilevent. Il avait seulement ôté la vie à un vague chanteur, quelqu'un qui serait sorti de sa vie en quelques semaines.

Danselune avait Etoilevent. Vanyel serait seul à jamais. Il n'y avait aucun rapport entre les deux histoires !

Yfandes sembla deviner ce qui se passait dans l'esprit de Vanyel. Elle recula un peu. Le jeune homme trouva qu'elle avait l'air... offusquée.

Cela augmenta sa colère.

Sans un mot, il se détourna et partit en courant. Il trouva un bosquet sombre, au bout de la vallée, où presque aucune lumière ne pénétrait. Il se roula en boule parmi les fougères, l'estomac retourné, les yeux brûlants.

Ils ne se soucient pas de moi, seulement de ce que j'ai le pouvoir de faire. Peu leur importe que je sois malheureux, tout ce qu'ils veulent, c'est que je leur obéisse. Savil veut seulement m'obliger à devenir un Héraut. Aucun d'eux ne comprend. Ils ne savent pas à quel point je...

Des larmes silencieuses coulèrent le long de ses joues.

'Lendel, ils ignorent qu'une partie de moi est morte avec toi. Tout ce que je désire, c'est qu'on me laisse tranquille. Pourquoi ne cessent-ils pas de vouloir faire de moi leur jouet ? Ils sont tous pareils ! Comme mon père ! La seule différence est ce qu'ils entendent m'obliger à faire. Oh, 'Lendel, tu me manques tellement !

Il resta caché dans son bosquet jusqu'à la nuit, secoué par les larmes. Puis il revint dans la maison, espérant à demi les trouver là, à l'attendre.

Mais la demeure était aussi vide que le matin.

Ils ne s'intéressent pas à moi, se dit-il en explorant les pièces désertes. *Seul 'Lendel m'aimait. Personne ne se souciera plus de moi...*

Après avoir parcouru les pièces jusqu'à ce que l'écho de ses propres pas lui fasse monter les larmes aux yeux, il abandonna et se réfugia sous ses couvertures.

Il pleura jusqu'à ce qu'il s'endorme.

CHAPITRE XIII

Leareth éclata de rire. Il leva une main et un orage magique éclata à la lisière de la barrière de Vanyel. C'était la dernière de ses protections. Il était épuisé, ses sources d'énergie vidées. Durant le combat, il avait été blessé, plus qu'il ne l'avait laissé voir à son adversaire.

Leareth sourit, comme s'il savait que Vanyel faiblissait. Le jeune homme tomba à genoux, sans cesser de se battre, mais conscient qu'il avait perdu. Leareth n'avait même pas l'air fatigué. Le sorcier frappa. L'orage magique détruisit la dernière barrière. Vanyel hurla de douleur. Une douleur comme il n'en avait jamais connu...

Vanyel s'éveilla en sursaut. Le lit était trempé de sueur, et il tremblait tellement que les fougères frémissaient au-dessus de sa tête.

Comme personne ne venait à son chevet, il comprit qu'il n'avait pas crié à haute voix. Et qu'il n'était pas resté prisonnier du rêve.

Un rêve ? Dieux, c'est plus qu'un simple songe ! C'est une Prémonition. Leareth m'a appelé « Héraut Mage ». Je suis vêtu de blanc. Je rêve ma propre mort. C'est ce qui m'arrivera si je deviens un Héraut. Je mourrai ainsi, seul, dans des souffrances terribles, en livrant une bataille perdue d'avance.

Il frissonna de plus belle, glacé de peur. Alors il

rejeta les couvertures et saisit sa robe de chambre. Puis il marcha jusqu'aux mares chaudes et grimpa dans la plus haute.

Ce n'était pas la première fois qu'il s'éveillait au milieu de la nuit, gelé par ce rêve et ayant besoin de chaleur. Mais c'était la première, depuis son arrivée, que le songe était assez clair pour qu'il s'en souvînt.

Ô dieux, je ne veux pas mourir comme ça ! Ils ne peuvent pas souhaiter que j'affronte une mort pareille ! S'ils connaissaient mon rêve, voudraient-ils toujours que je devienne Héraut ? Hélas, je crains de connaître la réponse à cette question...

Il s'enfonça un peu plus dans l'eau, luttant contre la panique.

Il faut que je parte d'ici. Si je reste, ils finiront par me convaincre. Où puis-je aller ? Mais il faut que je parte. Cela veut dire abandonner Yfandes...

Un instant, cette idée lui fut insupportable.

Je n'ai pas le choix. C'est la perdre, ou perdre ma vie. Non, je refuse d'affronter une fin pareille. De toute façon, elle veut seulement faire de moi un Héraut...

Il regarda par le dôme vitré, estimant l'heure à la hauteur de la lune.

Il reste quelques heures jusqu'à l'aube. Je peux être sorti de la vallée avant qu'ils commencent à me chercher. Surtout si je prends soin de tenir Yfandes loin de mes pensées dès maintenant.

Il emballa rapidement ses vêtements, sans oublier le manteau chaud qu'il portait en arrivant, et qui n'était pas nécessaire dans la vallée ; il prit du pain et du fromage pour plusieurs jours et les fourra dans son sac.

Quand il arriva, il constata qu'il neigeait assez pour couvrir ses traces.

Il posa le manteau sur ses épaules, se prépara au choc de la différence de température, et sortit dans le froid et l'obscurité. Au dernier moment, il pensa à dresser un bouclier afin qu'on ne puisse pas le retrouver en repérant son aura.

— Deux pas en avant, un pas en arrière, dit Danselune depuis l'échelle d'accès à l'*ekele* d'Etoilevent.

Quand sa tête passa par l'ouverture, un coup de vent fit frémir l'arbre tout entier.

Savil avala sa salive, serra les accoudoirs de son fauteuil et se détourna de la fenêtre. Elle ne s'habituerait jamais à voir passer des oiseaux *au-dessous* d'elle. Etoilevent refusait de lui dire quel matériau ils utilisaient pour les fenêtres. C'était une substance transparente, solide et élastique, la même qu'ils employaient pour les dômes des habitations terrestres. Le verre n'aurait pas résisté longtemps au vent qui soufflait à ces hauteurs.

— Voudrais-tu m'expliquer cette remarque énigmatique ? demanda-t-elle quand Danselune émergea complètement de l'ouverture.

— Je parle de ton élève, Sœur d'Aile, répondit-il en fermant la trappe.

Il avança gracieusement vers Etoilevent, assis près de la fenêtre.

— Que ta journée soit brillante, maître-*ashke.*

— Et que le vent gonfle tes ailes, répliqua automatiquement Etoilevent. (Puis il sourit à son amant.) *Shay'kreth'ashke*, il n'y a pas de maître ici, seulement toi et moi.

— Jusqu'au jour ou tes ailes t'emporteront vers le ciel, tu seras toujours mon maître.

— C'en est assez, gémit Savil, l'air dégoûté. La simple vue d'un couple uni pour la vie suffit à me consoler d'être restée célibataire ! Que se passe-t-il avec mon élève ? Et éloigne-toi de cette fenêtre ! J'ai l'impression que le prochain coup de vent te fera basculer par-dessus bord !

— La fenêtre résisterait. Ne t'inquiète pas, Sœur d'Aile. Aucun Tayledras n'est tombé de son *ekele* depuis des temps immémoriaux.

Les *ekele* étaient des habitations installées sur les

branches principales du Roi Arbre. Il y en avait une vingtaine. Elles étaient surtout utilisées pour le repos et la méditation.

L'*ekele* était une pièce unique de dimensions variables, comportant plusieurs fenêtres, et faite de bois si clair qu'il était presque blanc. Celui d'Etoilevent était l'un des plus hauts, donc l'un des plus petits.

Danselune s'assit sur une chaise.

— Que se passe-t-il avec mon élève ? demanda Savil.

— Nous avons fait des efforts pour qu'il compte sur lui, pas sur les autres. Du coup, il se replie sur lui-même, et ne se confie même plus à son Compagnon. J'ai essayé de le pousser à partager sa peine, à aller vers nous...

— Que lui as-tu dit ? demanda Etoilevent.

— Je lui ai parlé de moi. S'il savait qu'il n'est pas le seul au monde à avoir connu le chagrin, il le partagerait.

— Il ne t'a pas fait de mal, *shayana* ? demanda Savil.

— Non, je me suis fait du mal à moi-même. Il a seulement rejeté mon offre, c'est tout. Il s'est caché toute la journée. Ce matin aussi. Son Compagnon affirme qu'il l'a chassé de son esprit. En un mot, il boude.

— Dieux, qu'allons-nous faire de lui ?

Etoilevent allait répondre, mais il se ravisa. Deux faucons étaient apparus à la fenêtre, le blanc et un autre, au plumage ordinaire. Etoilevent courut à la fenêtre et l'ouvrit à la volée. Les oiseaux entrèrent ; aussitôt, ils s'installèrent sur les avant-bras tendus de Danselune. Puis Etoilevent tendit une main, et le faucon de couleur chamois vint se poser dessus.

Ils regardèrent leurs oiseaux dans les yeux un long moment. Savil resta aussi silencieuse que possible, pour ne pas déranger leur communion avec les animaux.

— Que se passe-t-il ? demanda-t-elle quand ils eurent terminé.

— Quelqu'un est venu sur notre territoire. Il semble que ce soit un envol de dragons d'hiver. Quelqu'un les manipule. C'est la première fois que nous surprenons le coupable en pleine action, et je n'ai pas l'intention de laisser passer cela !

— J'espère que tu me laisseras vous aider, dit Savil. Un envol de dragons est une affaire sérieuse.

— Oui, dit Etoilevent, l'air soulagé. Mais... Et Vanyel ?

— S'il se cache, il sortira quand il sera prêt. Il ne peut rien lui arriver de mal tant qu'il est dans la vallée. A quelle distance sont ces monstres ?

— A une demi-journée de marche. Cela ne présage rien de bon, car cela veut dire qu'on les force à avancer vite, ou qu'on les a transférés au moyen d'un Portail.

— Qui d'autre peut nous aider ? demanda Savil.

— Personne, répondit Etoilevent. Les autres Adeptes sont en mission, ou en train de récupérer ; Aile-Tempête est enceinte...

— Allons-y, dit Savil, réunissant son courage en vue de la longue descente. Pour ma part, je préfère encore un dragon d'hiver à votre fichue échelle !

La neige s'arrêta à l'aube. Avec le soleil levant, un peu de bon sens revint dans l'esprit de Vanyel.

Epuisé et essoufflé, il s'était assis sur une souche. Soudain, il lui sembla s'éveiller d'un cauchemar.

Qu'est-ce que je fais ici ? Je ne sais pas où je vais, ni pourquoi, ni ce que je ferai si j'y arrive ! Je suis un idiot fini !

Il s'enveloppa plus étroitement dans son manteau et réfléchit.

Je n'arrive pas à croire que j'ai fait cela ! Je sais que Savil m'aime, et Yfandes aussi... Danselune essayait seulement de me montrer qu'il est plus facile d'avoir quelqu'un près de soi quand on souffre... et non pas de comparer sa peine à la mienne. Personne ne m'avait abandonné, hier. Ils étaient sans doute occupés. Et j'ai eu ce que j'avais demandé : qu'on me laisse tranquille. Je méritais plutôt des gifles !

Il était seul et tranquille dans ce lieu. Mais un sanctuaire peut aisément se transformer en prison.

En refusant ce qui vient du dehors, je me cloître à l'intérieur de moi-même. C'est ce que Danselune voulait me dire.

Il regarda longuement les branches, pensant à sa stupidité.

Même si ce rêve est prémonitoire, il y a peut-être des façons d'éviter qu'il ne se réalise. Personne ne m'obligera à devenir Héraut. Sans doute pourrai-je rester ici si je le demande. Je n'avais aucune raison de m'enfuir ainsi !

Il se retourna, et découvrit que ses traces avaient été couvertes par la neige.

Parfait ! Comment retrouver mon chemin, maintenant ?

Puis quelque chose le fit se lever d'un bond, surpris. Il s'aperçut qu'il était content d'être en vie. Prêt à se sentir *vivant* de nouveau.

On dirait que j'étais brisé à l'intérieur, et que je commence seulement à me guérir. Je ne me suis pas senti aussi bien depuis que... Tylendel... est mort.

Il ferma les yeux, attendant la douleur que cette pensée charriait avec elle. Elle vint, mais ce n'était plus la paralysie de naguère.

'Lendel, pensa-t-il avec une pointe d'étonnement, *je souffre toujours de ton absence... Mais je crois que Danselune avait raison. Je dois reprendre ma route, même si tu n'es plus là pour la partager avec moi.*

Il rouvrit les yeux et se concentra sur un problème : retourner sur ses pas sans avoir de traces à suivre.

Très vite, il eut la réponse.

Par le ciel, il me suffit de chercher des mages ! *Il ne doit pas y en avoir des centaines dans le coin.*

Il inspira à fond l'air froid et piquant.

Centrer... s'ancrer... et ouvrir... C'est ce que je pensais, les voilà...

Le flot d'énergie provenant du Portail le frappa de plein fouet. Il s'évanouit.

Quand il se réveilla, le soleil était à son zénith. Il était allongé sur le côté. Ses oreilles bourdonnaient.

Dieux, c'était un Portail. Rien d'autre n'émet ce genre de vibrations. Oh, j'ai mal partout. Par chance, j'étais enveloppé dans mon manteau quand je suis tombé, sinon j'aurais gelé.

Il se releva péniblement.

Je ferais mieux de bouger avant de me transformer en statue de glace.

Il se redressa et frappa du pied dans la neige pour réveiller ses membres engourdis.

J'espère que personne ne s'est aperçu de mon départ, et que ce Portail n'est pas là parce que quelqu'un me recherche. Je me sens assez idiot comme ça !

Il mit son sac à son épaule et regarda autour de lui.

Bon. Je vais recommencer. Centrer, s'ancrer, et s'ouvrir...

Sa tête résonna et il faillit tomber de nouveau. Mais cette fois, ce qu'il entendait dans son crâne était un appel à l'aide.

Il n'émanait pas d'un Tayledras, ni de quiconque ayant un Don, Vanyel le sentait. Il devait s'agir d'une personne ordinaire, confrontée à une chose terrifiante.

Ignorant pourquoi il agissait ainsi, Vanyel se précipita. Tout ce qu'il savait, c'était qu'il recevait un appel à l'aide, et qu'il devait y répondre.

Il quitta le chemin de terre battue, et s'engagea dans le sous-bois. Bientôt, son souffle se fit précipité, mais l'appel ne lui laissait pas le choix : il *devait* avancer. Il tomba plusieurs fois, se releva, repartit...

Ayant atteint le sommet d'une petite colline, il trébucha sur une racine et plongea dans un gros buisson.

Il repéra le danger avant de se dégager et se figea.

Vanyel n'avait jamais vu de dragon d'hiver, mais il avait entendu et lu des descriptions dans les ballades et les récits.

L'animal était fait comme un serpent qui aurait eu des pattes courtes et trapues. C'était la plus grande créature vivante que Vanyel eût jamais vue. Elle avait une tête ressemblant un peu à celle d'un cheval, mais haute comme un tonneau de vin. Sa crête et son dos étaient couverts de piques. Ses dents semblaient aussi longues qu'une main.

Le dragon était du blanc le plus pur, ses écailles brillant sous le soleil de midi. Il était d'une beauté mortelle. Ses yeux d'un pourpre profond fixaient ses proies, une jeune femme et ses deux enfants.

Un corps déchiqueté gisait sous ses pattes arrière, preuve que le monstre savait utiliser ses griffes et ses dents.

Mais son arme la plus efficace était celle qu'il employait contre la jeune femme : le pouvoir hypnotique de ses yeux. Le dragon ne bougeait pas. Il allait forcer ses proies à venir à lui.

Vanyel n'avait pas relevé son bouclier depuis qu'il avait été atteint par la peur de la jeune femme. Il captait toujours ses pensées, incohérentes, hystériques, sans espoir. Elle était prise dans les rets de la créature.

C'était ainsi que son mari avait péri, marchant vers les pattes du monstre, car son corps n'obéissait plus à sa volonté mais à celle du dragon.

Le plus horrible était la lenteur de l'animal. S'il était possible de le distraire un instant, lui échapper ne poserait aucun problème.

Une autre onde mentale pénétra dans l'esprit de Vanyel : celle d'un vieil homme. En même temps, il le vit sortir de la grange, une fourche brandie. Cela semblait une arme bien dérisoire contre un dragon d'hiver.

C'était le grand-père de la jeune femme.

... qu'il la quitte un moment des yeux ; elle pourra s'enfuir dans les bois...

Le vieil homme savait qu'il allait mourir. En irritant la créature, son attaque donnerait une chance de survivre à sa petite-fille et aux enfants.

L'homme arriva derrière le dragon sans que celui-ci l'ait entendu. Il enfonça la fourche dans le flanc du monstre, qui poussa un hurlement épouvantable, tourna la tête et décapita le téméraire d'un seul coup de mâchoires.

Vanyel hurla quand il sentit mourir le vieil homme. La colère, la peur et d'autres émotions qu'il n'aurait su nommer s'emparèrent de lui. Il se redressa, leva à la hâte un bouclier autour de la femme et des gamins, puis frappa le dragon avec toute la puissance qu'il gardait en lui.

Le monstre fut projeté dans les airs et y resta un bref instant, comme suspendu.

Alors le pouvoir s'épuisa ; la bête retomba sur le sol, ensanglantée, les os brisés.

Vanyel s'écroula et resta allongé là où il était tombé, se demandant ce qu'il avait fait et *comment* il l'avait fait.

Savil examina la sixième et dernière carcasse de dragon.

— La reine n'est pas là, dit-elle, inquiète.

— Je n'en ai pas vu trace, répondit Etoilevent.

Il tenait debout par un miracle de volonté. Il avait encaissé le plus gros de l'attaque des créatures, pendant que Savil et Danselune refermaient les mâchoires du piège autour de l'essaim.

— Moi non plus, confirma Danselune.

Yfandes avait accepté de porter les deux Tayledras.

Elle n'avait pas eu le choix, à vrai dire : ils devaient absolument atteindre l'essaim avant que celui-ci pénètre dans un lieu habité.

— *Ashke*, tu te sens bien ? demanda Danselune, inquiet, voyant vaciller Etoilevent.

— Ça ira, dès que j'aurai eu le temps de me reposer un peu. L'inquiétant, c'est que nous n'ayons pas trouvé la reine de l'essaim.

— Crois-tu que..., commença Savil.

Puis tous trois sentirent une incroyable poussée de pouvoir à l'état brut... qui portait la « signature » de Vanyel.

— Mon seigneur ?

Quelqu'un le secouait par l'épaule. Vanyel souleva la tête. Il aurait été incapable de faire davantage à ce moment-là.

— Mon seigneur, êtes-vous blessé ? Entrez, avant qu'une de ces choses revienne !

— Il... n'y en a plus..., murmura-t-il.

Dieux, pensa Vanyel, *elle va me demander pourquoi je n'ai pas aidé le vieil homme ! Comment lui dire que j'étais trop terrorisé pour bouger ?*

— Vous nous avez sauvés, mon seigneur. Je ne sais pas comment vous avez su que nous avions besoin de vous, mais je vous remercie ! Etes-vous avec les seigneurs-oiseaux, messire ?

— Allons, Menfree, dit une autre voix, tu vois bien que ce n'est qu'un gamin, qui me semble bien fatigué !

La nouvelle venue était une femme plus âgée, un peu ridée, mais au visage avenant.

— Allez, entrez, mon garçon. Quand vous serez remis, vous nous raconterez votre histoire...

La femme le tira par le coude. Il se leva péniblement et la suivit jusqu'à la maison.

Il avait l'esprit brouillé par la fatigue ; de plus, ces gens étaient des *fermiers*, ces êtres mystérieux qu'il avait toujours réussi à éviter dans le domaine de son père.

Ils n'allaient pas tarder à se retourner contre lui pour n'être pas arrivé à temps...

Mais ils n'en firent rien. Ils le laissèrent se reposer, à la demande de la femme qui l'avait amené à la maison.

Vanyel, assis sur le tabouret qu'on lui avait donné, les regarda. Quelqu'un alla s'occuper des corps, un autre se chargea de la jeune mère en larmes. Un autre encore prépara la cérémonie funéraire. Ils pleuraient leurs morts sincèrement et simplement, constata Vanyel, mais sans laisser le chagrin les empêcher de reprendre le cours de leur vie.

Leur courage digne le fit se sentir honteux.

Quand les autres arrivèrent, ils le trouvèrent dans cette humeur introspective.

— Je sais que c'était idiot de partir comme ça, dit Vanyel. Je n'ai pas d'excuses. J'ai fait beaucoup de choses stupides, ces derniers temps.

— Ne t'en veux pas trop, Vanyel, le rassura Savil. Les rêves prémonitoires ont souvent cet effet. Tu n'es pas le premier à qui cela arrive, et tu ne seras sans doute pas le dernier.

Les fermiers avaient été frappés de stupeur admirative à la vue des Tayledras. Ils ignoraient ce qu'était un Héraut, mais pas qui étaient les Frères du Faucon, les seigneurs-oiseaux. Ils les avaient accueillis comme des princes.

Trouvant Vanyel indemne et la reine des dragons morte, les trois adultes avaient été plus que soulagés. Fatigués, ils avaient accepté de bon cœur l'hospitalité des fermiers.

Vanyel attendit qu'ils soient installés et se lança dans une confession en règle.

— Quand j'ai retrouvé mes esprits, je me suis dit que le meilleur moyen de revenir était de rechercher l'énergie magique. J'ai fait comme vous m'avez montré, maître Etoilevent. J'ai ouvert mon cerveau. Quelqu'un avait créé un Portail, pas très loin, je pense. J'ai été assommé par le flux d'énergie. Quand je me suis réveillé, il était midi.

— Ah, je savais que ces choses avaient été amenées par un Portail ! s'écria Savil. Désolé, petit, je ne voulais pas t'interrompre. Qu'est-il arrivé après ?

— Je pensais qu'il n'y avait ici que des Tayledras, alors j'ai voulu recommencer. A ce moment, j'ai entendu un appel à l'aide mental. Je suis venu ici... Quand j'ai vu le dragon d'hiver tuer le vieil homme, je... je n'ai pas pu le supporter. Impossible de rester là sans rien faire. Je n'y ai même pas pensé. J'aurais dû, parce que je crois en avoir trop fait !

— Avec un dragon d'hiver, surtout une reine, il vaut mieux en faire trop que pas assez ! dit Savil. Tu as peut-être agi comme un idiot, mais cela t'a permis d'arriver au bon moment.

— Tante Savil, je... (Il rougit et se recroquevilla sur son tabouret.) Je suis arrivé avant que le vieil homme sorte de la grange. Je n'ai rien fait quand... J'aurais pu le sauver, et je suis resté caché dans les buissons. Père a raison, je le crains : je suis un lâche.

— Tu es allé *vers* le danger quand tu as entendu l'appel au secours, n'est-ce pas ? demanda Etoilevent.

— Oui...

— Et tu t'es figé quand tu as vu le monstre. Tu ne t'es pas enfui... Je crois que tu as confondu lâcheté et inexpérience, reprit Etoilevent avec conviction. Tu n'as pas su te décider assez vite, mais tu es resté. Un lâche se serait enfui.

— Mon seigneur Etoilevent ? commença un des hommes du village.

— Phellip, j'aimerais que tu ne m'appelles pas « seigneur » ! Nous veillons sur vos terres, certes, mais c'est un échange de bons procédés, vous nous fournissez de la nourriture et des produits contre notre protection, c'est tout.

— Oui... maître Etoilevent. Croyez-vous que ce dragon... veuille dire que quelqu'un prépare une guerre ?

— Ce n'est pas impossible, malheureusement.

— Papa ?

Un des enfants s'avança, incapable de se retenir plus longtemps.

— Papa, ça veut dire qu'il y aura une vraie guerre, avec des mages et des batailles et...

Phellip saisit le gamin par sa tunique et l'attira à lui.

— Jo, écoute ce que le seigneur Etoilevent va te dire sur ce sujet, puisque tu ne crois pas ce que ton père te répète !

— Jeune homme, déclara sévèrement Etoilevent, la guerre n'a rien de « glorieux ». Tout ce qu'elle apporte est la mort ou la mutilation de gens que nous connaissons et aimons. Si une guerre éclatait — crois-moi, Phellip, je ferai tout mon possible pour l'éviter ! —, le mieux que tu pourrais espérer serait de voir ces champs détruits et la famine vous frapper. Se battre n'est justifié que pour se défendre. Sache que, dans tout conflit, ce sont les innocents qui souffrent le plus !

Le gamin n'eut pas l'air convaincu.

— C'était chouette, Etoilevent, la façon dont le dragon a coupé la tête de cet imbécile de vieillard, dit soudain Vanyel, en imitant l'accent traînant des jeunes oisifs de la cour.

Le garçon rougit. Vanyel le regarda droit dans les yeux.

— C'est ce genre de choses que tu verrais dans une guerre, Jo. Pas des chevaliers de légende, mais la mort des gens que tu connais, tes voisins, ton père. C'est *ça*, la guerre !

Jo avait l'air ébranlé ; convaincu, peut-être ?

Soudain, Vanyel éprouva une grande affection pour ces fermiers. Ce n'étaient plus des anonymes sans visage, mais des êtres vivants.

Leur approche de la guerre ressemblait plus à celle

de Vanyel que celle de son père, cela ne faisait aucun doute !

Ils ne sont pas si différents de moi, mis à part le fait que je peux faire des choses qu'ils ignorent. Je suis capable de les défendre contre les dragons d'hiver et ceux qui les envoient. Cela signifie quoi pour ma vie ? Si je peux protéger des gens comme eux, cela ne veut-il pas dire... que je dois *les protéger ?*

Il leva les yeux et regarda sa tante.

C'est ainsi que pense Savil. C'est certain. Voilà pourquoi elle est un Héraut.

Soudain les mots de Tylendel lui revinrent à la mémoire, si clairs qu'il lui sembla un instant qu'il murmurait à son oreille :

Une sorte de faim. Je ne peux pas m'en empêcher. J'ai ces Dons, et je ne peux pas refuser de les utiliser. Je ne puis imaginer de débouter des gens qui ont besoin de mon aide.

Maintenant, il comprenait ces paroles. L'ironie n'en était que plus cruelle : à présent que Tylendel n'était plus, il comprenait ce qu'il avait voulu dire.

Parce qu'il ressentait la même chose.

Il ferma les yeux pour retenir ses larmes.

Oui, il comprenait. Mais trop tard pour partager.

CHAPITRE XIV

Alors ?

Savil semblait endormie près de la cheminée de pierre des fermiers. Pourtant, malgré sa fatigue, elle était bien éveillée en s'adressant mentalement à Etoilevent.

C'est intéressant, à plusieurs points de vue, répondit-il.

Tous quatre étaient enroulés dans leurs manteaux devant la cheminée, car ils avaient accepté l'hospitalité des fermiers, mais refusé de chasser quiconque de son lit.

Vanyel dormait. Savil ignorait si Danselune faisait de même.

Puis-je me joindre à la conversation ? demanda soudain celui-ci.

Tu es le bienvenu, mais reste sur le mode privé. Entre autres, nous parlions du petit. Etoilevent, continue, je t'en prie.

Je crois que nous pouvons cesser de nous inquiéter pour lui. Il ressent maintenant la faim dont tu m'as parlé. Il a atteint la compréhension. La dernière question est de savoir s'il peut vaincre ses peurs.

Je me la suis posée. Je ne l'ai jamais vu être aussi amical avec des gens du peuple. Pauvre Van... Si ce rêve est vraiment prémonitoire, c'est un lourd fardeau à porter.

Le rêve peut ne pas se réaliser, leur rappela Danselune. *Une Prémonition montre ce qui est le plus probable à un moment donné... et le moment change sans arrêt. Je voudrais évoquer autre chose, un problème plus urgent. Ces dragons d'hiver ont été amenés ici par un Portail. Ce qui signifie...*

... de gros ennuis en perspective, termina Etoilevent. *Je ne doute pas que les dragons aient été envoyés comme les éclaireurs d'une force armée. Cela dépasse un simple raid. Il y avait un village à l'ouest, sous protection k'Treva. Je ne le sens plus ; il est couvert par un bouclier étranger.*

Quelqu'un s'y est installé, hein ? Savil réfléchit un instant. *Et si nous mettions au point une petite surprise pour ceux qui ont envoyé les dragons ? Je pense qu'il s'agit du mage naguère employé par les Leshara... Ce qui ferait d'une pierre deux coups.*

Que ferons-nous du garçon, dans ce cas ? Nous ne pouvons pas le laisser ici, et en le ramenant à la vallée nous perdrions l'avantage de la surprise...

Il peut nous être utile, coupa Danselune. *Après tout, il a vaincu la reine des dragons.*

Emmenons-le avec nous, dit Savil, un peu réticente. *Nous pouvons compter sur Yfandes pour le préserver du danger.*

Je n'aime pas ça, mais je ne vois pas d'autre solution, se résigna Etoilevent.

Moi non plus, soupira Savil.

La neige était tombée toute la journée, mais il ne faisait pas froid. Dans les flocons tourbillonnants, les Compagnons avançaient comme des fantômes blancs, chacun portant double charge.

— Vous avez tous l'air de Hérauts, déclara soudain Vanyel, qui montait en croupe derrière Danselune. Mais pas moi.

— Comment cela ? demanda le Tayledras, surpris.

— A cause de vos vêtements, dit Savil. Les Hérauts

portent toujours leur uniforme blanc quand ils sont en service.

— Ah ! Les Tayledras portent la couleur qui se fond le mieux dans les cimes des arbres. Blanc en hiver, et vert en été, bien entendu.

Habituellement, Vanyel n'aimait pas chevaucher en croupe. Mais, avec Danselune, ce n'était pas si désagréable. Le Tayledras lui avait pardonné avant même qu'il se soit excusé, ce qu'il avait pourtant fait à la première occasion. Danselune parlait avec lui, et l'encourageait même à poser des questions.

Ils avaient surtout évoqué les Dons de Vanyel.

— Où en étions-nous ? demanda Danselune.

— La Prémonition, répondit Vanyel en frissonnant. Je n'aime pas ça. Je n'ai aucune *envie* de savoir ce qui arrivera. N'y a-t-il aucun moyen de la bloquer ?

— Pas à ma connaissance. Mais ne te laisse pas ronger ; tu ne vois pas un futur irrévocable, mais tel qu'il sera si rien ne change. Et tu as le pouvoir de le modifier.

— Je le peux ? demanda Vanyel, rassuré.

— Oui. Mais il est possible que le changement ne puisse survenir qu'au prix d'une amitié ou d'un amour auquel tu ne voudras pas renoncer. Peut-être penseras-tu qu'un tel lien vaut la peine de payer le prix. (Danselune sourit.) Si j'étais sûr que mon union avec Etoilevent m'enverrait demain à la mort, j'affronterais celle-ci de mon plein gré. Mais je n'en parlerais pas à Etoilevent.

Vanyel réfléchit un long moment.

— Tu n'as plus de questions à me poser, *ke'chara* ? demanda Danselune.

Vanyel secoua la tête.

— Je vais t'en poser une, dans ce cas. Etoilevent m'a dit que tu as tiré de l'énergie du node de la vallée, quand tu as été effrayé pendant l'entraînement. C'est vrai ?

— C'est quoi, le *node* de la vallée ?

— Savil ne t'en a pas parlé ? (Danselune fit une grimace.) Tu as dû sentir que toutes les choses contiennent de l'énergie...

— Oui, même les rochers.

— *Ge'teva,* si tu sens cela, ton Don magique est extrêmement puissant ! Même moi, j'ai du mal à le percevoir. Donc, tu as vu que cette énergie *coule* linéairement, comme l'eau de pluie allant vers les ruisseaux ?

Vanyel ne s'en était pas aperçu ; fermant les yeux, il *vit* ce que Danselune voulait dire.

— Oui, je comprends maintenant.

— Bien. Suis l'un des courants jusqu'à l'endroit où il en rencontre un autre.

Il y avait là une sorte de... nœud. Une concentration de pouvoir. Il le dit à Danselune.

— C'est un node. Parfois, les Tayledras peuvent infléchir le trajet de ces courants. C'est ainsi que nous transférons la magie des lieux où la guerre l'a abandonnée vers ceux où elle est utile. Nous nous sommes aperçus que la plupart des mages venus d'autres contrées ne sentent pas les courants d'énergie, ni les nodes ; ils ne peuvent pas les utiliser. Les Tayledras en sont capables. De tous les étrangers que nous connaissons, seule notre Sœur d'Aile Savil peut se connecter aux nodes aussi bien que nous. Son Don est très fort. Il semble qu'il en aille de même pour toi.

— Mais... cela signifie quoi, en pratique ? demanda Vanyel, un peu perdu.

— Garde à l'esprit que tu peux tirer de l'énergie des nodes qui sont dans ton champ de perception, et tu ne t'épuiseras plus aussi vite que tu l'as fait pour tuer la reine des dragons. Quand ces nodes seront vides, tu auras recours à ton propre pouvoir. Pas avant.

C'est ce que j'essaie de t'expliquer depuis un certain temps, dit soudain Yfandes dans son esprit.

Vanyel rumina ses pensées quelques minutes de plus.

Ils étaient partis vers l'ouest au lever du soleil,

s'arrêtant plusieurs fois pour interroger des gens qu'Etoilevent connaissait. Le premier, un trappeur, leur avait parlé des rumeurs courant sur un sorcier renégat, mi-humain mi-mutant pélagir, qui avait des capacités magiques et un goût du pouvoir temporel. Le deuxième était un *kyree*, une créature proche d'un loup dont l'esprit était l'égal de celui d'un humain. Il les arrêta pour leur parler. Ses informations n'étaient pas de simples on-dit. Il savait de source sûre que le sorcier mutant avait pour objectif de conquérir un royaume aussi vite que possible.

La troisième avait été l'une des gardes-frontières de k'Treva. Il ne s'agissait pas d'un Tayledras, mais d'une Tervadi, une sorte de femme-oiseau incapable de voler.

Elle n'appartenait plus au monde des vivants.

Ils la trouvèrent dans son *ekele*, fragile silhouette au plumage blanc, morte sans une marque sur le corps. Elle avait son arc à la main. Ses yeux vides étaient écarquillés de peur.

Etoilevent passa un moment près du cadavre, tissant quelque subtile magie. Vanyel sentit des choses frémir, même s'il ne pouvait pas les lire.

Etoilevent refusa de dire à Vanyel ce qu'il avait découvert. Les trois adultes arboraient des mines sombres. Danselune emporta l'arc et les flèches quand ils quittèrent l'*ekele*.

Ils avaient chevauché toute la journée, à une allure que seuls les Compagnons pouvaient maintenir. Le soleil commençait à descendre quand ils ralentirent en arrivant aux abords d'une grande route.

— Le village de Covia est juste un peu plus loin sur cette voie, murmura Etoilevent. Il est toujours sous un bouclier. Je n'aime pas l'idée du pouvoir qui se cache derrière. Mais je pense qu'actuellement il n'est pas dans le village.

— Je ne sens rien non plus, confirma Savil.

Il n'y a rien, dit Yfandes à Vanyel.

— 'Fandes dit qu'elle ne perçoit rien non plus, annonça Vanyel.

— Mon idée est de pénétrer dans le village et de voir ce qui ne va pas... Ensuite, Vanyel, nous te laisserons avec les villageois. Tu as assez d'entraînement pour leur offrir une certaine protection. En échange, ils assureront ta sécurité physique.

— Je... oui, maître Etoilevent, dit Vanyel, qui n'appréciait pas l'idée, mais ne voyait pas d'autre possibilité. Et 'Fandes ?

Je n'aime pas ça, mais je dois aller avec eux. Si tu as besoin de moi, je le saurai. Et il leur faut une deuxième monture.

Etoilevent acquiesça quand Vanyel lui rapporta les paroles de Yfandes.

— Elle a raison. Ainsi, nous pourrons couvrir plus de terrain. Il est temps d'aller voir le travail de notre ennemi.

Vanyel faisait de son mieux pour ne pas être malade de nouveau. Déjà, il avait perdu le contrôle de son estomac, à l'extérieur de Covia, quand ils avaient trouvé la Tervadi morte.

Le soleil était couché depuis longtemps. Aucune lumière ne brillait, sauf sur la minuscule place du village. La population y était massée, soit soixante-dix personnes. Beaucoup d'hommes portaient des torches et des lanternes. Ils se pressaient autour des quatre étrangers et de leurs montures.

Puis ils transformèrent le porche du Temple en estrade improvisée. Il était tout juste assez large pour que les quatre humains y tiennent.

Entre les histoires que les villageois racontaient à Etoilevent et les preuves physiques qu'ils exhibaient à la lumière des torches pour étayer leurs dires, il n'était pas aisé pour Vanyel de retenir sa nausée.

Ce village avait été paisible, comme tout hameau situé dans les Pélagirs. Les gens envisageaient sans crainte d'y élever des enfants ; ils travaillaient en paix et profitaient sans arrière-pensée des fêtes et des bons moments.

Maintenant, le lieu n'avait plus rien de plaisant. Il n'était plus sûr. C'était un village assiégé, sans issue.

Deux semaines auparavant, un étranger était arrivé, accompagné par certains des habitants les plus effrayants des Pélagirs. Il avait annoncé que le hameau lui appartenait. Une démonstration de son pouvoir avait suffi : le tas de cendres qui occupait la place de l'auberge.

Le messager que les villageois avaient envoyé pour demander de l'aide n'était pas allé bien loin ; il avait été retrouvé le lendemain, cloué à un arbre.

Le sorcier, un mutant nommé Krebain, était revenu toutes les deux nuits, emportant chaque fois des marchandises et des otages.

Les villageois avaient prié pour qu'on accoure à leur rescousse. A leur avis, Etoilevent était la réponse à ces prières.

Vanyel se réjouissait que la lumière des torches fût trop faible pour qu'il soit possible de voir ce qui avait été fait à certaines des victimes.

— ... C'est la dernière, maître Etoilevent, dit le chef du village. Cette petite.

Il poussa sous la lumière une jeune fille blonde à l'air effacé. Vanyel la vit on ne peut plus clairement. Elle n'aurait pas été désagréable à contempler, n'eût été son regard vide et le fait qu'elle bavait. Danselune lui prit le visage entre les mains et sonda longuement ses yeux.

— Je pense que le guérisseur Brillevent pourrait peut-être lui rendre son esprit, dit-il enfin. Cela exigera des mois. Elle ne sera jamais plus capable de supporter la proximité d'un homme, car elle a été bien trop blessée. Tous les biefs du plaisir ont été corrompus, et ils ne peuvent plus lui apporter que de la douleur. Je ne sais pas si je serai capable de la guérir. Peut-être vaut-il mieux ne pas essayer, et la traiter comme si elle était un petit enfant qui a tout à apprendre.

Gallen, le chef du village, hocha la tête, montrant par là qu'il s'était attendu à ce diagnostic.

— Sa mère et elle ont été parmi les premières que le sorcier a enlevées, déclara-t-il. Son père était le messager que nous avons envoyé. Nous n'avons jamais retrouvé sa mère.

— Et ce maudit Krebain devient plus fort chaque fois qu'il prend quelqu'un du village ?

— Il semble bien, maître Etoilevent. Je crois qu'il pratique la magie du Sang.

— Oui, Gallen, je pense que tu as raison. Krebain ne peut pas être très loin ; nous allons partir à sa recherche. Je vais vous laisser le jeune Vanyel. Il s'y connaît un peu en stratégie, et il a le Don magique.

— Maître Etoilevent, ce n'est qu'un enfant...

— Qui a tué une reine des dragons. J'ai idée qu'il peut faire plus que tu ne penses... Mais je ne crois pas qu'il aura à vous défendre contre Krebain. Peut-être contre quelques-unes de ses créatures, mais c'est tout. Nous allons partir à la recherche du sorcier et nous occuper de lui.

Gallen n'eut pas l'air très convaincu ; Vanyel essaya de s'imaginer en chef de guerre et il comprit l'hésitation de l'homme.

— Van, dit Savil, essaie d'organiser ces gens le mieux possible. Si quelque chose de trop fort vous attaque, appelle Yfandes à l'aide et essaie de retarder le plus possible l'ennemi. Les créatures sont puissantes, mais pas très intelligentes. Des barricades et du feu devraient suffire à les contenir. N'oublie pas que tu as vaincu la reine des dragons d'hiver. Tu peux affronter pratiquement n'importe qui, à part Krebain lui-même.

— Oui, ma tante, dit Vanyel.

C'est donc cela, pensa-t-il. *Je* dois *le faire, comme 'Lendel le disait, parce que ces gens ont besoin de moi. C'est aussi simple que ça.*

Etoilevent enfourcha Yfandes. Danselune hésita un instant avant de s'installer en croupe.

— Vanyel, *ke'chara,* n'oublie pas ce que je t'ai dit sur les nodes. Il y en a trois près d'ici, que tu peux utiliser. N'hésite pas à le faire. Hélas, celui de la vallée est trop loin pour que tu puisses l'atteindre. Que les dieux soient avec toi, petit.

Vanyel les regarda s'éloigner, le cœur lourd.

Les fermiers ne furent pas faciles à « organiser ». Ayant perdu espoir, ils ne voyaient pas à quoi serviraient les choses que Vanyel leur demandait. L'armement était composé de quelques-une des pièces les plus rouillées et décrépites que Vanyel eût jamais vues. Aucun des villageois ne savait s'en servir. Vanyel tenta de leur apprendre à manier l'épée, mais ses efforts ne furent guère récompensés.

Le deuxième jour, épuisé et inquiet, il perdit son calme quand Veth, le jeune fils de Gallen, attaqua pour la centième fois en laissant une ouverture béante. Il le frappa d'un coup puissant qu'il n'avait pas vraiment eu l'intention de donner. Le garçon fut projeté à l'autre bout de la place et resta à terre, immobile.

Vanyel jeta son épée et son heaume et se précipita. Le temps d'ôter son casque au jeune homme, celui-ci bougea et ouvrit les yeux.

— Veth, je suis désolé, dit Vanyel, contrit. Je n'avais pas l'intention de frapper si fort.

— Ne vous inquiétez pas, maître Van, j'ai déjà reçu des pires coups de nos mules ! Laissez-moi seulement boire quelque chose pour me remettre !

— Mon jeune seigneur...

C'était Reva, la mère de Veth.

Vanyel attendit des reproches qui ne vinrent jamais.

— Vous êtes épuisé, dit-elle avec un petit sourire. Venez, je vais vous préparer quelque chose à manger et à boire. Vous arrêter un peu ne fera pas de vous un mauvais professeur.

Je suis un idiot, pensa Vanyel. *Et je me suis comporté comme Jervis, en essayant de leur apprendre un art pour lequel ils ne sont pas faits, et qu'ils ne connaissent pas.*

— Je ne suis pas un bon professeur, dame Reva, dit Vanyel en rougissant. Sinon, je ne tenterais pas d'enseigner le maniement de l'épée aux gens de votre village ! Ça ne nous mènera à rien. (Il se tourna vers les autres hommes qui s'entraînaient sur la place.) Maintenant, dites-moi quelles sont les armes que vous utilisez *réellement*. L'arc ? La fronde ? La lance à sanglier, peut-être ?

Le regard soulagé des villageois et leurs sourires approbateurs en dirent long à Vanyel.

Pourtant, au bout du compte, tous ses préparatifs furent vains.

Tous les villageois désireux de se battre se tenaient sur les barricades. Il y en avait deux, car une seule route traversait le bourg, menant directement à la place de terre battue. Ceux qui étaient trop effrayés ou incapables de se défendre se dissimulaient dans les greniers et les caves des bâtiments entourant la place.

Gallen et la sorcière-guérisseuse, plus deux ou trois autres parmi les plus courageux des villageois, débattaient avec Vanyel de la question des provisions quand un flux d'énergie jaillit, pratiquement sous le nez de Vanyel, et le fit tomber à genoux.

Il ne s'évanouit pas, car ses boucliers mentaux étaient levés. Il resta pourtant haletant, et totalement désorienté.

Il ne voyait plus rien, et il avait du mal à aligner deux pensées.

— Voyons, qu'avons-nous là ? dit une voix musicale au timbre amusé.

Sur la place, le silence était profond comme un abîme.

Vanyel ouvrit les yeux et vit seulement le dos de ses compagnons, debout côte à côte comme pour le cacher derrière eux. Il se redressa et jeta un coup d'œil pardessus l'épaule de l'homme le plus proche.

Son sang se glaça dans ses veines quand il vit

l'étranger aux vêtements flamboyants planté au milieu de la place déserte.

Il ne pouvait s'agir que du mage mutant : Krebain.

Le sorcier avait apporté avec lui sa propre lumière magique, un petit soleil vert-jaune. Il était vêtu de couleurs d'écarlate et d'or. Sa tunique et ses hauts-de-chausses moulaient un corps mince et élégant.

— Ma foi, je crois bien que c'est une rébellion ! Comme c'est *amusant* !

Il rit, mais le son n'avait rien de plaisant.

Une cascade de cheveux blonds s'échappait de son casque dont une partie lui revenait sur le visage pour former une sorte de demi-masque. Ce qu'on voyait de ses traits ressemblait à une statue de marbre. Les villageois n'avaient pas mentionné *cela.*

Vanyel se sentit écœuré. Un être aussi mauvais n'aurait pas dû être beau !

C'est une beauté artificielle, comprit-il soudain. *Il s'est modifié, je le sens. Comme un maquillage, en plus poussé.*

— Je me demande ce qui vous a donné tant de courage, vermisseaux ! jeta Krebain. Vous n'en aviez pas à revendre, auparavant... Mais je ne sentais pas non plus parmi vous un Mage... Oui, je détecte un étranger. Où est-il ? Où l'avez-vous caché ?

Un frisson glacé parcourut l'échine de Vanyel.

S'ils me dénoncent... ou si j'appelle Yfandes au secours... il saura où je suis. Ô dieux, où puis-je me cacher ? Ils ne peuvent pas espérer que j'affronte ce sorcier. Je ne suis pas capable de le vaincre !

A la surprise de Vanyel, aucun des hommes ne répondit à la question du mutant. La sorcière-guérisseuse murmura :

— Reste tranquille, petit, nous savons que tu ne peux rien contre lui. Si nous ne pipons mot, il finira peut-être par trouver ça ennuyeux et il partira.

— J'ai dit que je voulais savoir où était l'étranger !

cria le sorcier d'une voix où perçait la colère. Très bien. Je vais vous donner une autre leçon.

Il se tourna vers le groupe qui dissimulait Vanyel.

— Gallen, viens ici !

Gallen fit un pas en avant, puis un autre. Il luttait contre la volonté du sorcier, mais elle était plus forte que lui.

Le reste du groupe se rapprocha, cachant toujours Vanyel.

— Vous n'avez aucune chance contre moi, dit Krebain. Comme si un bébé défiait un chevalier en armes ! Allons, viens ici ! Bon toutou !

Gallen fut forcé de courir jusqu'au sorcier.

— Voyons, mon ami, tu as une femme, je crois ? Reva, n'est-ce pas ?

Il fit un signe de la main. Reva, qui défendait la barricade ouest, obéit à la volonté du sorcier et se dirigea vers lui, tenant toujours son arme improvisée, un couteau attaché au bout d'un épieu.

— Une telle arme dans les mains d'une dame, quelle horreur ! dit Krebain. Allons, Gallen, retire-la-lui ! Et pose la pointe sur son ventre, comme ça !

Le visage torturé, Gallen ne put faire autrement qu'obéir. Il poussa un petit gémissement.

— Bien entendu, Reva, s'il te prenait l'idée d'avancer maintenant, ce serait très douloureux...

Vanyel ne put en supporter davantage. Il rassembla tout son courage et cria :

— Ça suffit !

Il repoussa ses protecteurs et avança.

Au moment où Krebain se tournait vers lui, il lança un appel mental.

Yfandes ! Le sorcier... Il est ici ! 'Fandes !

— Assez, petit !

Vanyel sentit qu'une barrière mentale impénétrable entourait le village.

Il releva le menton.

— Laissez-les tranquilles, sorcier, s'écria-t-il d'une

voix qui tremblait malgré ses efforts. C'est moi que vous cherchez.

Krebain fit un geste. Reva et Gallen reculèrent en titubant quand son emprise se relâcha. Ils se hâtèrent de disparaître dans la foule.

— Viens ici que je te voie mieux, dit le sorcier.

Vanyel avança, jusqu'à être inondé par la lumière de la boule magique.

— Ma foi, quelle agréable surprise ! fit le mage.

Il semblait sincère. Si Vanyel pouvait le maintenir assez longtemps dans cette humeur, il donnerait peut-être à Yfandes le temps d'arriver.

Il sentit l'espoir renaître en lui.

— Oui, quelle plaisante surprise ! Mon ennemi est un *ravissant* jeune homme ! Quel est ton nom, ma beauté ?

Vanyel ne vit aucune raison de ne pas répondre. Tout ce qui pouvait lui faire gagner quelques minutes devait être utilisé.

— Vanyel Ashkevron.

— Vraiment ? J'ai du mal à y croire ! (Le sorcier renversa la tête et éclata de rire.) Oh, c'est une plaisanterie ! Je suis à ta poursuite, et tu te jettes dans mes bras, désarmé ! Mon cher garçon, tu as des ennemis puissants. Wester Leshara te tient pour responsable de la mort de son cousin Evan, le sais-tu ? Il m'a payé pour... m'occuper de toi, comme je l'ai fait du jeune Staven Frelennye. Mais j'ignore si je vais vraiment te tuer, maintenant que j'ai vu que tu es si mignon. Viens plus près, veux-tu ?

Vanyel s'étonna de sentir qu'aucune force magique n'essayait de le contraindre.

— Je préférerais ne pas bouger, répondit-il d'une voix tranquille.

— Ah, dans ce cas, je vais venir à toi, mon beau Vanyel, déclara le sorcier avec un sourire amusé.

Il s'avança. Quand il fut à un pas de Vanyel, il tendit une main gantée d'écarlate et la posa sur sa joue. Sous le velours du gant, le jeune homme sentit quelque chose qui ressemblait à des serres. Les yeux bleu-noir du sorcier n'étaient pas humains : la pupille était fendue comme celle d'un chat.

— Des yeux gris argent ! Rares et précieux, Vanyel Ashkevron. Je trouve étrange que tu sois là en ce moment précis... Je me demande, sachant ce que je sais de Tylendel Frelennye, si tu étais seulement son ami... ou quelque chose de plus ?

Se comportant comme s'ils étaient seuls sur la place, le sorcier se pencha et embrassa Vanyel.

Celui-ci trembla, surpris par sa réaction où se mêlaient répulsion et désir. Une part de lui-même voulait frapper ce sorcier pour qui la vie des villageois ne comptait pas plus que celle d'un insecte.

L'autre avait envie de s'abandonner à son étreinte.

Il lutta contre la tentation de céder.

C'est... une simple attirance sexuelle. Cela n'a rien à voir avec l'amour... Rien du tout...

Il ferma les yeux. Une image sortie d'un rêve lui apparut...

Viens à moi, Héraut Mage Vanyel. Accepte ma noirceur en toi, et c'en sera fini de la solitude, disait Leareth.

Le rêve avait-il été un avertissement — non une Prémonition ?

Il lutta pour garder le contrôle de lui-même. Alors il s'aperçut que le sorcier ne possédait pas les mêmes Dons que lui ; la Perception des pensées lui manquait, par exemple. Le bouclier qui isolait le village était le résultat d'un enchantement, pas d'une projection mentale. Cela signifiait que Vanyel pouvait lire les pensées de l'homme sans que celui-ci le sache.

Krebain mit fin au baiser. Sa main quitta la joue de Vanyel après une ultime caresse.

— Adorable Vanyel..., murmura-t-il, viens avec moi, et sois mon mignon. Je t'apprendrai des choses que tu n'as jamais imaginées. Je te donnerai un royaume, le pouvoir, le plaisir... Tout ce que tu désires.

La tentation était forte. Peut-être pourrait-il le guider, l'amener à la compassion.

Je l'aiderai à devenir meilleur. Même si je ne l'aime pas, ne serait-ce pas une œuvre utile ? Un objectif louable ? Il y a entre nous un désir mutuel. Cela ne suffirait-il pas ?

Le cœur de Vanyel s'accéléra.

Je dois savoir ce qui se cache réellement dans son cœur. S'il y a quelque chose en lui que je peux influencer, sur quoi je sois en mesure de travailler...

Krebain sourit.

— Je pourrais même, si tu le désires, t'offrir la meilleure vengeance possible sur Wester Leshara. Une vengeance si complète qu'elle satisferait l'amant de Tylendel.

A ce moment, l'esprit du sorcier était grand ouvert à Vanyel, et sans défense.

Il vit comment Krebain avait acquis son pouvoir, et de *quoi* il l'avait appris. Il vit aussi comment il l'avait utilisé, le plaisir qu'il avait pris à ses actions. Il ne restait rien d'humain dans son âme.

Par tous les dieux, jamais je ne pourrai appartenir à cette... monstruosité !

L'horreur élimina toute trace de désir. Vanyel recula, au bord de la nausée.

Le visage de Krebain s'empourpra.

— Tu seras à moi, Ashkevron, avec ou sans ton esprit !

Ce fut le seul avertissement que reçut Vanyel. Il n'eut que le temps de lever ses boucliers mentaux, et de crier aux villageois :

— Fuyez !

Le sorcier invoqua la foudre.

Malgré les boucliers, le corps du jeune homme se tordit de douleur. Ses cheveux se dressèrent sur son crâne ; du feu liquide courut dans ses veines. Il tomba à genoux. Tant bien que mal, il renforça ses boucliers, puis les sentit faiblir de nouveau. A ce moment, ce que Danselune lui avait dit sur les nodes de puissance lui revint à l'esprit.

Il les chercha, les trouva et y puisa de l'énergie. La douleur s'éloigna. La volonté de combattre le monstre à forme humaine revint.

Il se releva en titubant, recula d'un pas et renvoya les éclairs générés par Krebain au visage de leur créateur.

Le sorcier n'eut que le temps de lever ses boucliers. Vanyel ne lui laissa pas l'occasion de se remettre de sa surprise. Il lança son attaque : un étau de pouvoir qui enveloppa son ennemi comme un suaire et se resserra autour de lui.

Krebain brisa l'étau et envoya une langue de flamme sur Vanyel, qui sentit chauffer les semelles de ses bottes.

Transpirant sous la chaleur et l'effort, il éteignit les flammes en jetant dessus toute la poussière de la place.

Krebain ne lui laissa pas le temps de passer à la contre-attaque. Il invoqua un orage magique semblable à celui du rêve de Vanyel. Comme dans le songe, la tempête hurla autour de lui, arrachant ses boucliers aussi vite qu'il les élevait.

Un par un, les nodes se vidèrent de leur énergie. Il ne lui restait plus que son propre pouvoir.

Il tomba à genoux, maintenant par miracle ce qui restait de ses boucliers.

Un coup final, d'une violence inouïe, le jeta à terre comme une poupée de chiffon.

Il resta étendu là, ensanglanté, tout son corps le faisant souffrir.

Il toussa. Du sang lui monta à la bouche. Quand il inspira, il sentit des douleurs aiguës dans son dos et sa poitrine.

Il avait conscience de petites choses : un caillou qui lui blessait la joue, sa cheville pliée en un angle anormal, une mèche de cheveux qui lui chatouillait le nez...

Sa vision s'obscurcit. Krebain traversa la place et se campa au-dessus de lui.

Vanyel eut envie de rire. *Dieux ! C'était bien la peine d'avoir si peur de ce rêve ! Tout ça pour rien. C'est donc ici que tout se termine. Il a l'air un peu fatigué... Au moins, je me serai défendu... Pourvu que les villageois aient réussi à s'enfuir ! Et que les autres arrivent à temps pour les sauver !*

— Je t'ai dit, Vanyel Ashkevron, que tu serais à moi, avec ou sans esprit, dit Krebain. Je préférerais que tu viennes de ton plein gré, intact. Tu vois ? Je sais être clément avec ceux que j'aime. Je te donne une dernière chance, beau Vanyel. Rends-toi, et je te guérirai. Je te donnerai tout ce que je t'ai promis. Acceptes-tu de me suivre ?

Non. Jamais. Même si cela doit me coûter la vie. Et c'est ce qui va arriver, je le sais. Mais je ne peux pas le laisser prendre d'autres existences que la mienne.

Il tâtonna mentalement, espérant retrouver un peu d'énergie dans les nodes asséchés, ou en trouver un autre, encore intact...

Il toucha le node de la vallée.

C'est impossible !

Un instant, il pensa qu'il pourrait sauver les villageois et sa propre personne. Très vite, il comprit que l'utilisation du pouvoir brut du node de la vallée le tuerait à coup sûr. Il n'avait plus la force de le contrôler. L'effet serait comparable à ce qu'il avait subi lors de l'entraînement avec Etoilevent, mais en cent fois plus fort.

Il avait le choix : mourir sans douleur en laissant le sorcier détruire son âme et son esprit, ou agoniser dans d'atroces souffrances en sauvant les gens du village.

J'étais prêt à mourir pour 'Lendel, pourquoi serais-je effrayé maintenant ? Je dois payer, pour ne l'avoir pas arrêté à temps... Dieux, que ce soit mon expia-

tion ! Donnez-moi la force de mettre fin aux méfaits de ce monstre !

— Non, dit-il en un souffle. Jamais !

Le visage du sorcier se tordit de colère. Il avança, prêt à porter le coup de grâce. Vanyel ferma les yeux et se projeta vers le node...

A cet instant ultime, la paix descendit en lui. Ce qu'il allait accomplir le tuerait. Il ouvrit son esprit au node de la vallée et se concentra...

Le pouvoir à l'état brut coula en lui et jaillit de ses yeux.

Il hurla de douleur, mais son cri fut couvert par celui de Krebain quand le rayon d'énergie le surprit, sans bouclier, et le frappa au visage.

Puis Vanyel s'enfonça dans les ténèbres, l'esprit en repos.

Oh, 'Lendel, où que tu sois, attends-moi. Je vais te rejoindre...

Mon cher Withen, je pense que tu serais très fier de ton fils aujourd'hui...

Un bruissement dans le lit au baldaquin de fougère fit sursauter Savil. Elle lâcha sa plume et se leva.

Elle écarta le rideau. Meurtri, pansé, les membres dans des attelles, Vanyel bougea légèrement la tête et ouvrit les yeux.

Savil déglutit. Il avait l'air si endolori, si désorienté...

Ô mon petit, nous avons bien failli te perdre, cette fois ! Je me demande si tu ne vas pas vouloir rester ici, à l'abri de tout. Les dieux savent que tu l'aurais bien mérité !

Il cligna des yeux, comme s'il ne croyait pas à ce qu'il voyait.

— Tante Savil ? Vous êtes... réelle ?

Elle s'assit sur le lit et lui caressa la joue.

— Cela te semble-t-il assez réel ?

Il hocha la tête.

— Les gens du village... Gallen, Reva, les autres... Ils vont bien ?

— Parfaitement bien, *ke'chara,* répondit-elle, le cœur débordant de fierté.

Sa première pensée avait été pour autrui. *Il n'y a pas de doute : Etoilevent avait raison.*

— Nous sommes arrivés à temps pour que Danse-lune t'empêche de nous quitter définitivement. Ce salaud de sorcier a eu de la chance d'être mort quand nous sommes parvenus près de lui. Je n'avais jamais vu Danselune dans une telle colère, et je crois que Yfandes était folle de rage. Il ne restait plus grand-chose à faire, sinon. J'ai créé un Portail pour nous ramener à la vallée, afin qu'on puisse de nouveau te « réparer ».

— Tout le monde va bien ? Le village est protégé ? Etoilevent, Danselune et vous êtes indemnes ? insista Vanyel. Ce sorcier... c'était celui que Leshara avait engagé. Il me l'a dit...

— Plus tard, souffla Savil. Tu as le temps de me raconter. Tout le monde est en forme. Les k'Treva ont envoyé des secours à Covia pour aider le village à repartir du bon pied, et lui donner un meilleure protection. Tu as été le seul blessé, mon petit. Je pense que Danselune ne devrait pas tarder à venir, pour une autre séance de Guérison.

Vanyel poussa un petit soupir et se mit à pleurer silencieusement.

— Van... Qu'y a-t-il ? demanda Savil, stupéfiée par ses larmes. Qu'est-ce qui ne va pas ?

— Je... (Il ravala ses larmes.) Après 'Lendel... Ils... ne voudront pas de moi... Les Hérauts...

— Ô Van...

Elle ferma les yeux pour lutter contre les larmes, mais les siennes étaient de joie.

Mon petit, tu dépasses mes espérances les plus folles ! Je n'en attendais pas tant de toi, après tout ce qui est arrivé !

— Van, *ke'chara,* les Hérauts voudront de toi. Comment pourrait-il en être autrement, alors que tu es *déjà* un Héraut ?

— Je... je le suis ?

Il la regarda, incrédule.

Elle saisit son manteau blanc, posé sur le dossier de sa chaise, et l'étendit sur le lit.

— Voilà un uniforme blanc pour te le prouver. Tu as encore quelques petites choses à apprendre ; nous resterons ici pendant qu'Etoilevent te formera. Mais ce qui fait un Héraut, c'est le *cœur,* Vanyel. Un cœur compatissant, qui se soucie des autres avant tout. Oui, tu *es* un Héraut.

Il sourit, d'un sourire si doux et si heureux que Savil en retint sa respiration. Elle ferma les yeux, parfaitement satisfaite.

Elle s'endormit ainsi, une main tenant toujours celle de Vanyel.

... Oui, Withen, tu serais fier de ton fils.

Comme moi !

Achevé d'imprimer en juin 1997
sur les presses de l'Imprimerie Bussière
à Saint-Amand (Cher)

POCKET - 12, avenue d'Italie - 75627 Paris Cedex 13
Tél. : 01-44-16-05-00

— N° d'imp. 1296. —
Dépôt légal : juin 1997.

Imprimé en France